COLLECTION FONDÉE EN 1984
PAR ALAIN HORIC
ET GASTON MIRON

TYPO EST DIRIGÉE PAR
ROBERT LALIBERTÉ
ET JEAN-YVES SOUCY

TYPO bénéficie du soutien de la Société de développement des entreprises culturelles du Québec (SODEC) pour son programme d'édition.

Gouvernement du Québec – Programme de crédit d'impôt pour l'édition de livres – Gestion SODEC.

Nous reconnaissons l'aide financière du gouvernement du Canada par l'entremise du Programme d'aide au développement de l'industrie de l'édition (PADIÉ) pour nos activités d'édition.

Nous remercions le Conseil des Arts du Canada de l'aide accordée à notre programme de publication.

WHISKY ET PARABOLES

ROXANNE BOUCHARD

Whisky et Paraboles

roman

TYPO

Éditions TYPO
Une division du groupe Ville-Marie Littérature
1010, rue de La Gauchetière Est
Montréal, Québec H2L 2N5
Tél.: 514 523-1182
Téléc.: 514 282-7530
Courriel: vml@sogides.com

Maquette de la couverture: Anne Bérubé
En couverture: Jérôme Fortin, *Des fleurs sous les étoiles*,
59 cm x 59 cm x 10 cm, matériaux divers, 1997.
Représenté par Pierre-François Ouellette Art contemporain.

Catalogage avant publication de Bibliothèque et Archives nationales du Québec
et Bibliothèque et Archives Canada
Bouchard, Roxanne, 1972-
Whisky et paraboles
(Typo. Roman)
ISBN 978-2-89295-226-1
I. Titre. II. Collection.
PS8603.O924W54 2008   C843'.6   C2007-942465-1
PS9603.O924W54 2008

DISTRIBUTEURS EXCLUSIFS:

• Pour le Québec, le Canada
et les États-Unis:
LES MESSAGERIES ADP*
2315, rue de la Province
Longueuil, Québec J4G 1G4
Tél.: 450 640-1237
Téléc.: 450 674-6237
* Une division du Groupe Sogides inc.;
filiale du Groupe Livre Quebecor Média inc.

• Pour la Belgique et la France
Librairie du Québec / DNM
30, rue Gay-Lussac, 75005 Paris
Tél.: 01 43 54 49 02
Téléc.: 01 43 54 39 15
Courriel: direction@librairieduquebec.fr
Site Internet: www.librairieduquebec.fr

• Pour la Suisse:
TRANSAT SA
C.P. 3625, 1211 Genève 3
Tél.: 022 342 77 40
Téléc.: 022 343 46 46
Courriel: transat-diff@slatkine.com

Pour en savoir davantage sur nos publications,
visitez notre site: www.edtypo.com
Autres sites à visiter: www.edvlb.com • www.edhexagone.com
www.edhomme.com • www.edjour.com • www.edutilis.com

Édition originale: © Roxanne Bouchard,
Whisky et Paraboles, Montréal, VLB éditeur, 2005.

Dépôt légal: 1er trimestre 2008
Bibliothèque et Archives nationales du Québec, 2008
Bibliothèque et Archives Canada

Tranquillement, les parlures prenaient le pas sur les grands maux et les rêves redonnaient du lousse aux jours du monde.

FRED PELLERIN

3 *juillet*

M'enfuir. J'ai claqué toutes les portes pour aller m'échouer dans mon auto et j'ai grignoté les routes du Québec, kilomètre par kilomètre, conduisant mon désarroi fugitif sur les chiffres : la 31, la 40, la 55, la 138. J'y suis allée comme à la loto, gagnant pour gros lots des noms de villages qui baptisaient ma tourmente de cette poésie qui a convaincu Maria Chapdelaine de s'établir à Péribonka : Saint-Ferréol-les-Neiges, Saint-Aimé-des-Lacs, Cap-à-l'Aigle, Port-au-Persil. J'ai erré des jours, des jours et des jours, orientant mon repentir sur les clochers paroissiaux, dormant sur l'accotement, cherchant là où je pourrais dire « ici » et sentir que. Rouler le chemin de croix à rebours, remonter en Gethsémani, éloigner de mes lèvres la coupe trop bue jusqu'à la lie. Croire, nouvelle Maria indécise, que la poésie de mon pays peut m'offrir un destin.

Mais j'ai eu beau user de la distance, je n'arrivais pas à avancer. Plus je me répétais que je fuyais et plus ma fuite me talonnait. Saint-Jean-Port-Joli, Rivière-du-Loup, Cap-Chat, Paspébiac. Les quais étaient bondés. Partout, c'était bondé. Du monde, tellement de monde que je me sentais de trop. Dans tous les coins, il y avait de ces touristes urbains et braillards qui veulent voir des baleines et manger des crevettes fraîches pour pas cher. Nul port pour ancrer ma révolte, pour noyer mon impuissance. Le fleuve avait un goût de pétrole.

En misant sur nulle part, j'avais cru que je ne pouvais pas me tromper. Pourtant, quand j'ai vu la ville annoncée droit devant, j'ai paniqué comme ceux qui, perdus en forêt, s'aperçoivent qu'ils ont tourné en rond en cherchant l'orée. J'ai compris alors que, pour reprendre pied, il fallait que je m'arrête. La fuite et le vagabondage n'ont rien à voir avec le chemin qu'il faut faire quand tout nous arrive. Avoir un char ne change pas la vie.

Quittant le fleuve, j'ai bifurqué sur la route des chantiers et des forêts où s'écarter et j'ai fini par aboutir ici. Comme dans tous les villages jetés au hasard, on y retrouve l'essentielle trinité permettant de survivre au néant : un dépanneur, un bar, une église. Une croix de chemin, une affiche de maison à vendre derrière laquelle s'étire une allée de terre qui s'enfonce dans le bois.

Ça ne promettait rien et c'est pour ça que j'ai su que.

J'ai suivi la voie étroite, j'ai descendu la grande côte et trouvé un torrent de pierres, un lac d'algues et des cabanes bien cachées qui s'ignorent le plus possible en regardant chacune de son côté. Une baraque mourante au-dessus du torrent, une autre complètement au fond du domaine, accotée contre la forêt et, juste en face du lac, deux chalets qui se tournent le dos. Dans l'un, de la musique, sur l'autre, l'affiche à vendre. À travers le rideau déchiré, j'ai épié l'intérieur : au centre de la cuisine, une table rectangulaire entourée de chaises de bois rustiques. Au mur, un bricolage d'enfant servant de calendrier périmé et des assiettes décoratives en cuivre terni illustrant des scènes bibliques. Un banc de quêteux garni d'un coussin aplati, un plancher peint à la main et un frigo vide. Merveilleux. On voudrait se sentir chez soi qu'on ne pourrait pas; c'est du chalet tout craché, plein les murs, plein la décoration. Un vrai chalet qui fait chaud au cœur et qui donne espoir. On voit qu'il a été habité par une famille heureuse, hanté par une joyeuse marmaille trimballant du sable à qui mieux mieux dans la fureur ardente d'une partie de cache-cache.

Depuis le village, j'ai téléphoné au numéro indiqué sur l'affiche : le chalet se vendait avec les meubles, la décoration, les souvenirs et la vaisselle ébréchée. J'ai su que c'était pour moi.

J'ai payé sans marchander le prix qu'il fallait pour me refaire une vie, comme ils disent, et j'ai déposé ma besace de pèlerine dans ce nouveau chapitre. Cette cabane, à présent mon foyer, mon refuge, ma tanière, est si pleine de livres poussiéreux et d'objets dépareillés que je n'ai pas besoin d'avoir une mémoire de jadis, d'ancestralité ni même d'hier pour posséder un passé, une vie et des amas d'ustensiles inutiles. J'ai une maison et des souvenirs neufs. Il ne me reste qu'à traverser le silence. Mettre un point, tourner la page, passer à un autre chapitre. Faire comme si.

A beau se mentir qui vient de loin.

9 juillet

Ma grand-mère disait toujours « Baptême de baptême ! » quand elle se fâchait et, comme elle avait le pire

caractère de toute une généalogie de Canadiens français colons, trappeurs, boutiquiers, lignée d'hommes des
bois sculptée dans la forêt boréale et descendue en ville
pour apprendre à fabriquer des armes de guerre, elle
passait ses journées à tourner le goupillon dans l'eau
bénite. Mon père avait hérité de ce langage ecclésiasti-
que qu'il débitait en procession uniquement lorsque,
effectuant des travaux manuels de précision, il se butait
à des objets temporels qui refusaient d'obtempérer.
C'est sans doute la raison pour laquelle ma mère, au lieu
de dire que mon père avait réparé la pompe, optait
pour : « Ton père a passé la journée à bénir la pompe. »

Catholique et pratiquante, ma mère nous emme-
nait dominicalement, mon frère et moi, à la grand-messe
où elle priait avec ferveur, les yeux fermés, tandis que
nous soudoyions, avec nos petits bye-bye gourmands,
le cœur des vieilles filles du village pour leur arracher
des peppermints. Les poches remplies de l'offrande généreuse des bigotes et pieusement confiants en la bonté
de Notre-Seigneur vers lequel s'élevaient nos actions de
grâce, nous sortions de l'église recueillis et mentholés.
En plus des messes hebdomadaires et fériées, nous avions
droit à trois prières quotidiennes avant d'aller au lit : le
Pater Noster, l'*Ave Maria* et le *Sanctus*, le tout ponctué
de signes de croix. Ma mère nous bénissait, nous em-
brassait et nous pouvions dormir bordés dans la paix
du Christ. Comme malgré moi, j'ai poursuivi pendant
des années ce rituel sacré, dormant mal, rêvant fan-
tôme et craignant la nuit si mes trois incantations
n'étaient pas dûment déclamées.

Contrairement à ce que d'aucuns pensent, l'habi-
leté manuelle ne se lègue pas toujours dans l'héritage

génétique, en même temps que la forme du nez ou que la couleur des cheveux. C'est lorsque le robinet de la salle de bain a explosé que j'ai pu le constater. Du coup, j'ai renoué avec ma longue lignée d'ancêtres bénisseurs de pompes à eau. Étrangement, cette réappropriation spontanée de mon patrimoine oral a entraîné un retour inconscient à la foi magique de mon enfance. Sans même avoir le temps de comprendre ce que je faisais, j'ai déboulé pendant trois soirs d'affilée le marmottage maternel des *Pater-Ave-Sanctus* entourés de signes de croix avant de m'endormir.

Ce n'est que ce matin que j'ai brusquement pris conscience de ce retour subit à la foi dont je m'étais détachée depuis tant d'années. Je me suis servi un café bien noir.

J'appartiens à ce troupeau de brebis égarées qui garde son appartenance à la religion catholique par habitude, par crainte du néant de l'athéisme. La foi, la vraie, l'intense qui donne confiance dans le Berger, je ne l'ai jamais ressentie. Dieu a toujours été pour moi le donneur de bonbons de mes petits dimanches, la formule magique qui préservait mon sommeil enfantin des cauchemars de loups-garous.

Répondant à un appel de mes vieilles superstitions, je suis allée chercher la Bible que j'avais croisée en faisant du ménage et que je n'avais pas osé jeter. Je ne sais pas trop ce que j'y cherchais. Un réconfort, sans doute, mais aussi une réponse, un mot pour bien démarrer ma nouvelle vie, comme ces gens qui vont chez la diseuse de bonne aventure pour se faire miroiter, à travers la boule cristallisant les mirages, un avenir immanquablement prometteur. J'avais envie que ça me parle, que ça me dise quelque chose. Quelque chose d'intense. Un message pour moi. J'ai ouvert la Bible, l'ai grignotée page par page, orientant mon désarroi liturgique sur les chiffres des versets. J'ai feuilleté à l'aveugle les évangélistes de mon enfance : saint Marc, saint Luc, saint Jean, pour échouer au hasard dans saint Matthieu 13,33 : «Il leur dit une autre parabole : "Le royaume des Cieux est semblable à du levain qu'une femme a enfoui dans trois mesures de farine, jusqu'à ce que tout ait levé." »

Je n'ai pas le don pour les messages codés et je me suis sentie flouée de partout : c'était ça, la bonne nouvelle que le Père infiniment grand m'offrait ? On me dira que ç'aurait pu être pire, que j'aurais pu atterrir sur la flagellation. Mais l'énigme elle-même me flagellait. J'aurais aimé recommencer, faire semblant de ne pas avoir lu, essayer ailleurs, tourner une autre page, choisir un verset à mon goût. Autant de possibilités qui ressemblaient à de la tricherie. Pour Lui donner une chance, j'ai finalement décidé d'ajouter le verset qui suivait à ma lecture : «Tout cela, Jésus le dit aux foules en paraboles, et il ne leur disait rien sans parabole ; pour que s'accomplît l'oracle du prophète : "J'ouvrirai la bouche pour dire des paraboles, je clamerai des choses cachées depuis la fondation du monde." »

J'ai fermé la Bible, j'ai terminé mon café et suis partie pour la quincaillerie.

Bon.

Voilà.

J'ai passé les derniers jours à endiguer les dégâts. Inhabitée depuis quelques années, la maison cachait une ribambelle de mauvaises surprises qui déboulaient de fuites en aiguille. Les fenêtres refusaient de coulisser, le poêle suait de la cendre, le frigo dégageait une haleine de moisi, la cuisinière chauffait de façon aléatoire et la tuyauterie crachait à pleins poumons un petit jus orange. Comme j'avais décidé d'y aller par moi-même, j'ai passé la dernière semaine dans la saleté jusqu'aux yeux à arpenter le vocabulaire salé de mes ancêtres et à m'engueuler avec les gars de la quincaillerie qui me regardaient entrer avec le sourire en coin de ceux qui sont certains que seul un homme peut réparer une pompe à eau, qui me disaient *seal* et *wrench* en se faisant des clins d'œil et qui faisaient des paris sur le temps que ça me prendrait pour me rendre à l'évidence, craquer et supplier qu'on me donne le numéro du plombier. C'était sans compter sur cette rage qui m'habite et ne demande qu'à se défouler sur un bout de métal à grands coups de clés à molette.

Je suis venue à bout de l'essentiel. J'ai stoppé les fuites et me suis jetée à corps courbaturé dans le grand ménage de l'été. J'ai usé tout ce que j'avais de guenilles pour extirper la poussière de tous les coins. Avoir su qu'il y avait tant à faire, j'aurais acheté plus propre. J'ai sorti de leur engourdissement la cuisine, le salon, la salle de bain et une des deux chambres à coucher. J'ai empilé une tonne de meubles inutiles et bancals dans l'autre chambre dont j'ai calfeutré la porte pour éviter que la poussière ne rampe jusqu'ailleurs. Il y a bien sûr une vaste pièce à l'étage, où s'amassent les malles de souvenirs et les araignées, mais j'ai également fermé ce grenier et barricadé l'escalier qui y conduit avec une tonne de livres, parce que l'incident de la Bible a confirmé que rien en moi ne se sent l'âme à l'élévation.

Maintenant, je dois sortir. L'extérieur me regarde passer avec l'œil accusateur de celui qui attendait un nouveau propriétaire plus efficace que moi. Les gouttières ploient sous les reliquats de feuilles mortes, la pelouse a besoin d'un fauchage urgent, les plates-bandes asphyxient sous les mauvaises herbes et les arbres me montrent leurs branches mortes du doigt.

Voilà.

Pendant le jour, je répare le dysfonctionnel et récure mon intérieur. Il reste les nuits.

Dans mes heures d'insomnie multipliées, je pige des livres au hasard de l'escalier. Je redécouvre avec émerveillement les écrivains d'ici que j'aspire à grand goulot. Sur l'écran noir de mes nuits blanches, je me fais leur cinéma. Je projette leurs mots dans mon silence, incurvant mon destin indéfini au gré de cette courbe impersonnelle qui m'éloigne de moi-même. Bien sûr, on pourrait m'accuser de lâcheté : plutôt que d'écrire mon propre chapitre, je me contourne et me plonge dans les allégories des autres. Mais si ceux qui disent que la vraie vie est dans les livres ont raison, j'y trouverai peut-être une histoire qui me conviendra.

11 juillet

5 h 30. Pyjama et café.

L'heure où on ne sait pas si l'aube existera ou non. À cette heure-là, dans la vallée, personne n'est encore éveillé. Les oiseaux-mouches ont à peine commencé leur danse matinale dans un vol incertain. Un geai bleu crie comme une corde à linge. C'est le son le plus discordant que les oiseaux ont pu imaginer, je pense.

Je me glisse dehors sur la pointe des pieds. Chair de poule. Mes orteils froissés se crispent dans les rosées bleutées d'aube. Le petit lac est comme un marais. Une grenouille se jette sous le quai. Je me plante les pieds dans l'eau. Frisson jusqu'à la tasse de café. Le couple de hérons amerrit à l'opposé du lac; de l'eau à mi-jambes, ils effectuent leurs ablutions matinales. Ils mangent des poissons.

5 h 30

La lune a caché son visage glacé sous les bleus délicats de l'aurore, dans les éclats vacillants de soleils à venir. Dans l'aube, des chants s'élèvent en spirales immenses et fluides. La brume qui couvre les montagnes se met à danser. De grandes ballerines translucides. La nuit valse un dernier tour de piste au-dessus des lacs clairs de nos Nords fragiles. Les légendes retournent dans la main des conteurs.

Entre la fin de la nuit et le début de la clarté, le réel est à deux pas d'atterrir lourdement sur le front de ceux qui se sont bus jusqu'à la lie.

C'est à cette heure-là que tu roules le bord de tes jeans.

À cette heure-là que tu.
Que.
…

5 h 30
Une heure sans ironie. Dans ce brouillard opaque de matin, je me demande combien de passés on accumule, combien de fautes on amasse avant que notre conscience se mette à déborder. Combien de péchés sont capitaux. J'avance en n'osant pas trop ouvrir les mains. Tout ce que je possède pour tourner en rond dans le carrousel cassé des jours, c'est la petite heure bleue du matin dans laquelle l'aurore danse.

5 h 30
L'heure silencieuse, frisquette et matinale à laquelle le café refroidit toujours trop vite.

12 *juillet*

Tous ceux que ça ne concerne pas diront, bien sûr, que, pour trouver, il faut chercher et me reprocheront sûrement de ne pas fouiller du mieux que je le peux, de me complaire dans l'isolement, la solitude et les cafés froids.

Quand on comprend ce qu'on poursuit, on peut toujours tâter le terrain et avancer. Quand on sait seulement ce qu'on ne souhaite pas déterrer, ce qu'on tente de garder enfoui, on a peur d'y aller, même à tâtons, parce qu'on craint de tomber sur *ça* dont on ne veut surtout pas. Ainsi, tous ceux qui ne savent pas et qui croient que je stagne me condamnent à tort. Je marche à petits pas dans l'aube et, bientôt, je mettrai le nez dehors. Alors arrivera ce qui doit arriver. Pour l'instant, je l'ai dit : je ne courrai pas au-devant et j'attendrai qu'on frappe à ma porte pour me dire vers quel pôle ma vie s'aiguillera.

J'attends que ça arrive, c'est tout, même si je reste cachée dans le fond des bois, même si je ne sors pas le jour, de peur de croiser ces voisins qui font de la musique ou une voisine peut-être accueillante qui m'offrirait les fleurs de bienvenue, changeant à tout jamais le fil malodorant de mon existence en un bouquet d'essences essentielles.

J'attends qu'on m'interpelle, même si je ne mets les pieds au village que le moins souvent, pour m'approvisionner au dépanneur. Je passe devant l'église sans y entrer. Ce n'est pas parce qu'on est désespéré qu'on est obligé de courir après des réponses incertaines, des promesses vagues, des paraboles crucifiées qui sont autant d'histoires incompréhensibles. Et je me ravitaille au bar, bien sûr, mais uniquement les lundis soir parce qu'on peut être sûr que tous les bars du monde sont vides les lundis soir et que ça fait partie de mon entêtement à vouloir rester immobile, seule et désespérée.

Le lundi soir, on ne va au bar que pour consommer sa solitude, son désarroi, son abandon. On s'assoit au comptoir, bien droit, sans sourire, sans présence. On s'assoit au comptoir et le barman sait très bien que ce n'est pas le soir des questions, des blagues salaces ou des considérations météorologiques vaguement prévisionnelles. On se juche sur le tabouret, sans voisin, et on ne rencontre personne, surtout pas soi-même, s'il vous plaît. On se juche pour le tête-à-tête ultime face au néant à 40 % et on commande le fort tout de suite, sans avaler les bières réglementaires par lesquelles, habituellement, on se tapisse d'abord l'estomac, pour montrer qu'on commence en douce, pour ne pas avoir l'air de. Le lundi soir, on provoque tout tout de suite, avec le liquide translucide ou ambré qu'on avale d'un coup, les yeux à moitié dans l'eau, comme si l'alcool en était la cause.

Le premier verre est le verre-choc entre la suave duplicité du quotidien et l'acidité âprement lucide du face à soi. Le verre du grand frisson me harponne la colonne vertébrale et me secoue d'une gifle glaciale. C'est la raison pour laquelle je le bois d'un trait et je reste toujours, longtemps après, les yeux fermés. Les visions sont là, poignantes, violentes ; elles viennent à moi, morsures brutales que je m'impose volontairement parce qu'il serait trop facile de faire comme si et que je n'ai jamais eu assez de courage pour l'hypocrisie.

Le deuxième verre se boit plus lentement, mais à peine. Les visions commencent à s'estomper dans le brouillard de l'absence. Elles valsent, spirales immenses et fluides, ballerines translucides, entre mes mains glacées.

Les verres suivants s'enchaînent au rythme des possibilités. Moi, je ne suis pas capable d'aller au-delà du troisième. J'ai peur de perdre le contrôle, de me laisser aller, d'oublier. Aller jusqu'au bout et oublier que je travaille à me refaire une vie. Peur de me souvenir de.

Aussi je traîne devant le troisième verre, lentement. Et c'est là qu'une autre peur, sournoise autant qu'illogique, m'assaille : celle que quelqu'un engage la conversation, que le barman oublie la convention du lundi soir et qu'il me sorte, ne serait-ce que par politesse, une de ces petites phrases qui ne veulent rien dire pour me forcer à m'ouvrir le clapet dans ce moment de faiblesse. L'angoisse monte et je finis par me dire qu'il serait temps que j'entame moi-même la conversation, qu'il n'attend peut-être que ça, que je dois avoir l'air effronté, que l'insolence de mon silence a sûrement atteint sa limite. Et, parce que je commence à m'angoisser avec une possible mais improbable conversation, je ne suis déjà plus seule. Inconfortable, il ne me reste plus qu'à rentrer.

Je me lève donc, je salue doucement à la ronde pour m'apercevoir, évidemment, qu'il n'y a personne dans le bar qui aurait pu manifester le moindre désir de converser : il n'y a jamais que moi, le patron qui fait ses comptes et un Amérindien qui ne lève même pas les yeux. Alors je me dis que je pourrais bien prendre un autre verre, mais, puisque j'ai déjà salué et dérangé tout le monde, il ne me reste plus qu'à déguerpir.

Le lundi soir, au bar des déshérités. Pour repartir en neuf, je le sais très bien, il y a sûrement moyen de s'entreprendre autrement.

15 juillet

Elle est arrivée comme ça.

Tout le monde est témoin que je n'ai couru après rien ni personne et que je n'ai rien demandé à qui que ce soit, sauf un verre au barman d'avant-hier.

Vers seize heures, sous une pluie battante, ça a cogné à ma porte avec un bruit de tous les diables. C'était, en pleine crise de larmes, la petite fille qui appartient à la voisine du fond du domaine. Elle avait perdu sa bottine en jouant dans l'eau du lac et elle avait peur de rentrer chez elle le pied nu comme un ver. Il faut dire qu'en essayant de tirer sur sa bottine prise dans la vase, elle s'était retrouvée la tête dedans. Toute en flic et en flac, la petite s'en était sortie alors que la bottine, libérée, avait fait son meilleur effet en s'esquivant, couchée sur le dos, dans les danses de la rivière. Déchaussée, dépeignée, elle dégoulinait maintenant, tout en boue, d'autant qu'elle pleurait là-dessus, et, du fond de son désespoir salissant, il n'y avait que moi pour l'aider.

« Tout le monde m'a abandonnée ! »

Je ne lui ai pas répondu qu'elle n'était pas toute seule, ma vieille, qu'elle n'était pas au bout de l'abandon, qu'elle frappait à la mauvaise porte parce que moi et les enfants, on n'a jamais eu d'atomes crochus. Je ne lui ai pas répondu que, parce qu'il n'y avait personne autour et que l'abandonner à son triste sort de fillette, ça lui aurait peut-être donné raison.

« Tout le monde ? C'est ce qu'on appelle un Grand Abandon ! »

Agnès. Elle a huit ans.

J'ai suivi la rive jusqu'à la rivière et lui ai rapporté sa bottine fautive et pleine de boue que j'ai entrepris de laver. C'est à ce moment-là que je me suis aperçue que la petite fille grelottait.

« Viens, Agnès, on va te sécher un peu. Je vais te prêter une robe de chambre et nous allons mettre tes vêtements dans la sécheuse. »

Je l'ai aidée à se déshabiller et. Et c'est là que j'ai vu que le monde entier l'avait abandonnée à un sort injuste. Injustifié. Injustifiable.

Elle a des marques partout dans le dos. Et les épaules violettes.

Des marques partout dans le dos.

...

Et.

En une seconde, ça s'est arrêté en moi.

Je me suis agenouillée devant elle et lui ai séché les épaules avec douceur, pour ne pas lui faire de mal.

Elle regardait par terre et j'avais honte.

Mon chemin de croix soudain égoïste, obtus et minable.

J'aurais voulu frapper fort, fort et dur dans les murs d'une société inique, arbitraire, despotique, tyrannique et, en même temps. En même temps, de façon complètement et lâchement égoïste, j'avais tellement juste envie de passer mon tour et de laisser quelque bénévole bien intentionné s'occuper des plus petits que moi.

Mais en ce moment, me plaindre à qui ? Au Père du gars qui faisait des paraboles ? Et surtout : de quel droit ? Quand on nous flanque un plus miséreux au milieu de notre fond du baril, la vie semble injuste des quatre côtés, mais la pire des impostures est de faire semblant de rien, de passer outre, de n'offrir rien à personne alors même qu'on se lamente sur l'injustice humaine. En vérité, je vous le dis, même crucifié, il faut parfois être capable de raconter une parabole.

« Tu sais, Agnès, que tous les enfants de huit ans perdent un jour une de leurs bottines dans les cours d'eau du monde ?

– Je veux dire : non.

– Toutes ces bottines courent dans les rivières jusque dans les fleuves et rejoignent la mer. Dans la mer, il y a un endroit secret où se cache une gigantesque montagne de bottines multicolores d'enfants de huit ans. Quand elles se retrouvent ensemble, elles dansent et c'est ce qui donne du mouvement à l'eau. À la mer. À l'océan. Ta bottine à toi, c'est comme si elle avait senti l'appel. »

Déjà, j'avais fait le tour de ce que je pouvais, mais les vêtements n'étaient pas secs et je tournais en rond pour tenter d'improviser. Étrangement, c'est elle qui est venue à mon secours. Elle a vu la mandoline dans un coin et a demandé si c'était à moi.

« Non.

– C'est à qui ? »

C'est sorti d'un coup.

« Même si tu ne le vois pas, même s'il n'est pas ici aujourd'hui, il y a un homme dans ma vie. Un beau jeune homme avec des cils extraordinaires. »

Elle s'est assise dans le fauteuil pour prendre les confidences sur ses genoux.

« Pourquoi il est pas là ?

– C'est un musicien et, en ce moment, il est parti jouer de la musique loin, très loin.

– Quand est-ce qu'il va revenir ?

– Bientôt, le soleil mettra son manteau pour se lever et le lac se figera pour patiner sur le temps. Quand il cessera de faire froid partout du côté du village et quand les hérons reviendront planter leur bec dans l'eau, le joueur de musique sera sûrement avec eux.

– Pourquoi il a des cils extraordinaires ?

– C'est avec ces cils-là qu'il m'a ensorcelée. C'est dans des cils comme ceux-là que ma grand-mère, jadis, tricotait des courtepointes. Des cils pour s'endormir roulés dedans.

– Est-ce que c'est lui qui joue de la petite guitare?

– Ce n'est pas une guitare, c'est une mandoline. C'est lui qui en joue, mais n'importe qui touchant les cordes se fait dire un secret.

– Pour vrai? Je peux essayer?»

Elle s'est mise à genoux et a gratté les cordes.

«Qu'est-ce qu'elle dit?

– Elle dit que ton vrai nom, ce n'est pas Agnès.

– Je veux dire: c'est quoi d'abord?

– Joue encore.»

Elle a regratté.

«Qu'est-ce qu'elle dit?

– Elle dit que ton vrai nom, c'est Amorosa.

– Ça veut dire quoi?

– Amorosa, c'est celle qu'on aime, celle qui aime, celle qui est faite pour être aimée.»

Elle a trouvé ça beau, du haut de ses huit ans. Amorosa, ça m'est venu tout de suite parce que ses cheveux ressemblent aux tiens. Il a fallu que je l'écrive sur un bout de papier pour qu'elle s'en rappelle. Pendant que je lui refilais ses vêtements secs, elle souriait et j'avais honte de la fierté que je ressentais pour cette joie qui était si peu devant tout ce qui devait être son reste quotidien.

C'est à ce moment-là que ça a recogné à la porte et ça faisait beaucoup pour une même journée. La petite a élancé son sourire.

«Richard!»

Un gros gras grand pas propre et mal rasé s'est avancé avec un sourire bonasse, comme on souhaite en trouver les jours de crevaison sous la pluie. Il avait ramassé le sac de trouvailles forestières que la petite avait laissé près du lac pendant le Grand Abandon et souhaitait rendre le tout à César.

« Salut, Agnès ! J'ai trouvé un petit sac en face de chez moi…

— Mon nom, maintenant, c'est A-mo-ro-sa.

— Depuis quand ?

— Depuis que le Monsieur aux cils magiques me l'a dit.

— Aux cils magiques ? »

Juste assez d'ironie pour que je le sente bien. Mais la petite était à cent kilomètres de là.

« Oui !!! Sa mandonine dit des secrets !

— Ah ! Bien sûr. »

Il m'a regardée.

« Mythomane, schizophrène, romancière ou désespérée ?

— Ce sont vos seuls choix de réponse ?

— Pour emménager dans un trou comme ici, y a pas beaucoup d'autres possibilités…

— Et vous ? »

Il a éclaté d'un rire qui m'a plu.

« J'habite à côté. On aura le temps d'en venir aux confessions un autre jour, si ça vous dérange pas. Monte sur mes épaules, A-mo-ro-sa, je vais aller te reconduire chez toi parce que tes bottes ont l'air pas mal mouillées ! »

Ils sont partis sur le chemin et j'ai eu droit à une pluie de petits bye-bye de la main.

Soyons honnêtes : quand elle est revenue, en début d'après-midi, j'avais surtout envie d'autre chose. Ça a frappé à la porte. J'ai ouvert. Derrière un gigantesque bouquet de verges d'or, l'avalée des avalés étirait un petit sourire dépeigné.

« Bonjour, petite !

– Bonjour, madame ! Je vous apporte des fleurs, je veux dire, pour vous remercier. »

À tous ceux qui se disent que j'attendais quelque chose et que me voilà servie, je répondrai que j'attendais n'importe quoi *sauf* un enfant, *excepté* un enfant, *excluant* un enfant.

J'ai pris le bouquet pendant que le petit tas de cheveux rouges en désordre continuait à traîner dans le cadrage de la porte avec cette allure d'enfant prête à se faire inviter. Entre ma conscience judéo-chrétienne qui me tient la générosité par la peau du cou et mon envie profonde, démesurée, incommensurablement égoïste de réclamer la fichue de sainte paix que je suis venue chercher ici, j'hésite, encombrée de tout ce que je suis, embarrassée de n'être encore que moi-même et de ne pouvoir faire autrement.

« C'est très gentil. Merci. »

Je souris salement, de ce sourire qui lui dit qu'elle peut déguerpir. J'assume mal ma lâcheté et j'attends honteusement qu'elle prenne les rênes de la situation, qu'elle manifeste l'envie subite de partir, qu'elle disparaisse volontairement, qu'elle se volatilise complaisamment.

« Vous voulez que je vous aide à les mettre dans l'eau ? »

J'ai crispé un peu.

« Oui... Pourquoi pas... »

Un vieil arrosoir métallique trouvé dans le hangar a servi de récipient à la gerbe odorante que j'ai stationnée bien en vue sur le perron. La petite s'est ensuite assise sur une chaise de parterre, si pleine du ravissement de celle qui l'a bien mérité que je n'ai pas osé intervenir dans sa joie.

Je me suis prise, soudain, à penser à la violence dont elle est victime et j'ai eu honte de moi, de ma fuite, de mon indifférence. Quand nos parents nous disaient de terminer notre assiette et d'éviter le gaspillage de nourriture parce que, dans des pays noirs de misère, ça mourait de faim à qui mieux mieux, nous trouvions tous l'argument méprisable, bien sûr, parce que finir son assiette n'aide évidemment en rien l'enfant dont l'hémisphère sud du ventre est vide. De toute façon, le lointain était hors de portée de ma vue. Ils pouvaient mourir par centaines ; leur ailleurs ne me concernait pas. Mais, en ce moment, la souffrance et la nécessiteuse étaient chez moi. Tellement assises chez moi qu'elles emplissaient mon horizon et que refermer ma compassion sur moi-même me donnait la nausée. Ne rien tendre vers elle, ç'aurait marqué la continuité de mon échec, ç'aurait conforté tous ceux qui sont convaincus que je ne changerai jamais. On a toujours le choix, je n'invente rien. Le plus difficile n'est pas de me choisir, mais d'assumer mon désistement. Si je me terre dans un silence indifférent d'elle, si je me désengage, si je me démanifeste, si je la fuis, je devrai me fuir moi-même de nouveau, je le sais, et tous mes miroirs me renverront à ma lâcheté existentielle, à ma mauvaise foi ardente, à mon credo d'irresponsable.

« Tu as dîné ?

– Non. »

C'était tellement plein d'espoir, cette petite chose-là, ça étouffait de tellement de besoins que j'ai eu soudain l'impression de participer à l'entraide humanitaire d'une enfant déracinée.

« Tu as faim ?

– Oui.

– Tu veux manger avec moi ?

– Je veux dire : oui ! »

Évidemment.

On s'est lavé les mains et le visage, on n'a pas appelé maman parce qu'on lui avait dit qu'on ne rentrerait pas pour dîner et que, de toute façon, maman dort toujours à cette heure ci. On s'est installée à la table après avoir offert ses services trois fois. Les paumes sur les genoux, la tête dans l'assiette, elle attend sans un mot de rompre mon pain et je me sens vaguement méprisable.

« Qu'est-ce que tu aimes manger, petite ?

– D'habitude, je mange des œufs, madame.

– Je ne suis pas madame. Mon nom est Élie. Tu peux m'appeler par mon prénom : c'est la meilleure façon de devenir des amies. »

C'est sorti d'un moi inconnu, je le jure, mais ça a fait tellement de bien dans le visage de la petite que j'aurais voulu en avoir dit plus et mieux et que, des fois, on se dit malgré soi que les mots d'amour sont si faciles et font tant de beauté qu'on devrait en inonder le monde.

« Un sandwich, ça te va ?

– Oui, Élie. »

Il y avait du sourire pour trois dans mon prénom et j'ai eu un peu mal à ma tendresse, j'avoue.

« Tu sais probablement d'autres mots que "oui", "non" et "madame"... Raconte-moi ce que tu fais à l'école... »

Et ça a été le dîner des découvertes. D'abord gênée, la petite dépeignée est devenue plus dégourdie. Elle déteste l'école parce qu'elle n'est pas bonne (et vice-versa, je suppose), elle n'aime pas ses devoirs et étudie ses leçons dans l'autobus parce qu'à la maison, « il faut s'occuper de maman ».

« Et ton papa, il est où ? »

La bouche pleine.

« Pas de papa.

– Et pourquoi il faut s'occuper de maman ?

– Parce que je suis grande. Je suis capable de l'aider.

– Et qui t'aide dans tes devoirs ?

– Je n'ai pas de devoirs : je suis en vacances ! »

Évidemment.

« Si tu veux, quand l'école recommencera, tu pourras venir faire tes devoirs ici. Je t'aiderai.

– Oui ? Je vais le dire à maman. »

Je sais : je m'avance. J'ignore pourquoi je fais ça, moi qui. C'est venu tout seul, comme par pitié. Je ne comprends surtout pas ce que je fais ici avec une petite fille à ma table, moi qui viens d'où je viens et qui tente l'avenir.

Elle est partie après dîner, sans demander son reste. Elle s'était gavée comme une qui n'avait pas mangé depuis dix jours et a filé.

« Est-ce que je pourrai revenir ? Des fois, je veux dire…

— Bien sûr. »

La tignasse rousse a détalé vers le sentier.

Je commençais à avoir envie de ma sieste.

18 juillet

Lui aussi, il est revenu.

Je prenais un dernier coup de vin, devant le feu sous les étoiles, quand le gros gras grand Richard est arrivé.

« Partages-tu ton feu, voisine ?

— Tous les porteurs d'enfants peuvent venir profiter de mon âtre. Je prête même une étoile ou deux, mais pas plus et pas des filantes.

— Égoïste de vœux. C'est pire que je pensais… »

Il a installé sa bière devant les flammes qui lui rougissaient la barbe longue.

« Je suis auteur, compositeur pis interprète. Je chante. Pis toi ?

— Je suis plombière, ramoneuse, ménagère, horticultrice, arrêteuse de fuites et lectrice de paraboles.

— C'est payant ?

— Avec quoi tu penses que je peux m'offrir un beau chalet avec assiettes décoratives, ustensiles croches, lac, forêt, crucifix de plastique et ameublement fournis ?

– Sans parler du voisin...

– Les vices cachés ne m'intéressent pas, ça fait qu'on va mettre ça au clair tout de suite pour les beaux yeux de tout le monde : je n'ai pas envie de m'envoyer en l'air avec le voisin, O.K. ?

– Désespérée, je dirais. »

Malgré moi, j'ai souri.

« Je voulais te dire, voisine... C'est toi qui lances des légumes partout ?

– Partout, c'est vite dit... »

De l'autre côté du chemin pas pavé, c'est la forêt. Et, au lieu de faire du compostage, je pratique du forestage ; je lance dans le boisé trois repas par jour de légumes défraîchis dont se repaissent grassement quatre générations de lièvres, un couple de ratons laveurs itinérants et, à en juger par l'odeur, une vieille mouffette boudeuse. Or, puisque je suis un peu maladroite au lancer du légume, les vivres ne se rendent pas toujours dans le boisé et se contentent, plus souvent qu'autrement, d'échouer un peu partout dans le chemin.

« Tes légumes passés date, tes fruits déconfits, tes moyeux d'épis de blé d'Inde grignotés jusqu'au trognon, tes pelures de carottes brunies, tes épluchures de patates ratatinées, tes traînées de melon d'eau séchées, tes tomates sanguinolentes pis tes pâtés d'avocats décatis recouvrent les dix mètres de pelouse et de gravier qui séparent le balcon de ta cuisine de l'orée de la forêt. On peut à peu près dire que c'est partout, non ?

– Je suis une artiste. J'ai créé une presque œuvre en évolution : un potager du grugeage jusqu'à la moelle, un cimetière du légumineux à ciel ouvert, une pépinière de la flétrissure décolorée, un mouroir du légume éventré; ça s'intitule: *Jardin agonique*.

– Sans vouloir offusquer l'artiste en toi, tu devrais arrêter ton épivardage de bouffe à ciel ouvert avant que ça attire trop de renards ou d'ours pis que tu sois obligée de rebaptiser l'ensemble: *Le sentier de la mort*. La petite Agnès sert déjà suffisamment de pâture à sa propre mère sans lui mettre d'autres loups sur les bras, tu penses pas?»

Je me suis sentie minable, ridicule et stupide.

«Mais inquiète-toi pas: je suis convaincu que t'arriveras à orienter ta générosité mieux que ça d'ici peu.»

28 juillet

Je ne lui ai offert mon nom qu'à la troisième rencontre, quand j'ai commencé à lui faire confiance. Il ne m'avait d'ailleurs rien demandé; il fait, à vue de nez, partie de tous ceux qui ne veulent pas s'impliquer dans un voisinage décent, qui refusent d'user le traditionnel sentier de la curiosité proprette et importune des emprunteurs de verres de lait ou de tasses de farine en plein milieu d'une recette.

Il est revenu ce soir pour partager le feu quotidien et on a jasé de ce qui ne tourne pas rond autour de nos vies. De sa vie, plutôt, puisque je n'ai pas dit grand-chose.

Il est arrivé au domaine dans un désir d'absence et n'en est jamais reparti. Il est musicien et raconte que sa carrière gravit, depuis peu, les Everests de la gloire. Il le dit sans fatuité, comme si c'était quelque évidence embêtante, encombrante:

« Trop d'admirateurs, trop de journalistes, trop de shows tout d'un coup. J'ai juste envie d'une paix à moi, dans mon coin, envie d'écrire tranquille pis de jouer de la musique.

– Le drame des élus de la vie, c'est ça? La rançon de la gloriole: ton Everest transformé en calvaire! Tu me joues quoi? Le grand numéro de l'artiste solitaire dédaignant la foule de ses admirateurs?

– Dédaignant? Tu sauras, chère artiste du potager décomposé, qu'on peut vouloir faire de la musique sans se dévoiler le nombril devant la caméra! Comme c'est là, il faudrait que j'offre un pourcentage de mon intimité à la publicité, un pourcentage à l'agent, un pourcentage au bénévole, un pourcentage à chaque spectatrice enthousiaste! Câliss... Allez-y! Payez-vous des rêves à même ma vie privée! »

Il rigole, les yeux fixés dans une douce ironie nocturne.

« La rançon de ma gloriole, comme tu dis, c'est eux autres qui l'empochent. J'ai pu vraiment envie de me faire dépocher de moi-même, de faire des entrevues. Ça fait que j'ai décidé de filer vers le silence pseudo-profond de l'anonymat médiatique, c'est tout. Moins de photos dans les journaux, mais ça marche quand même. Je vis de musique et d'eau fraîche!

– Une idole inaccessible... C'est sûr: faire la sourde oreille en se consacrant au quotidien est la meilleure façon de faire comme si.

– En restant à côté de la circulation, je peux pas me faire frapper.

– Certain que l'imprévu ne peut pas arriver jus-qu'ici, c'est ça ?

– Si on veut.

– T'es le genre de gars qui préfère les cafés refroi-dis et qui enfile tous les matins des sous-vêtements porte-bonheur en espérant que ça va le protéger con-tre l'inattendu ?

– Ça me convient. Tu ferais une bonne chroni-queuse. Un peu baveuse, peut-être.

– Ça a au moins le mérite de l'honnêteté.

– J'vais m'en souvenir. Promis. Bonne nuit, voi-sine !

– Élie. »

Il a allumé un sourire.

« Bonne nuit, Élie. »

31 juillet

La chaleur étouffante m'a rapidement amenée à faire fi des algues et des grenouilles pour aller tester l'eau stagnante du lac. Je me suis procuré un matelas gonflable, un de ces objets parfaits pour perdre son temps en transpirant mollement, les bras en croix. Puisque Richard dort jusqu'à midi et qu'il n'y a personne d'autre autour du lac, je me baigne nue. Je dérive toute la matinée, coincée entre les fleurs de nénufar, les yeux fermés, sentant la chaleur qui pèse sur mon visage, sur mes seins, sur le bas de mon ventre. Sous mes paupières, j'observe le rouge tenace qui m'éblouit. Quand je n'en peux plus, je me retourne et guette, la tête surmontant l'oreiller gonflable, les têtards qui circulent nonchalamment dans l'eau brouillée. J'observe, les doigts en coupole, ces poissons minuscules aux prénoms inconnus qui mangent des algues. Le début de la vie.

Je rame lentement avec mes mains. Je me traînasse jusqu'au pied du torrent dont le débit n'a rien d'inquiétant. C'est l'endroit le plus agréable. Je glisse ma tête sous la chute et l'eau emplit ma chevelure de vagues froides. Je me redresse, le corps couvert de frissons qui me rappellent tes caresses. Je ferme les yeux et sens, dans le bas de mon dos, poindre cette oscillation qui raidit mes seins. Je descends mes mains sur eux et jusqu'au bas de mon ventre.

Tous ceux qui en voudraient plus seraient déçus parce que je suis incapable d'aller plus loin. Envahie par ton souvenir, je m'abîme dans le désarroi de ma solitude qui n'engendre que la sécheresse. Changer de chapitre n'est pas si simple que l'écrivent les romanciers et mon bien-être se heurte constamment à ton absence.

Le désert des jours s'apaise dans la douceur des nuits durant lesquelles je dors peu. Je reste des heures dehors, assise parmi les étoiles. Même une parabole me ferait du bien, c'est tout dire. Je ne m'élève vers rien, mais ne sombre pas non plus. J'attends. J'attends que le sommeil m'emporte, que la fraîcheur de la nuit m'en tire brusquement dans un frisson qui m'expédie au lit. Parfois, surtout les vendredis et les samedis, c'est le retour de Richard, aux petites heures, qui me réveille. Les phares de sa voiture qui revient d'une salle de spectacle lointaine observent quelques secondes le lac avant de s'éteindre. Le claquement de la portière.

« Je suis rentré ! Tu peux aller te coucher, voisine ! »

Je titube jusqu'à mon lit, ivre de néant.

Tout est donc paisible, mais. Dans certaines nuits noires où les chandelles sont mortes, l'infini m'attaque tellement que j'ai presque peur. Je voudrais partager le silence avec le gros gras grand Richard, mais il a la morale coriace de ceux qui ferment les yeux pour s'en remettre aveuglément à l'ailleurs. Il appartient à ceux-là qui justifient leur inaction en s'associant aux blâmeurs de découvertes, aux offusqués des religions en péril.

« L'espace infini, Richard... Tu sais que c'est avec un seul œil que la Renaissance a pris conscience de l'infini de l'univers ? En fermant un œil pour mieux faire la mise au point, Magellan constate la rotondité de la Terre et des océans, Galilée découvre l'infiniment grand dans sa lunette astronomique et Leeuwenhoek, l'infiniment petit dans son microscope. Avec un seul œil, ils ont pris les mesures angoissantes de l'infini... Tu imagines ce que ça sera le jour où nous aurons le courage d'ouvrir les deux yeux ? »

Il ferme une paupière et se met le nez dans son verre de vin. Pour lui, l'immensité est trop grande.

« Pis ? Qu'est-ce que tu veux qu'on fasse avec l'infini ?

— T'es croyant, toi ?

— Ben oui ! Qu'est-ce que tu penses ? ! C'est sûr ! Pas toi ?

– Moi ? Je ne sais pas trop. Je pense qu'il faut un peu mettre la Bible de côté pour nous permettre de définir nos valeurs individuellement, à partir de notre propre conscience, de ce qui est humainement possible. Ça nous permet d'éviter de nous ancrer dans une morale judéo-chrétienne antique fondée sur la crucifixion, le péché, la culpabilité. Ça nous donne une chance, non ?

– Ah !!! C'est ça que tu penses, toi, qu'éliminer Dieu, ça te donne une chance ? T'es pas un peu mêlée, là ? ! On peut se rassurer au quotidien avec ce qui nous entoure : avec de l'argent, un toit sur la tête, une belle auto de l'année, mais pour tout le reste, tu t'en remets à quoi ? Tu peux ben être angoissée !

– Qui ne se sentirait pas un peu angoissé devant un infini de silence qui ne répond pas ? !

– Si le silence t'angoisse, c'est parce que t'as sacré les réponses de Dieu aux vidanges ! »

Les étoiles filantes valsent dans mon verre de vin.

« Élie ? Tu dis rien ?

– T'as raison. Quelque part, quand même, j'aimerais ça pouvoir croire en Dieu… Il me semble que ça m'aiderait à. Tu sais, Richard, parfois la vie nous conduit sur des falaises si roses qu'on a l'impression qu'il s'agit là d'un promontoire pour rejoindre les anges. Parfois, même le lever du soleil semble un appel et, autour, il n'y a plus que du vide… Et alors, on voudrait croire, pour vrai.

– La nostalgie de l'infini !

– C'est plus que ça : l'angoisse du vide. Certains soirs, quand je suis seule ici, à tisser mon silence, je ne sais plus si j'ai pris les bonnes décisions, si j'ai dit les bonnes paroles ; je me suis peut-être trompée quelque part... »

Et alors ma vie ne tiendrait plus que sur le fil de mes erreurs.

2 août

Depuis dix jours, elle ne cesse de rebondir ici chaque après-midi, comme une balle inattendue qui traverse la rue devant l'auto. Je suis certaine qu'elle épie le beau temps et attend, derrière les arbres, le moment où je sortirai de la maison, par inadvertance, pour rappliquer au pas de course. Elle se plante dans un coin du terrain et avance lentement, pareille à un animal effrayé. Au début, elle m'embêtait un peu, j'avoue. Maintenant, je la laisse venir à petits pas jusqu'à lui donner une tâche.

« Bonjour, petite ! Peux-tu m'aider à porter de l'eau aux plantes ? »

La gêne s'évanouit d'un coup devant l'importance du devoir à accomplir et la nécessité de sa présence. La dignité repose souvent dans un geste inutile, mais essentiel. Au bout de dix minutes, elle réussit toujours à gagner sa limonade et le droit de traînasser autour de moi tout l'après-midi.

Il y a trois jours, j'avais suggéré une baignade qu'elle avait refusée, alléguant les algues et le varech. Sa gêne était évidente.

« Tu n'as pas de maillot de bain, c'est ça ?

– Non... »

Alors ce matin, pensant bien faire, je suis allée lui en acheter un.

« J'ai une surprise pour toi !

– Oui ??? »

Elle sautait comme une grenouille, en battant des mains dans le soleil.

« Ta-dam !!! »

Quand elle a vu le superbe maillot à fleurs, elle a rougi d'un coup.

« Non…

– Quoi, non ? Tu ne veux pas te baigner ? Tu ne sais pas nager ? Je vais t'apprendre, tu vas voir ! On n'ira pas trop loin tout de suite… »

Et là, je me suis aperçue que. Ses yeux creusaient le sol avec l'intensité de la honte. Le silence noir des esclaves condamnés à perpétuité.

Je me suis agenouillée devant elle.

« Tu as peur qu'on voie… les marques sur ton dos. »

Elle ne bougeait pas et l'intensité s'opacifiait. J'ai eu peur qu'elle s'échappe. Pourtant, elle restait là, avec cette honte inavouée, avec son sanglot d'humiliée. Et moi qui ne sais pas quoi faire avec les enfants de huit ans, j'aurais voulu m'arracher toutes les dents tellement je regrettais ma maladresse. Mais comment reculer sans l'abandonner ?

J'ai tendu la main et caressé sa tête. J'entendais le silence qui prenait toute la place et nous coinçait. J'avais peur de devoir m'en sortir par des mots forts, vrais, qui diraient tout d'un coup et soulageraient huit ans de blessures. Des mots que j'ignore. Je me suis approchée d'elle et l'ai prise dans mes bras. Elle restait droite, hérissée et crucifiée et, bon sang ! où sont donc passées les paraboles qui soulagent l'humanité ? !

Son visage torturé, ses yeux fermés dur et sec et cette humiliation qu'elle endure comme un cilice. L'agneau portant les péchés du monde.

« C'est injuste ce qui t'arrive. »

C'est tout ce que j'ai pu murmurer, du fond de ma gorge emplie de cris de révolte et de violence contenus.

Soudain, sans que je le comprenne vraiment, mais très vite, brusquement, elle a levé des yeux indécis sur moi, puis s'est libérée de mes bras pour s'enfuir en courant, me laissant le goût amer de la défaite complète.

4 *août*

Elle n'est pas encore revenue.

Richard est passé avec sa guitare en milieu de journée pour, dit-il, me faire entendre ses nouvelles chansons. Il traîne dans le salon avec des compositions malhabiles qui cafouillent encore et des feuilles chiffonnées qui retroussent leurs coins de mécontentement. Il passe son temps à les échapper par terre et marche dessus avec des semelles toujours collantes. Naturellement, les feuilles le suivent partout, de la cuisine à la salle de bain, sans que ça le dérange et je passe mon temps à ramasser son effeuillage. Il trouve que j'en fais trop, que j'angoisse avec le ménage.

« Tu perds ton temps !

– On voit bien que ce n'est pas chez toi ! »

Il hausse les épaules avec l'indifférence de ceux qui trouvent ça chic de se laisser traîner, qui croient qu'il s'agit là d'un signe de virilité triomphante et débarrassée du côté féminin sous-jacent chez tous les hommes de ce monde, mais qui, évidemment, n'atteint pas les vrais *mâles*.

« Si tu veux tout savoir, moi, ça me rassure de faire du ménage. J'avais une belle-mère, jadis, qui disait toujours: "Quand ça va mal, fais du ménage!" Lorsque la vie m'étouffe, je me sens mieux si ma maison est propre: c'est comme si, en rangeant tout ce qui se range, j'arrivais à me donner un peu d'espace pour respirer...

– Tu me fais rire à gratter des plaies de lessives pas faites pis de planchers sales! Câliss! Tu fais partie des choyés de la société, tu le sais-tu? Arrête de te plaindre pis respire un peu: t'es pas vraiment angoissée!

– Lâche-moi donc! Tu parles de sécurité matérielle comme si c'était tout ce qui comptait!

– Bon, tu vas me sortir tes petits désarrois égoïstes de fille gâtée, peut-être? Pauvre p'tite! Trouve-toi un amant, fais des enfants, un voyage pis ça va passer!

– De quel droit tu m'écœures comme ça? Tu sais rien de moi!

– Pas besoin de savoir! Je vais te dire de quoi, ma fille: devant les vraies angoisses du monde, on est des attardés! On connaît pas les possibilités de notre liberté pis on a tellement peur d'y être confrontés qu'on se barricade derrière les craintes stupides de ceux qui ont tout; on fait partie de ceux pour qui vivre est tellement facile que ça en devient injuste pis inquiétant! Pis toi, tu viens me dire que tu t'acquittes de ta liberté

dans un coup de guenille ?! J'en reviens pas ! Vas-y !
Plains-toi ! Mais avec moi, t'auras pas raison…

   – Merci de ton appui !

   – … Parce que, pour des gens comme nous autres,
la liberté, c'est tellement trop que c'est injuste ! »

5 août

   « Salut, les plus belles filles du boutte ! »

   Les cigales chantent à pleins poumons et nous dé-
gouttons de partout dans la torpeur d'août, la petite
Agnès et moi.

   Quand elle était arrivée, ce midi, elle avait un
sourire timide, mais un sourire. Tout de suite après le
dîner, elle avait demandé si elle pouvait essayer le maillot de bain. J'avais moi-même enfilé un maillot une
pièce très décent, semblable à celui que je lui avais
acheté. Je lui avais trouvé une grande serviette qu'elle
pouvait mettre sur ses épaules jusqu'à ce qu'elle se
sente prête à. Elle s'était glissée dans la chambre pour
se changer pendant que je me faufilais dehors pour
vérifier l'état du matelas gonflable. Il y avait suffisamment de place pour que nous y embarquions toutes les
deux.

   Elle était sortie du chalet avec la serviette sur les
épaules, comme prévu, mais elle l'avait vite abandonnée pour venir me rejoindre. Heureusement, le maillot
était fait de telle sorte que ses marques disparaissaient
presque toutes sous le tissu. Sur les épaules, cependant, les ecchymoses étaient évidentes. Elle semblait
gênée, craignant sûrement une inspection de ma part.

« Il te fait très bien ce maillot, crois-moi ! »

Elle avait souri très grand, heureuse d'être une petite fille comme les autres, et nous nous étions embarquées sur notre radeau pneumatique vers les grandes aventures.

Quinze minutes plus tard, Richard nous baratine depuis le bord du lac.

« Salut, les plus belles filles du boutte ! »

Agnès rit et lui fait des bye-bye.

« Viens nous sauver ! Je veux dire : on est coincées dans les algues !

– Débrouillez-vous ! C'est trop dégueulasse pour que j'y mette le bout du pied !

– Après ça, il va me raconter qu'il n'agit pas comme une vedette ! »

Il laisse tomber sa bière, s'élance à la course et plonge tout habillé dans le lac, tandis qu'Agnès et moi ramons de toutes les forces de nos mains pour tenter de fuir. Il nous rejoint en moins de deux, fait chavirer notre navire et revient, prince des princes, en portant la petite sur ses épaules, ses pieds s'enfonçant dans la vase.

« Ouach ! C'est dégueulasse ! Agnès, je vais peut-être t'échapper parce que j'ai des grenouilles entre les orteils.

– Mon nom, c'est Amorosa ! »

Elle rit alors qu'il trébuche sur les copeaux de bois mort. Je reprends ma place sur le matelas et me dirige lentement vers le bord sans m'approcher de la vedette porteuse d'enfant.

En arrivant à gué, Agnès part se changer pendant que Richard enlève son chandail mouillé.

« C'est toi qui lui as acheté le maillot de bain ? Bonne idée. Elle a l'air plus heureuse depuis que t'es arrivée.

– C'est gentil.

– C'est vrai. T'es occupée demain soir ?

– Non, pourquoi ?

– Je joue dans une salle pas loin. J'ai un billet pour toi, si tu veux. »

Il sort un billet détrempé de sa poche.

« Merci. Je vais y aller avec plaisir.

– T'as un beau maillot, mais j'aime mieux quand tu te baignes toute seule, de bonne heure, le matin… »

Nuit du 6 au 7 août

Je suis donc allée assister au spectacle de Richard.

Fidèle à ce que je connais de lui, il est entré sur scène comme on finit une journée d'ouvrage, avec ses espadrilles délacées, sa chemise trouée aux coudes, ses jeans tachés de peinture. Il est entré en scène comme s'il n'y était pas, comme s'il allait brancher un amplificateur, faire un test de lumière, démonter un décor. Il a trébuché dans les fils, a jeté le micro par terre en prenant sa guitare et jasé avec les musiciens en se grattant le dos.

Les admiratrices tendaient déjà leur adoration inconditionnelle, leur vénération salivante, leur supplique silencieuse. Moi, je me demandais ce que je faisais là. Je le voyais tourner le dos à la foule et j'aurais voulu rire. Je me sentais comme une voyeuse dans la cour arrière d'une maison abandonnée qui, entre deux planches disjointes, épie un *band* de garage en train de pratiquer un numéro de musique pour adolescents. Il a allumé une cigarette qu'il a refilée au bassiste. N'a salué personne. A toussé un peu. Et, juste au moment où je pensais me mettre à bâiller, il s'est souvenu de l'emplacement du micro.

Comme l'océan qui bout
Quand le soleil s'y couche le soir
J'ai embrassé ta joue
De métal en hiver
J'suis resté collé
J'voudrais t'crever les yeux
Si l'amour est aveugle
Pour que tu m'aimes un peu...

Dans les larmes du violoncelle, l'hésitation est terminée. Il m'a eue. Nous a eus. Tous. Il nous a eus dans trois vers de barbe longue, de broussaille échevelée, de gorge de fumeur cancéreux. Quand Richard chante, nous devenons des suppliants d'amour, des quêteux de petite misère, des éperdus de tendresse. Ce gars-là passe sur le quotidien comme un cheminot, un maréchal-ferrant, un charbonnier de l'enfer, mais nous transforme en mendiants dès qu'il chante.

En rentrant, j'ai remis pied à terre et nous avons pris un verre chez lui, mon gros gras grand voisin. Nous avons veillé longuement, en aspirant la paix de la nuit. C'est un drôle de gars qui a la philosophie au fond du verre de vin et les amours oblitérées d'une irresponsabilité assumée. Ses armoires de cuisine s'em-

plissent de lettres d'amour écrites par des femmes lar-
moyantes qui s'ouvriraient les veines pour un sourire
de lui – il n'en a lu aucune, mais il les garde toutes,
soigneusement.

Au fil des jours, les lettres ont commencé à arriver
de plus en plus abondantes et il les a empilées avec
précaution afin de pouvoir ranger dans l'armoire l'empreinte éphémère des admirations. Mais bientôt les
lettres se sont multipliées dramatiquement. Alors il a
commencé à refouler ses assiettes sur le côté, puis il a
dû se débarrasser des tasses en trop et ainsi de suite
jusqu'à ne plus conserver que le strict minimum de
vaisselle qu'il laisse traîner en permanence sur le comptoir. Ses armoires sont gorgées d'enveloppes de partout jamais décachetées.

« Où vas-tu les mettre quand tes armoires à vaisselle seront complètement bondées ?

– À côté de mes cannages. Je sais pas. J'ai toujours de la place pour une lettre d'amour.

– Tu devrais les jeter.

– Es-tu folle ? Quand je vais voir une femme qui
va me demander si j'ai reçu sa lettre, je vais dire quoi ?
Que je l'ai jetée sans l'ouvrir ? Là, je peux lui répondre
que, oui, je l'ai reçue pis que je la conserve précieusement à côté de mon pain quotidien.

– Tu parles à tes admiratrices ?

– Jamais. Mais au cas où, je suis prêt.

– Il faudra bien, pourtant, que tu te débarrasses
de tout ça un jour, non ?

– Mais d'où tu sors, câliss, pour penser qu'un
homme peut jeter des lettres d'amour avec indifférence, comme si de rien c'était ? »

– Si tu y tiens, alors lis-les!

– Quand on ouvre une lettre d'amour, quand on la lit, on est interpellé pis c'est difficile, après, de pas se sentir concerné, de faire comme si ça existait pas, de porter le poids de cet amour-là sans y répondre. Lire une lettre d'amour, c'est s'engager à quelque chose.

– À quoi?

– À être responsable de la réponse. »

Nuit du 11 au 12 août

Hier, peut-être parce qu'il n'y a pas de hasard, il y a eu une erreur à la poste et je me suis retrouvée avec la liste de matériel scolaire de la petite Agnès. Je n'avais pas vérifié le nom du destinataire (qui fait ça?), j'avais déballé l'enveloppe et étendu de la paperasse partout avant de constater ma bévue. Je me suis donc présentée, ce matin, à la porte de la maman pour tenter de lui restituer la liste en question et l'ensemble du dossier de la rentrée scolaire.

Agnès est venue répondre avec tellement de plaisir dans les yeux que ça m'a gênée. Quand elle a su que je venais pour maman, la gêne a changé de camp. Elle est allée la chercher en regardant derrière avec ça dans les yeux, ça qui attend quelque chose de trop grand pour moi qui ne suis jamais qu'une voisine avec la mauvaise enveloppe. Je voudrais pouvoir lui dire qu'elle se trompe d'adresse, qu'elle a jeté son enveloppe dans la mauvaise boîte, que je ne suis une réponse pour personne et que les enfants de huit ans, moi, je ne connais pas ça. Je souhaiterais lui trouver une réponse, mais je suis vide et en moi ne résonne que l'écho silencieux de son regard. Je te demande pardon, fillette. Je ne sais pas quoi faire avec ton appel et ton désarroi.

La démarche traînante de maman s'est amenée. Je m'attendais à je ne sais quoi, mais sûrement pas à cette petite fille de vingt et un, vingt-deux ans sale, mal habillée, endormie et revêche. Une Florentine qui a manqué son coup, une enfant sans seconde chance.

« Bonjour, madame ! Je suis votre nouvelle voisine et j'ai ouvert, par inadvertance, une lettre à vous qui a été déposée par erreur dans ma case postale... »

Je lui ai tendu l'enveloppe.

« La liste d'école d'la petite ? Vous pouvez la garder : j'ai pas une cenne pour ça ! »

La porte s'est refermée sur mon nez et je n'ai pu attraper que les yeux d'eau d'Amorosa. Il ne m'est resté que ça coincé là, mais c'était tellement ça que j'ai su, tout à coup, que j'avais, du moins pour aujourd'hui, un peu de réponse en moi et du vide est monté plus qu'un écho et plus que du silence et j'ai recogné à la porte instantanément, mue par ça qui savait plus que moi que je répondais à quelque chose et que, pour une fois depuis longtemps, j'avais envie de défier la bouderie du monde, d'affronter l'effronterie et l'affreuse et de faire entendre ce que j'avais d'humain à partager. La contrariété a ouvert la porte avec de l'impatience à pleins soupirs et, avant qu'elle m'envoie le « Quoi encore ? ! » de l'écœurement, j'ai attaqué.

« Dans ce cas, verriez-vous un inconvénient à ce que j'emmène Agnès acheter toutes ces fournitures scolaires au village ? À mes frais, bien sûr... »

Agnès regardait tellement par terre qu'elle allait sûrement creuser un trou dans le plancher sous peu.

« Faites-en ben ce que vous voudrez ! Emmenez-la au magasin, à l'école, n'importe où, j'm'en sacre ! Envoye, toi ! Reste pas là ! Décolle ! Tu vois pas qu'elle t'attend ! »

Mais déjà, la petite humiliée était sur la galerie et la porte, refermée sur nos nez.

« Aujourd'hui, ma belle, on se prépare pour l'école ! »

Nous sommes d'abord passées chez moi parce qu'il était temps qu'elle ait son premier cours d'hygiène. Propre et coiffée, elle est très jolie avec des taches de rousse au nez et des champs verts dans les yeux.

Nous sommes descendues en ville et là, on s'est offert la pire orgie de magasinage de sa vie trop longue. Le matériel scolaire a commencé par la boutique parce qu'on apprend mal quand on a l'air guenillon et que les autres se moquent de notre pauvreté. Jupes, pantalons, chemisiers, sous-vêtements et chaussures, manteau et bottillons : tout était à refaire et j'ai tout refait, fée marraine d'une petite Cendrillon. Ensuite, nous sommes allées acheter les matériaux pour la classe, y compris le sac à dos et les barrettes à cheveux.

Les achats s'étaient empilés dans l'auto sous le bonheur timide mais immaculé d'une Agnès émerveillée qui me souriait jusque dans le cœur, quand l'appétit et la fatigue sont venus nous rappeler à l'ordre. Nous sommes passées au resto comme des reines et avons bu des liqueurs à la paille en faisant le plus de bruit possible pour que notre joie se répande partout autour de nous. Sa gaieté a illuminé les boutiques à néons, le restaurant fade et les rues pourtant ensoleillées.

Quand nous sommes rentrées chez elle, le soleil pensait aller se coucher. La petite rêvait encore ou presque déjà.

J'ai arrêté la voiture devant une maison étrangement sombre qui présageait du pire. Nous sommes montées sur le perron. Sur la porte fermée, un mot mal écrit: «Je suis partie pour la nuit.» La petite s'acharnait sur la poignée avec les larmes du retour à la réalité et du Grand Abandon plus vrai que jamais, quand j'ai compris qu'elle n'avait pas la clé et que maman la condamnait au néant.

Mais le néant, c'était moi et, cette nuit, l'injustice, le mépris et l'odieuse ne l'emporteraient pas sur notre fête; cette nuit, minuit ne sonnerait pas et Cendrillon aurait le droit d'être heureuse jusqu'au matin.

«Tu sais ce que ça veut dire? Ça veut dire qu'on est chanceuses sans bon sens et que nous passerons la nuit chez moi toutes les deux! Ça veut dire que j'aurai le droit à une parade de mode, mademoiselle! Vous venez dormir chez moi, señorita?

– Je veux dire... »

Ça s'est arrêté sans suite.

Elle a hissé ses yeux péniblement sur moi pendant que les larmes coulaient tellement naturellement qu'elles emportaient avec elles les fleurs de rousseur dispersées sur le nez et allaient s'écraser, en un fracas insupportable, dans la crasse du perron. J'aurais voulu hurler. Des larmes de princesse dans la boue du monde! Je me suis mise à genoux devant elle. Elle tremblait de partout, perdue dans tout ce qui n'a pas de sens pour ses huit ans trop mal vécus.

«Il faut que je te dise quelque chose.»

Je pense qu'elle a eu peur. Je me suis dépêchée.

« Je dois te demander pardon parce que j'ai oublié de te préparer un lit… Aussi, si tu acceptes de dormir avec moi cette nuit, demain, nous arrangerons la petite chambre, si tu veux bien m'aider, et tu auras toujours une place chez moi, d'accord ? »

Elle m'a serrée très fort dans ses bras et je l'ai portée contre moi jusqu'à l'auto. Quand je l'ai déposée sur le siège, elle m'a fait les remerciements, mais je savais qu'elle était incapable d'avancer un mot. Malgré tout, l'espoir était revenu et c'était un début.

« Attends avant de dire oui : tu n'as pas vu ta chambre !

– Oui ? »

Là, tout est redevenu possible.

Je suis allée chercher Richard qui ne faisait rien devant la télévision et nous avons assisté à la plus belle parade de mode jamais vue dans un petit chalet heureux. Richard a fait la musique et j'ai applaudi jusqu'à ce que mademoiselle finisse par arriver avec mon chandail en guise de jaquette sur le dos.

« Élie, est-ce que ça pourrait être lui le Monsieur extraordinaire ? »

Richard souriait jusqu'au plafond.

« Quel Monsieur extraordinaire, ma belle ?

– Celui que tu attends, je veux dire, et qui joue de la mandonine ?

– Non, ça ne pourrait pas être lui. »

Le sourire s'est écrasé sur le plancher.

Comme je ne savais plus quoi répondre, elle a déclaré qu'elle était fatiguée et qu'elle allait se coucher. Elle a dit un « bonne nuit » vite fait et a filé vers la chambre. Je l'ai suivie au pas de course.

« Où tu vas comme ça, ma belle ? !

– Me coucher… ?

– Sans me faire mon câlin du soir ? »

Je l'ai prise dans mes bras, renversée sur le lit et lui ai infligé la meilleure raclée de chatouillis jamais vue. Elle a tant ri qu'elle étouffait et, quand je l'ai bordée du drap de la nuit, elle a murmuré que c'était le plus beau jour de sa vie. Je l'ai laissée rêver.

J'ai quand même peur de lui en donner trop d'un seul coup. Peur du réveil de Cendrillon. J'ai longuement parlé avec Richard qui croit que le réel ne veut rien dire pour les enfants.

« Si, pour la petite Agnès, ça veut dire des coups de ceinture dans le dos, tu risques toujours ben pas de lui faire plus mal.

– Qui nous le dit ?

– C'est quoi tes histoires de mandoliniste ?

– Ne t'en fais pas avec lui. Je suis seule et je souffre de sécheresse. Je craque comme du bois mort. Il faut faire attention, dans ces cas-là…

– As-tu besoin de quelqu'un pour t'humidifier un peu, ma jolie ?

– Tu me lèves le cœur. T'as rien compris. J'ai juste besoin de me peupler un peu. »

Richard, on dirait qu'il flotte sur tout ça. Si je dois un jour m'accrocher à du gros réel tout cru, je sais qu'il sera là.

Agnès s'est réveillée, princesse du matin, les cheveux comme d'habitude et le sourire de celle qui a bien rêvé.

« Bon matin, Agnès ! »

Une vague de tristesse a emporté son sourire.

« Je pensais que mon nom, je veux dire, c'est Amorosa…

– Tu as raison, Amorosa ! Où est-ce que j'avais la tête ? ! »

Le soleil a rebondi. Je ne pensais pas que, avec les enfants, les victoires pouvaient être aussi faciles.

Richard est venu faire un tour pour le café et, quand nous avons annoncé notre projet de nettoyer la pièce du fond pour la transformer en chambre, il est disparu comme celui qui ne se reconnaît pas dans un manipulateur de chiffons.

Tant pis ! Nous nous sommes mises à la tâche et avons vidé de là une tonne de cochonneries inutiles que nous avons jetées, puis nous avons classé ce qui se classait. J'ai mis au jour un vieux bureau qui servira pour les devoirs. Puis une jolie commode.

« Élie ? Je peux laisser mes beaux vêtements ici ? Chez moi ils vont s'abîmer plus vite et ma mère ne m'aidera pas à les nettoyer comme il faut…

– Tu veux faire comment ? Tu ne vas pas venir ici tous les matins pour te changer ?

– Oui. Et tous les soirs aussi, en rentrant de l'école.

– Et si ta mère s'en aperçoit ?

– Ma mère, rien ne la dérange. »

De la résignation, déjà. Je ne savais pas trop quoi répondre parce que les enfants de huit ans, je ne connais pas ça. Aussi ai-je accepté dans le sens de son plaisir.

« Alors, nous allons nettoyer cette commode à fond et faire de la place dans le garde-robe ! »

Comme si le hasard avait décidé de frapper à ce moment précis, Richard a mis sa tête dans la porte.

« Venez m'aider ! J'ai besoin d'un coup de main !

– T'es drôle de demander un coup de main, monsieur je-me-défile-quand-arrive-le-balai !

– Attends de voir avant de chigner ! »

Nous sommes sorties voir. Il était allé chercher, Dieu seul sait où, un beau grand lit, matelas compris, idéal pour petite princesse abandonnée.

« Je me suis dit que, si jamais tu avais encore de la visite à dormir, tu pourrais la recevoir dignement... »

La petite n'en revenait pas ; elle sautillait de joie et riait et, juste à ce moment précis, parce que le hasard n'est pas qu'heureux, l'autre est arrivée, réclamant son dû.

« Bon, ça va faire, Agnès, remercie la madame pis envoye à maison ! »

Je n'ai même pas essayé d'imaginer ce que ça a pu faire dans la petite, parce que j'étais moi-même incapable d'en arriver là.

« Bonjour, madame ! Comme vous le voyez, je remeuble une partie du chalet. Si jamais vous devez sortir encore, ne vous gênez pas pour m'envoyer A... gnès. Elle aura désormais un petit coin pour dormir en paix. Je lui ai également offert de l'aide pour ses devoirs, si ça ne vous dérange pas. »

Elle s'est retournée en haussant les épaules parce que, évidemment, ça ne la dérangeait pas et Agnès m'a lancé un regard pour bientôt.

Richard et moi avons entré le lit et n'avons plus ouvert la bouche de la journée.

23 *août*

Ça fait maintenant dix jours que je n'ai pas revu la petite. J'en ai mal quelque part, mais je n'ose pas intervenir. Je ne suis pas retournée chez Richard non plus parce qu'il y a des jours où l'angoisse préfère éviter l'ironie.

Puisque c'est lundi et que je tricote du désarroi, je suis évidemment descendue au bar. À mon arrivée, l'Amérindien jouait du piano. Il n'y avait personne d'autre, à part le patron qui s'indifférait volontiers de tout.

Je n'avais jamais entendu jouer l'Amérindien, je ne savais même pas qu'il était pianiste. D'ordinaire, il s'assoit seul dans un coin du bar et forme sa propre tribu devant un verre qu'il ne vide jamais. Ce soir, il jouait un air lent et triste et ça m'a rentré dedans avant même que je commande mon 40 % hebdomadaire. Je me suis juchée presque comme d'habitude, mais avec moins de raideur ; je ne connais rien au jazz, mais il y avait tellement quelque chose en moi qui savait que j'ai eu de la difficulté à avaler mon verre. J'avais mon passé au fond de la gorge et le sentiment du vide, et toi qui me manques tellement que je ne savais plus où parler, mais que soudain j'en avais envie. Quelque chose en moi aurait voulu pleurer pour vrai.

J'ai dit au patron de lui apporter un verre.

« Offrez-lui un verre, s'il vous plaît. Ce qu'il boit d'habitude.

– Pardon ?

– Un verre au pianiste.

– Le pianiste ? Ah, Manu. O.K. »

Manu. Je ne lui avais pas imaginé un nom, malgré les lundis échangés en silence. Je ne lui avais d'ailleurs rien imaginé et je me rendais compte tout à coup qu'il était le seul Amérindien que j'avais vu par ici.

Manu. Le sang mêlé des Amériques, le pas tranquille des mocassins, les yeux débridés de ceux qui connaissent les secrets des animaux et chassent le nez au vent. Manu appartient sûrement à une de ces peuplades ancestrales qui ont construit les arbres, érigé le vent, la montagne et les rivières et qui, aujourd'hui, ont perdu leur forêt.

Il a fini la pièce et est venu s'asseoir près de moi. Manu est venu s'asseoir près de moi, mais pas parce que c'était moi ni parce que c'était près, mais juste parce que je lui avais payé un verre. Il avait probablement envie d'avoir la paix. Je ne sais pas pourquoi, mais je me suis mise à lui parler. Je lui ai parlé à lui. À Manu l'Amérindien.

« Je suis arrivée ici pendant le silence.

« Il y a des batailles plus grandes que les miennes, je le sais. Pour des gens comme moi, la lutte est un mot abstrait et la torture appartient au XVIe siècle. Pour des gens comme moi, la famine est un programme télévisuel en trop. Pour des gens comme moi, l'angoisse est un luxe, un passe-temps injustifié, un moment d'ennui. Et pourtant.

« Parfois, c'est l'étranglement. Parfois, c'est si silence et c'est tellement que c'est trop. Parfois, même pour des gens comme moi, il devient inutile d'aller dans les pays d'oppression et de résistance pour entendre les chants de la révolte, voir les yeux de l'abandon et les mains fermées de la solitude. Pour l'angoisse, la vraie, il n'y a pas de psy. L'angoisse de ceux à qui le pouvoir d'achat n'arrive pas à offrir une identité, de ceux dont les mains tendues ne récoltent que de la menue monnaie, de ceux qui regardent le jour en face avec les yeux vides d'avenir, qui goûtent le café matinal de l'échec et qui sauteront par la fenêtre. L'angoisse de ceux à qui le quotidien claque la porte au nez, de ceux qui ont trop avancé et ne savent plus reculer.

« Dans ces jours si sombres, il n'y a plus que des silences et des falaises. Des silences coupables d'avoir inventé des falaises. Alors, il faudrait avoir le courage de ceux qui reprennent la parole, qui défient les gouffres et qui demandent pardon. »

Je me suis arrêtée, comme essoufflée d'en avoir dit si long, plus long que depuis des semaines. Et plus grand que je ne l'avais jamais pensé.

« C'est pendant le silence que je suis arrivée ici. »

Le patron m'a coulé mon deuxième verre et s'est éloigné.

« Vous avez brisé les coutumes et la parole. Vos psys ont chassé les dieux. »

Je l'ai attaqué de tout mon regard. Il avait les yeux très noirs des nuits de forêt et de la surprise devant mon indignation. Je ne savais pas trop comment lui dire qu'il ne m'apportait pas les bonnes réponses. Que je ne voulais rien savoir de retrouver Dieu et la foi mammaire qui nourrissent l'enfant en soi de mots incongrus qui nous forcent à une culpabilité judéo-chrétienne tellement tatouée qu'on se sent marqués de soi toute sa vie et alors que reste-t-il sinon trois verres à 40 % pour se refaire une ligne droite et propre d'oubli ? Même si les dieux reviennent, qu'est-ce qu'ils vont soulager ? Des dieux pour qui ? Quand ils me diront, ces dieux, que je suis pardonnée d'être moi, d'avoir avancé, agi, de m'être trompée, d'avoir menti, d'avoir joué le jeu jusqu'au-delà de la limite et d'avoir exagéré ; quand ils me diront quoi faire et comment pour me ressusciter et enfin changer d'ailleurs, alors je verrai. Quand un dieu me dira que je peux changer de chapitre, l'âme en paix, je croirai. D'ici là, qu'on me permette de douter, de refuser, de rejeter et de dire que.

« Manu, où ils sont, ces dieux dont tu parles et dont on ne comprend pas les paraboles ? »

Le puits de son regard et le vertige d'eau brouillée.

« De l'autre côté des cercles de silence dans lesquels on s'enferme, il y a toujours une suite à notre histoire.

— Non. Dans le cercle de mon silence, Manu le pianiste, il n'y a que le scénario amer de ma vie et je préfère boire le brouillard de l'oubli à 40 % et assumer quelques fuites, plutôt que d'affronter mes erreurs et de trébucher sur des énigmes à déchiffrer pour comprendre ce qu'est le pardon.

— Qu'as-tu besoin d'un dieu pour te pardonner à toi même ?

– Je... »

Je voulais attaquer de nouveau, me révolter, me relever et poursuivre, mais.

Le puits de son regard et le vertige encore. Et l'eau brouillée. Il a bu son verre d'un trait et s'est levé pour rejoindre le piano. Mon troisième verre était vide.

29 août

Ça faisait plus de deux semaines déjà. Elle est revenue comme ça, avec sa timidité et son audace, pendant que j'arrosais les plantes.

« Penses-tu que je peux t'aider ?

– Amorosa !!! »

Je lui ai fait le grand câlin qui dit tout.

« Richard m'a appris que ta mère ne voulait pas que tu viennes ici... »

Elle a eu un sourire.

« Est-ce que j'aurais dû aller te chercher ?

– Non. Je veux dire : quand ma mère est fâchée, il faut que ça passe, c'est tout. »

Je caressais ses cheveux en me disant que la colère de sa mère avait dû lui passer sur le dos.

« Elle sait que tu es ici ?

– Oui. Elle est partie en me disant d'aller me faire garder... »

J'ai senti que la journée pourrait resplendir.

« Merveilleux ! On commence par quoi ?

– Par le maillot de bain ? »

Jour de la rentrée scolaire. La petite Agnès était passée hier me demander de venir la reconduire. Mettant de côté mon quotidien sans histoire, je suis allée rencontrer la maman pour avoir son avis sur la question, mais l'irresponsable m'a encore et toujours dit d'en faire ce que je voulais et d'arrêter de venir la déranger avec des questions sans importance. Nous avons donc enfilé nos jeans neufs et nos chemisiers de couleur. Nous avons tressé nos longs cheveux et sommes parties avec son sac à dos et les rires de l'amitié.

Dans le stationnement, une femme souriante a salué Agnès avec beaucoup de gentillesse. Agnès m'a présenté son intervenante qui a demandé à me parler en privé, « quelques minutes, là, si vous avez du temps ». Bien évidemment. J'ai souhaité une bonne journée à ma petite tressée qui est partie fièrement après le bisou de la rentrée. La dame et moi sommes allées marcher du côté du parc.

« Puis-je, sans indiscrétion, vous demander le rôle que vous jouez dans la vie d'Agnès ?

– Je suis une voisine qui aide, c'est tout.

– C'est tout ? »

Il y avait un piège derrière la question et, un instant, j'ai cru qu'elle me soupçonnait de.

« Je ne sais pas ce que vous êtes en train d'insinuer et c'est tant mieux pour vous ! Vous savez mieux que moi, vous qui intervenez, qu'il y a des enfants dont les besoins sont si grands qu'ils sont marqués sur leur peau et on ne sait plus très bien si ce sont encore des enfants. Est-ce qu'on peut juste les aider par philanthropie ou faut-il absolument avoir un but mesquin et pervers pour faire du bien au monde ? Si ça vous inquiète tant, je vais vous donner quelques numéros qui confirmeront assez de références sur mon dos pour vous satisfaire.

– Vous m'avez mal comprise, madame, et je m'en excuse vraiment. En fait, la situation d'Agnès est un peu compliquée. Depuis qu'elle est ici, nous lui cherchons en vain un grand frère, une grande sœur, quelqu'un qui accepterait de prendre cette enfant à charge. La mère ne s'en occupe pas et, malheureusement, dans un petit village comme le nôtre, les familles d'accueil qui acceptent un enfant de cet âge sont rares... J'ai tout de suite remarqué les changements survenus chez Agnès : ses vêtements neufs, sa propreté et aussi, surtout, son sourire. J'ai vu de quelle manière elle vous regardait et je me demandais qui vous étiez pour elle... »

Le piège était pire que ce que je pensais. J'étais tellement sans voix que. Je ne suis pas allée plus loin ni dans ma tête ni ailleurs, mais je pense que la terre s'est mise à trembler. J'ai eu si peur que je suis partie en courant, j'ai sauté la barrière, galopé jusqu'à la voiture et j'ai roulé en trombe vers la maison où j'ai tout fermé à double tour. Elle a dû voir où j'étais rendue, car elle est intervenue.

« C'était par curiosité, rien de plus...

– Je vais aider la petite dans ses travaux scolaires et veiller à ses besoins matériels. Quand sa mère ferme la porte pour la nuit, la petite vient dormir dans ma chambre d'amis. C'est tout. Je ne m'engage à rien d'autre, surtout pas à adopter un enfant !

– C'est vous qui parlez d'adoption, pas moi... »

Elle avait ce sourire dégueulasse des gens qui ont raison mais sont compatissants ; qui ne veulent pas vous brusquer, mais qui savent que.

« Accepteriez-vous de devenir officiellement la grande sœur d'Agnès ? Une grande sœur, c'est quelqu'un qui fait exactement ce que vous faites (l'aider dans ses devoirs, la sortir de temps en temps...). Au fond, vous deviendriez officiellement une personne-ressource pour elle, ce qui serait bien pratique pour son professeur, parce que, malheureusement, la mère d'Agnès ne retourne jamais nos appels. »

J'ai passé une heure à remplir des formulaires, à signer et à contresigner des papiers, à donner des références, à m'enregistrer, à devenir grande sœur.

11 *septembre*

En venant porter mon courrier, ce matin, Richard est resté collé le temps d'un café. Puisqu'il doit descendre régulièrement au village pour aller chercher sa tonne de lettres hebdomadaires, je lui ai confié la clé de ma boîte postale et il est devenu le responsable du transport de mes comptes à payer. Il en profite pour s'étirer sur un ou deux cafés.

« J'achève mes grosses tournées. Ça fait deux ans que je roule sur le même disque ; va être temps que je renouvelle tout ça.

— Tu fais un nouveau disque avec le même groupe de musiciens ?

— Non. Je sais pas... Pourquoi ?

— J'ai un pianiste pour toi.

– Ah oui ? Qui ?

– Un Amérindien qui jazze. Manu. Il traîne au bar du village. Et j'ai un contrebassiste, si ça t'intéresse.

– Tu connais ben du monde tout d'un coup ! ?

– Le contrebassiste, je le connaissais avant d'arriver ici. »

Un silence qui tombe. Je m'aperçois bien que j'ai ouvert une porte. Et je sens sa retenue qui a envie, pourquoi pas, d'oser la curiosité. Je cherche à toute allure pour détourner ce qui arrive. Ce qui arrive vite, trop vite. Trop vite. Trop vite. Je cherche, je cherche, je cherche et et et.

« Parlant de ça, Élie, tu m'as jamais dit pourquoi t'avais emménagé ici ?...

– Si tu veux, je leur donne rendez-vous chez toi lundi soir. »

Son immobilité et son insistance pendant que je regarde minutieusement ailleurs. Un vol de colibri qui vient boire dans une fleur d'hibiscus et repart avec un bruit de mobylette.

« Ouais... O.K. Lundi soir. J'ai un ami, André, qui joue du violon pis sa blonde est flûtiste. On verra ce qu'on peut faire avec ça.

– T'as un piano pour Manu ?

– Un piano électrique. Il doit pouvoir s'en contenter pour une pratique ou deux. Sinon, on ira chez lui. »

Je doute que Manu ait un chez-lui, mais je n'ai rien dit.

« Toi, Élie, tu fais pas de musique ?

– Non.

– T'es la bienvenue quand même, si jamais ça te tente de venir mettre tes oreilles dans mes affaires. »

Après son départ, j'ai laissé un message au bar, pour Manu. Le plus dur, c'était de rejoindre François. Je savais que je le ferais éventuellement, mais on voudrait toujours qu'éventuellement soit plus loin. Ça faisait des mois que je n'avais parlé à personne de ma vie antérieure. J'avais un peu les mains qui tremblaient, mais la voix était là.

« Allô ?

– Salut, François !...

– Élie ??? T'es où ? Qu'est-ce qui t'arrive ? Tu vas bien ? Ça fait six mois que je suis sans nouvelles de toi ! »

L'intonation était si heureuse et pleine de tendresse que je me sentais en famille. J'ai ri sans répondre.

« O.K. O.K. Je ne te pose pas de questions. Silence, respect, tendresse et acceptation. Mon éternelle devise ! »

Sa joie de vivre me perçait de partout et c'était bon.

« Merci. Tu m'as manqué aussi. Je suis contente de t'entendre. »

Je lui ai parlé du projet de Richard.

« O.K. Je vais aller voir ça.

– Viens-tu tout seul ? »

Un silence amer a secoué le fil de notre conversation.

« Tu sais bien que oui. »

C'était donc toujours pareil.

« O.K. O.K. Je ne te pose pas de questions. Silence, respect, tendresse et acceptation. Mon éternelle devise ! »

Il a éclaté de rire.

14 *septembre*

Je suis arrivée chez Richard avant Manu et François. La maison grouillait de monde, ça débordait partout sur le terrain. J'ai marché prudemment jusqu'à la porte, puis suis entrée dans le capharnaüm. Des femmes. Il y avait un nombre incalculable de jeunes femmes aux vêtements multicolores, enveloppées dans des jupes longues, enrubannées de foulards légers qui flottaient autour d'elles en embrassant leurs gracieux remous. De la grande starlette platine, fumant des gitanes avec un accent français, à la pulpeuse brunette portant des lunettes à grosse monture colorée via la rouquine flâneuse revêtant le style bohème des festivals estivaux, tout un harem désinvolte et rieur bourdonnait chez mon voisin, discutant discrètement du paysage, blaguant joyeusement, fouillant dans les armoires, rinçant les verres, sortant les poubelles.

J'avais l'impression d'être projetée dans la réunion annuelle d'une association féminine dont les critères de sélection étaient la beauté, le rire, le charme somptueux et… l'indifférence à l'égard des étrangers.

Elles n'avaient pas le dédain boudeur de celles qui doutent d'être à leur place et s'arrangent pour que vous ressentiez le même inconfort qu'elles, ni le mépris agressif de celles qui voient en toute étrangère une compétitrice possible, probable, supposée ou éventuelle.

Bien au contraire, ces femmes baignaient dans la désinvolture du désintéressement le plus complet à l'égard de tout ce qui n'appartenait pas à leur cercle.

Formant un essaim compact, elles se mouvaient au gré d'une synergie commune, comme ces poissons multicolores aux mouvements giratoires instantanés et harmonieux, qui suivent la vague en aspirant le limon d'un même élan, se dispersent autour des obstacles imprévus que leur réserve l'onde bleutée pour mieux se regrouper l'instant d'après.

Voilà des mois que je ne m'étais trouvée dans un bain si complet de foule, dans une pièce si surbondée, dans un brouhaha si assourdissant. Étrangère à toute possibilité de regroupement, mon insignifiante individualité passait inaperçue, excepté à mes propres yeux. J'ai calculé, soudain, la profondeur de la solitude dans laquelle je m'étais volontairement jetée après que et j'aurais voulu, pour une seconde, appartenir à un de ces groupes de femmes gracieuses et magnifiques qui avancent à grands pas désinvoltes en direction de partout, naviguent vers des buts aux contours précis, flottent avec paix dans des eaux limpides. Durant une seconde et peut-être même deux, j'ai rêvé d'être une femme comme les autres, comme ces autres pour qui la vie semble si facile.

Mais trois secondes plus tard, j'ai béni, dans un réflexe protectionniste, leur indifférence sans regard à mon endroit et leur dynamique cybernétique qui m'excluait et me ramenait à moi-même, à ce que j'étais de doutes et de craintes, mais aussi d'humanité et de refus d'indifférence.

Deux mains, par-derrière, se sont soudainement abattues sur mes épaules, ont descendu lentement sur mes bras pendant qu'un homme s'approchait dans mon dos, et une grosse barbe m'a chuchoté dans l'oreille.

« Troublant, tu trouves pas ?

– Ta barbe me grafigne le tympan, Richard... »

Je me suis défaite de ses grandes mains pour me tourner face à lui.

« Je pensais que tu montais un orchestre, pas une parade de mode ! »

Il souriait bêtement.

« T'imagines ces extraordinaires beautés errant nues autour du lac ?

– Non, je n'ai pas vraiment envie d'imaginer.

– Ça ferait trop de compétition à tes petites douches matinales sous la chute ?

– Richard ! Je...

– À bien y penser, je préfère qu'il y ait juste toi. »

Il m'a dit ça en se rapprochant. Il a remis ses mains sur mes épaules et elles ont redescendu sur mes bras pour tenter l'aventure de mon dos. Il s'est collé contre moi – son odeur et sa chaleur sur ma peau – et j'ai pensé qu'il faisait là, dans cette foule, un geste plus intime que tout ce qu'il avait osé durant ces soirées que nous avions partagées seuls sous les étoiles. Je me suis avancée vers lui, mes lèvres effleuraient les siennes et je ne voyais que deux yeux rieurs.

« Écoute-moi bien, le vice caché : je ne suis pas la rançon de ta gloriole ; garde ton gros menton mal rasé hors de mon lit, c'est clair ? Et retourne fantasmer sur ton troupeau d'extraordinaires beautés. »

Il m'a envoyé un gros bec qui pique sur la bouche et a éclaté de rire.

« Tu peux tasser ta jalousie, ma petite baigneuse ; c'est le troupeau d'André ! Elles le suivent partout.

– André ? Tu ne m'avais pas dit qu'il avait une copine ?

– Ouais. Chloé. Elle est dehors, en face du lac. Va voir : tu vas la reconnaître. »

Ça m'a intriguée et je suis sortie. Près du lac, il y avait en effet une grande fille qui se distinguait des autres femmes. Une grande fille mince, maigre peut-être, détonnant de force contenue. Elle s'est retournée, m'a vue et s'est avancée vers moi. Richard avait dû lui parler de sa voisine et mes jeans et ma camisole me dissociaient d'emblée du contingent des femmes richement colorées qui nous entourait. Un étrange mouvement s'est fait autour d'elle quand elle a traversé la pelouse pour venir à ma rencontre. Alors que, de mon côté, je devais jouer du coude et m'excuser auprès des déesses d'André, Chloé marchait d'un pas sûr et c'étaient les femmes qui se rangeaient en la voyant venir, et j'ai pensé encore à cet attroupement poissonneux se divisant pour contourner un récif ou laisser passer un prédateur. Elle fend dignement le cercle qui, silencieusement, se reforme derrière elle. Elle avance sans regarder les femmes-poissons, portant fièrement l'assurance souveraine de celle qui domine les eaux. Elle sourit, mais on croirait que ce sourire n'appartient pas à ici, qu'elle l'a emprunté aux fonds des mers et le revêt pour faire plaisir aux gens ordinaires.

Nous avons à peine eu le temps d'échanger des présentations amicales que deux mains, par-derrière, me sont tombées sur les épaules, ont descendu lentement sur mes bras pendant qu'un homme s'approchait dans mon dos et qu'une soyeuse tignasse de longs cheveux noirs bouclés se penchait sur ma joue pour me chuchoter six mots à l'oreille :

« Tu es toujours la plus belle… »

J'aspire un grand coup avant de m'enfouir dans ces bras qui me soulèvent de terre et me font tourbillonner, la tête en rires, le cœur en vacances. Le cheval fou déchaîné m'emporte littéralement dans ses grands galops furieux et désordonnés jusqu'au centre de la pelouse où nous dansons sur des rythmes à nous. J'entends nos rires résonner dans cette soirée devenue presque mondaine par la présence des sylphides, et le lac est plein d'échos heureux et je me sens légère, délestée du poids des jours, revenue en enfance par cette cavalcade dissonante dans laquelle nous chantons à tue-tête. Une grande gorgée de bonheur et enfin.

Je l'ai repris dans mes bras pour lui assener une pluie de petits bisous partout sur le visage pendant qu'il continuait à chanter, les bras ouverts, le visage tourné vers les étoiles naissantes.

Désorganisé par l'inattendu, Richard s'est approché et a ouvert, fermé, ouvert, fermé, ouvert, fermé, ouvert, fermé la bouche avant de tendre sa main à François.

« Salut ! Moi, c'est Richard. Peux-tu ben m'dire c'que tu lui as dit ?

– Pour que tu m'embrasses toi aussi ? Oublie ça ! »

Richard a ri de bon cœur.

« Moi, c'est François. Ça me fait plaisir de rencontrer une vraie vedette.

– Ça me fait plaisir de rencontrer quelqu'un qui peut faire rire ma voisine. »

François m'a regardée avec ces yeux qui m'annonçaient que je passerais sous les feux de l'interrogatoire bientôt.

Manu est arrivé et je l'ai présenté à tous. Chloé lui a ouvert un sourire dans lequel il est entré et André est apparu soudainement pour demander des comptes et des noms à tous. Je voyais enfin cet homme pour lequel tant de convois féminins se déplaçaient.

Bel homme, il ne possède cependant pas les attributs traditionnels de la séduction plastique que nous présentent tant de films insignifiants. Il a un charme bon enfant qui plaît au premier regard. Pourtant, j'ai de la difficulté à croire que toutes ces splendides créatures se dérangent pour lui. En fait, plus j'y pense et plus je trouve qu'André ressemble à une de ces grandes coques de navires qui se fraient un sillon sur la route des océans en cherchant vainement une cargaison pour remplir leurs cales. Noé moderne jouissant des vagues, il a surnagé toute la soirée au rythme des hochements de tête de Chloé, sans avoir l'air de, évidemment. Il joue son rôle d'homme jusqu'au bout, indépendant et charismatique avec son violon, ses blagues, ses envols musicaux délirants qui font rire les femmes. Il navigue au rythme de ses reels et des quadrilles, savourant la présence des sirènes ordonnées qui le suivent sans s'apercevoir qu'il est l'esclave de la mer, d'une femme-déluge devant laquelle elles se rangent toutes.

On alléguera que ça n'est jamais qu'une première impression, mais j'aime autant dire ce qu'il en est tout de suite avec ce quintette d'hurluberlus qui a bien envie de s'installer.

Ils ont tenu la nuit à bout de bras en se relançant musicalement les uns les autres. Richard s'est couché soûl dans le soleil levant, en disant que ça ne faisait que commencer.

18 septembre

Quand je me suis réveillée, il faisait froid et humide. Je n'ai pas pu rester couchée comme jadis j'aurais pu le faire dans le creux chaud de tes bras. Je me suis étirée dans mes oreillers et je suis allée secouer le feu qui gisait en cendres, complètement sur le dos.

J'ai dû, dans les derniers jours, me farcir une série de rencontres avec l'école, les psys et le reste. Évidemment, mes références leur en ont mis plein la vue, mais ça n'a pas empêché quelques discussions formelles, s'il vous plaît, madame. J'ai donc été un peu débordée, mais tout reprend son cours. Ma vie suit un rythme que je voudrais paisible, mais qui va de vagues en écume.

Agnès va arriver dans quelques minutes. Elle surgit ici tous les matins, à l'heure des céréales. Elle se change pendant que je lui fais repasser ses leçons et file avec son dîner au bout du domaine pour attraper l'autobus. Je ne la revois que le soir. Elle se rechange en arrivant, fait ses devoirs et mange souvent ici avant de rentrer chez sa mère. La routine avec elle n'est pas désagréable. C'est une belle enfant et j'apprécie sa compagnie. Mes journées de réflexion sont ainsi organisées en fonction des repas et de l'école. Mais ça me laisse assez de temps pour écrire, lire, voir Richard qui est adorable avec Agnès.

Chez lui, les lettres continuent de s'accumuler. Il revient chaque jour de la poste avec sa boîte d'admiration. Quand il l'ouvre, c'est une multitude de faisceaux irisés qui en jaillit. Les enveloppes rose bonbon, jaune lys, bleu poudre, violet fleuri, rouge pulpeux illuminent la pièce et les rayons lumineux bondissent tels des pieds de vent descendant du ciel dans la trouée des nuages.

Richard les prend une à une et commence son cérémonial du matin : il lit le nom de l'expéditrice, l'endroit d'où provient l'enveloppe et la classe par ordre de grandeur. Quand ses piles sont toutes faites, il les range délicatement parmi les autres : dans le buffet du salon reste une petite place pour les grandes enveloppes molletonnées renfermant Dieu seul sait quelle cassette empreinte de mots d'amour impérissables, de larmes inavouables, de cris poignardés ou de soupirs lascifs. Dans la commode de la chambre à coucher – les armoires de cuisine ayant toutes été réquisitionnées – les petites enveloppes cachent – on le sent bien quand on les tâte – une photo minuscule et souriante, au coin d'un jardinet fleuri, avec des yeux d'invitation.

Il y a, dans ce chalet, de l'espace pour tous – pour tous, à tel point qu'on se demande s'il en restera bientôt pour le musicien chrétien déchireur de passions.

« Les passions des autres t'envahissent tellement que tu n'auras plus de place pour les tiennes bientôt !

– On a toujours de la place pour soi : c'est ce qu'on appelle l'égoïsme ; c'est de faire une place pour les autres qui est difficile. »

Quand je suis arrivée au bar, Manu m'attendait. Je sais qu'il m'attendait parce qu'il n'occupait ni le piano ni son banc habituel. Il s'était arrimé au tabouret à côté du mien. J'avais la possibilité, évidemment, de m'installer ailleurs mais. J'ai tracé un cercle de silence pour ne pas l'interrompre. Et je l'ai écouté faire son jazz sans piano.

« Je suis de nulle part, mais là d'où je viens, personne ne va et, quand on en sort, on ne peut plus rentrer. Pour aller à la Réserve, l'endroit réservé à ceux dont on ne veut plus, tu roules le plus longtemps possible du côté de l'humiliation à sens unique, du préjugé en nids-de-poule. C'est faux que l'enfer est pavé de bonnes intentions parce que, du côté de la Réserve, derrière la forêt de la honte, le chemin n'est pas pavé du tout. »

Il a pris une gorgée pour faire passer ça et a continué sans me regarder, bien sûr, parce que chez lui, le regard est un défi que seuls les guerriers en bataille ou les vieux en sagesse peuvent lancer.

« Dans la Réserve, deux routes se croisent sur lesquelles les Blancs ont jeté pêle-mêle des maisons préfabriquées avec la nonchalance de ceux qui achètent leur bonne conscience à coups de bijoux de pacotille et de bouteilles d'alcoolisme. On n'a pas à se plaindre : nous qui vivions comme des pauvres dans des tipis de peaux à moins quarante degrés Celsius en hiver, nous avons maintenant des murs montés en usine qui permettent l'isolement complet. Avec les chèques d'assistance, ils ont acheté l'immobilité de nous qui avons traversé des continents, des océans sans fin sur des radeaux tressés de rêves. Acheté la fierté du guerrier, le chant de l'ancien, la rivière et le poisson dedans. Quand tu n'as plus le droit de suivre la piste des ancêtres et que les arbres ne t'appartiennent plus, où tracer ton sentier ? Heureusement, notre système biologique réagit vite à l'alcool, ce qui fait que, de sentiers, nos hommes n'en ont plus besoin parce qu'ils sont trop soûls de toute façon pour tracer leur chemin de ligne droite. Heureusement aussi, les femmes sont silencieuses et les familles ont beaucoup d'enfants ; ça permet de créer un sentier très battu à l'intérieur de chaque maison préfabriquée. Heureusement, les maisons sont bien isolées.

« Le village, pour l'Occidental moyen qui a voyagé un peu, ressemble à ceux de l'Amérique du Sud, avec des enfants sauvages, à moitié nus, aux regards en terre battue et des chiens qui se promènent les oreilles pleines de puces, la queue raide et le flair fatigué. Ils nous fixent sans sourire et on sait très bien que nous ne sommes pas les bienvenus. Je n'y suis plus le bienvenu. »

Il a cessé de parler, comme si c'était fini. Je n'ai rien demandé parce que ça ne me regardait pas et qu'on est mieux, souvent, de ne pas formuler de questions ; c'est la meilleure façon d'avoir des réponses.

Tout ce que je sais, c'est que je peux maintenant ajouter son nom à la liste des laissés-pour-compte et des abandonnés d'ailleurs en poste restante qui se sont donné rendez-vous ici.

« C'est ici que tu as emménagé ??! Je n'en reviens pas! Quand je pense à la belle grande maison que tu avais... »

J'ai horreur des gens qui examinent et jugent ma vie privée et mon intimité. Ma belle-sœur appartient à cette catégorie de missionnaires antipathiques qui veulent votre bien et qui vous expliquent simplement, grâce à leur logique irréfutable, en quoi toutes vos décisions, de la plus petite à la plus imposante, témoignent d'un égarement abominable et monstrueux; en quoi vous vous trompez d'une manière tellement insupportablement atroce que vous êtes en train de rater votre vie. Elle a toujours détesté mes choix de maison, de décoration, de voiture, de carrière, d'amoureux et ne s'est jamais gênée pour me l'envoyer dire. Pour mon bien.

J'ai téléphoné à mon frère ce matin pour l'inviter à souper et je suis tombée sur elle, bien sûr.

« Élie? Veux-tu bien me dire comment ça se fait que nous sommes sans nouvelles de toi depuis des mois? Ton frère s'inquiète sans bon sens! Il était temps que tu donnes signe de vie! »

Il ne lui avait rien dit, évidemment.

« Écoute, Élie : ça ne se fait pas, des départs semblables. Il faut rester en contact avec sa famille. C'est pour ton équilibre émotif que je dis ça, tu le sais très bien. La famille, on ne peut pas s'en passer, tu le sais très bien. »

Toujours cette façon extraordinairement complaisante de me dire combien je suis dysfonctionnelle.

J'ai donc dû les inviter tous les deux, même si mon frère n'est pas celui que j'aime lorsqu'elle est là. En sa présence, il devient l'animal bridé, dompté qu'elle a dressé au fil des jours amers qu'elle a comptés autour de lui. J'avais tellement envie de reprendre contact avec lui que, même s'il fallait passer par elle, il était hors de question que je recule.

Ils sont arrivés vers seize heures. Le pied à peine émergé de sa rutilante automobile, ma belle-sœur entreprenait le carnage, passant systématiquement au crible de son regard acide tout ce qui constituait mon nouveau chapitre. Si je le pouvais, je l'éliminerais d'un coup de crayon, mais je n'ose le faire à cause de mon frère. Son histoire d'amour ne me concerne pas et je ne peux sabrer sa conjointe d'une rature rageuse parce qu'il a fait ce qui, à mon regard tyrannique à moi, me semble être le pire choix amoureux de sa longue carrière de séducteur. Si chacun est responsable de ses gestes, me voilà responsable de leur présence dans mon oasis. De sa présence à elle qui venimait partout. Et ça ne faisait que commencer.

« Amorosa ! Viens ! Mon frère est arrivé ! »

C'était le but secret de mon invitation : présenter la petite à mon frère qui est ma seule famille.

« Amorosa ? C'est quoi ça ? Ton nouveau chien ? »

La petite est arrivée sur le patio, adorable dans ses jeans fleuris et son pull orange. Pour une fois dans sa longue carrière de médiseuse, ma belle-sœur en a eu le clapet coincé et les secondes se sont égrainées dans un silence parfait, à peine perforé de chants d'oiseaux accueillants.

« Bonjour, madame. Bonjour, monsieur. »

Elle était pivoine et demoiselle et charmante et j'étais fière d'elle.

Fidèle à lui-même malgré sa femme, mon frère a compris d'un coup ce qu'elle signifiait pour moi. Il m'a jeté son regard en pleines pupilles avant de s'avancer vers elle. Il s'est agenouillé devant elle.

« Amorosa… Tu sais que je peux lire dans les lignes de la main ?

– Quoi ?

– Donne-moi ta main. Je vais lire qui tu es et ce qu'il va t'arriver. »

Elle a tendu sa paume, timide et intriguée.

« Oui, oui, oui. Ah ! Ah ! C'est bien ce que je pensais… Oui ! Pfff… »

Elle a ouvert des yeux comme ça et il n'était déjà plus un étranger.

« Je veux dire : quoi ? Qu'est-ce que… ? »

Il l'a regardée, navré.

« Pas très encourageant…

– Comment ça ??? ! »

La politesse avait de la difficulté à se contenir la curiosité.

« Ça dit que ton plat préféré est le pâté chinois aux sangsues…

– C'est pas vrai !

– … que tu mâches de la gomme à la roche…

– Ça s'peut pas !

– … et que, si tu ne te dépêches pas de courir très vite, tu vas recevoir la pire raclée de chatouillis de toute ta vie ! »

Il a étiré dans l'air des doigts gigoteurs qui criaient à l'abordage pendant qu'Amorosa, refusant de demander plus de détails croustillants sur sa personnalité, s'enfuyait avec, à ses trousses, le devin débile qui continuait ses prédictions.

« Ça dit aussi que je cours plus vite que toi ! »

Elle riait à perdre haleine et j'étais émue, heureuse, les yeux pleins d'eau pour elle.

« Ri-di-cu-le. »

La sécheresse de ma belle-sœur ferait craquer la vaisselle dans les armoires.

« Je ne comprends pas. Qu'est-ce qui est ridicule ? Faire rire une enfant de huit ans ?

– Non. Toi adoptant une enfant de huit ans. »

De toutes mes forces imaginaires, je l'ai giflée, torturée et assassinée.

« Je suis grande sœur. C'est une enfant maltraitée dont je m'occupe. C'est sûrement ridicule, mais c'est définitivement moins cruel que des coups de ceinture dans le dos. »

Elle n'a répliqué qu'un haussement d'épaules méprisant, mais j'entendais toutes ses voix me persifler les ironies de ses vérités, m'assener mon incapacité à m'occuper correctement d'une petite fille et me riposter vertement qu'elle-même aurait préféré les coups de ceinture.

Mon frère chatouillait la petite qui se roulait de rire dans le gazon en m'appelant à l'aide.

27 septembre

Les sylphides sont là, évidemment, et, à travers les rayons irisés du courrier des admirations, le chalet de Richard a l'air d'un aquarium surréel. Le courrier envahit tout et de plus en plus et c'est exponentiel. Les musiciens répètent maintenant dans une chambre devenue exiguë par les empilages épistolaires. Mon voisin garde tout ça comme par devoir envers ses admiratrices, mais c'est tellement que c'est déjà trop. Les lettres tapissent tous les murs de la maison, les enveloppes empilées forment une forêt végétale et lourde de vie d'où transpire une moiteur tropicale qui éteint les sons dans l'épaisseur touffue de l'humidité. Richard dit qu'il n'a pas encore eu à chauffer le chalet depuis l'importation polaire des froids automnaux et je le crois : une chaleur voluptueuse nous envahit dès qu'on entre. La clarté est tout aussi particulière : des faisceaux phosphorescents traversent la maison dans toutes les directions, même quand les lumières sont éteintes.

Tout ce courrier envahit Richard à tel point qu'il devient incapable de secouer son individualité lascivement aspirée par les suppliques languides de ses ouailles. Démiurge moderne, mon gros gras grand voisin barbu ploie sous les rameaux luxuriants de sa gloriole. Ses chansons sont autant de paraboles religieusement écoutées par des foules fredonnantes qui se partageraient volontiers le pain et le vin de son gros gras grand corps. Devant l'obligation de produire des miracles musicaux, il perd tous ses moyens ; il a cessé d'écrire, de composer et se contente d'écouter François, Manu, André et Chloé dans l'espoir que ce voluptueux supplice s'éloigne de lui et que l'inspiration le réveille enfin de cette apathie grandissante.

François me fait encore des galopades de tendresse pendant que Richard tente vainement de faire de la place à tout le monde. Heureusement, les sylphides colorées sont ordonnées : dès que la musique commence, elles se taisent et écoutent, disciples silencieuses et souriantes qui battent discrètement la mesure du pied sous leur jupe fleurissante. J'aperçois à peine André dans la foule, mais Chloé a la gentillesse de venir me saluer. Superbe, elle s'avance vers moi pendant que toutes rangent fidèlement les plis de leurs robes pourprées pour lui céder le passage. Elle a détaché ses longs longs longs cheveux qui valsent autour d'elle. Elle sourit lentement, gardant au fond de ses yeux cette lueur marine tamisée par la fierté, et j'ai envie de l'aimer.

« Bonsoir, Chloé. La première fois que je t'ai vue, près du lac, tu ressemblais à une déesse de la mer. Aujourd'hui, tes cheveux détachés sont autant d'algues souples qui naviguent autour de toi. »

Son sourire s'est vaguement brouillé et je me suis demandé si j'avais gaffé.

« Hé ! Hé ! Oh ! Oh ! Si c'est pas la belle Élie, la voisine des voisines ! »

André débarque toujours comme une pierre éjectée d'une fronde, boute-en-train agressant qui traverse l'espace des malaises sans s'apercevoir que. À ce moment précis, Manu a ébranlé le piano et le silence est arrivé. Chloé s'est tournée vers lui d'un trait, comme aimantée par son pôle magnétique, et sa flûte a pris la direction du piano.

Chloé a de belles flûtes en bois rouge. Quand elle joue, c'est le vent qui court dans la montagne, qui se faufile entre les arbres et qui descend jusqu'à la rivière. L'air monte lentement dans tout son corps immobile et concentré, coule entre ses lèvres. La vie se construit dans sa bouche. Elle joue comme on enfante. Un temps de silence plane et s'étire, échoue jusqu'à nous. Elle prend son air, s'emplit les poumons et décolle. Elle danse et chevauche le piano et roule et tourne autour de lui et gambade et tournoie. Et ses flûtes. La voie maritime. L'union prolongée. Jusqu'aux Grands Lacs, loin, bien loin au sein du continent. Ses nageoires deviendront des doigts. Il crèvera les eaux du lac et et et.

Je suis rentrée chez moi en rampant.

30 septembre

Chloé est passée ici avant de se rendre chez Richard. Je l'ai accueillie avec un peu de gêne.

« Je m'excuse pour l'autre soir. Je pense que je t'ai dit quelque chose qui t'a blessée…

– Pas du tout. Au contraire. »

Elle a fait un beau silence et j'attendais la suite.

« Mon grand-père maternel était conteur. Il sillonnait le Québec en racontant des histoires pour tous, dans les chantiers, les bars, les soirées familiales. Le lendemain, reprenant la route, il disait avoir l'impression de ne pas être passé en vain et de laisser derrière lui plus de cohérence que devant, un jour plus clair, des fermes aux lignes mieux dessinées, des visages plus humains. C'était une sorte de grand seigneur errant de par le monde afin de lui redonner un peu d'allure, un peu de style. »

Elle a eu un petit sourire lointain, comme pour autrefois.

« De toute sa vie, paraît-il, il n'a jamais raconté deux fois la même histoire. Il racontait pour un lieu, une famille, une personne des histoires qui s'adaptaient à leur réalité. Quand l'urbanité a pris toute la place, il a cessé de conter. Il disait : « Le pays sans nos contes retourne à la confusion. »

Cette fois, elle me regardait, moi.

« Je ne l'ai vu qu'une fois et presque par hasard. J'étais toute petite ; je devais avoir cinq ou six ans. J'avais complètement oublié l'autre soir.

— ???

— Quand tu m'as parlé de mes cheveux et de l'eau…

— ¿¿¿

— Cette seule fois où j'ai rencontré mon grand-père, il m'a parlé de cela, lui aussi. Maintenant que j'y repense, je me souviens vaguement de ce qu'il m'a dit. Il m'a raconté… »

Un silence d'antan traverse ma maison.

« Je ne m'en rappelle plus très bien. »

Elle se concentre, comme si l'avenir en dépendait, et j'assiste en intruse à sa quête.

« Je me souviens uniquement que, dans ce conte, je devenais une source, une chute, un torrent. Mes cheveux fleurissaient d'algues en nénufars. C'était très beau. »

Son sourire de jadis qui me revient. Et c'est terminé.

Elle a ouvert la porte pour se rendre chez Richard et j'ai vu toutes les sylphides errant silencieusement, désemparées, sur la pelouse.

« Chloé ?

– Oui ?

– C'est quoi la différence entre un conte et une parabole ? »

Ses yeux verts fouillent des profondeurs.

« Je ne sais pas. "En vérité, je vous le dis", peut-être ?

– ???

– Le conte, c'est du mensonge. »

5 octobre

J'ai dû aller chercher Agnès après son excursion parascolaire en forêt parce que sa mère s'est fâchée avec Manu.

Manu encore.

Il travaille au bar. À force d'attendre que quelqu'un l'adapte à une société et de jouer même quand il n'y a personne, il a fini par s'incruster et le patron lui donne des petits boulots pour payer la note.

Mais.

Il a une vieille camionnette et voyage dedans toutes les femmes du village sans demander un sou. La seule chose qu'il veut, c'est passer son doigt, cinq secondes, dans la petite culotte de madame. S'il vous plaît... Les hommes du village n'en savent rien, naturellement, mais les femmes se l'arrachent ; pour un oui pour un non, paraît-il, elles se font conduire du bar au dépanneur, du dépanneur à l'église. Pour cinq secondes pas plus. Il est devenu le conducteur officiel de tous les groupes féminins, de la chorale aux fermières. Il possède sûrement une médecine qui lui est un don.

L'homme-médecine…

À mon avis, il joue les indifférents, mais doit bien savoir que, dans un trou comme ici, toutes les femmes rêvent peu ou prou de se faire chatouiller sous le jupon. Un Amérindien, ça attire l'attention à cause du mythe de l'exotisme indompté, mais lui, en plus, il rend service ! Je me demande la tête qu'il doit faire quand. Je n'aime pas imaginer ses yeux exorbités ni son souffle court auprès des sexagénaires de la chorale…

Bref.

Avant-hier, la mère d'Agnès n'était pas dans son état. Elle boit trop et vacille tout le temps, renversant des jurons à qui mieux mieux. C'est souvent Manu qui la ramène. Je m'imaginais un peu qu'il profitait de l'occasion pour essayer plus qu'un doigt, mais c'est plutôt à elle que les cinq secondes n'ont pas suffi ! Elle est grimpée sur Manu en tentant de lui déboutonner le jean et lui l'a poussée dehors. Depuis, il refuse de la conduire.

Vers quinze heures aujourd'hui, la mère d'Agnès est donc passée sur mon perron avec de la boisson plein les jambes.

« Si vous l'aimez tant que ça, la petite, allez donc la chercher !

– Voulez-vous que je la garde pour la soirée ? »

L'espoir devait me déborder de partout. Elle a haussé les épaules ; la question ne la regardait même pas. Elle est partie en trébuchant, comme un chien auquel on viendrait d'arracher une patte.

10 octobre

Ici, il fait un ciel extraordinaire depuis si longtemps que seuls les vieux se souviennent de la couleur
de la pluie.

Ici, les essences odorantes des arbres ploient sou-
verainement dans le vent.

Ici, le tournoiement sonore des oies reprenant
leur long périple vers les cieux du Sud nous étourdit.

Ici, le vent d'automne soulève les couleurs d'arbres, se roule dans l'herbe et chavire les cuisses fris-
sonnantes des femmes en jupe.

Ici, tout se mêle en un vif éclat de gaieté verte.

Ici, les moustiques se sont enfouis déjà dans les
glaises hivernales, alors que le soleil nous conte encore
fleurette.

Ici, les aurores boréales supplient les étoiles de
leur laisser un peu de nuit pour une dernière valse.

Ici, les fleurs refusent de faner.

La petite est encore ici.

15 octobre

Le ciel est noir comme un rond de poêle et l'orage
n'arrive pas.

La mère d'Agnès est passée chercher Amorosa
hier et c'est un bouquet de tresses en pleurs qui a marché dans le sentier. J'ai fait, toute la soirée, de grands
cercles dans la cuisine.

Tout le monde pratique chez Richard à côté, mais,
si la musique atteint ma fenêtre, je suis trop lourde

pour me laisser porter. François est passé avec sa crinière bouclée et ses yeux de nuit.

« Si tu continues à tourner en rond comme ça,
Élie, tu vas user un cercle sur ton parquet.

– Quand bien même je creuserais un anneau dans
le plancher, ça dérangerait quoi dans l'équilibre des
forces de la nature, dis-moi donc ?

– Qu'est-ce qui se passe, ma vieille ?

– Laisse-moi faire mon anneau tranquille et va
danser avec ta contrebasse, O.K. ? »

Il me connaît assez pour savoir que et il sort par
la porte du lac.

À peine le temps de faire deux cercles qu'André
arrive.

« François dit que tu te prends pour le Seigneur
des Anneaux ? »

Je suis estomaquée et rien à répondre.

« T'as envie de me mettre à la porte, mais t'oses
pas parce qu'on se connaît à peine, c'est ça ?

– Je... ben non... »

Il rit doucement.

« Ben oui.

– ...

– C'est pour une petite fille que t'es à l'envers ?
C'est ça que Richard dit.

– Richard dit que tu refuses de jouer en public,
c'est vrai ? Pourquoi ? »

Il s'assoit le bout des fesses sur le canapé et s'accroche le violon dans le cou. Et l'archet qui le rejoint
et qui glisse. Je ne comprends pas trop ce qui se passe,
pourquoi André est ici, pourquoi il abandonne les
autres et ses sylphides et qu'il vient me jouer ça, ici,

pour moi qui broie du noir à plein moulin. Je ne veux même pas l'entendre. Et pourtant.

Quand il a commencé à jouer, il a baissé les yeux sur le plancher, me laissant toute seule dans sa musique qui freine tout à coup ma course de rotonde. Une valse longue et lente et triste, mais pleine d'avenir, et j'y entends la chute des feuilles, le morne de l'hiver et. Et le retour à l'espoir.

Ces longs hivers sans soleil. Et la neige, épaisse, qui s'abat sous nos pieds. Et cette journée de travail où on arrive au bureau dans les ténèbres, où on se vit aux néons, puis une autre, et encore, et on quitte le ciment quand la nuit est déjà là et ça nous pèse de noirceur à plein ciel et on désespère.

Et un soir de mars, le soleil décide de rester là juste un peu plus longtemps. Accroché dans l'horizon. On sort du bureau à ce moment-là très précis et c'est l'éblouissement tellement qu'on s'arrête pour tendre son visage.

À ce moment-là, le soleil. Juste pour moi.

Je pleure jusqu'au menton. Il a cessé de jouer, mais ne lève pas les yeux, parce qu'il sait très bien. Je m'assois près de lui pour la première fois.

« C'est un beau violon.

– Le violon de ma famille. Regarde. »

Il le retourne. Au dos, gravés dans le bois rouge de l'instrument, des noms à la calligraphie houleuse et maladroite, suivis de dates et de toponymes, s'échelonnent en une fresque ancestrale qui remonte au XVIIe siècle.

« Mes ancêtres. »

Il sourit de cette fierté du temps qui passe et des gravures qui restent. Il sourit, la tête haute et ses épaules soutenant vaillamment l'héritage. La dignité l'imbibe.

« Français ?

– Canadiens français. Ils sont d'ici à pleins poumons.

– C'est leur répertoire que tu joues ?

– Ils m'ont légué leur violon comme bagage génétique. Je ne ressemble pas à mon père, mais je joue comme lui. Je ne joue que pour mes amis, ma famille. Je joue d'intimité parce qu'il y a des musiques qui sont faites pour être offertes d'archet à oreille, comme des secrets anciens qu'on n'a pas envie d'ébruiter. »

Il a la superbe heureuse de ceux qui sont nés quelque part, de ces enfants qui ont le nez trop long de leur père et le portent avec le sentiment d'une hérédité bien répartie. Quelque chose en lui m'inspire le respect et même une certaine tendresse. Son bonheur, peut-être, d'appartenir à une lignée de grands hommes anonymes qui ont construit notre mémoire malgré l'agenouillement et l'analphabétisme. Incapable de lire une partition, André est le descendant de virtuoses méconnus, dédaignés par les salons bourgeois, par ceux qui trouvent que c'est petit, terroir et fèves au lard de battre la mesure du pied et de chanter le jupon de la bergère et son voile qui volait qui volait, son voile qui volait au vent.

« L'exotisme, je laisse ça pour ailleurs. L'international, tout le monde en veut. Tous les cracheurs sur soi, les prétentieux qui s'autodédaignent en clamant que l'ouverture aux autres passe par le mépris des accents locaux. Moi, j'aime mieux piétonner toujours à la même place, plié en deux sur mes terres de petite grandeur, plates et cordées comme des mouchoirs de poche, plutôt que de marcher, honteux des miens, dans l'universel des autres. Dans chaque tapement de pied, il y a la marche des colons, le labeur de la terre, le frette et les mitaines pas d'pouces en hiver. Je joue le sang des miens versé sur une glèbe de bénédictions, de baptêmes à répétition, de sets carrés compromettants et de diables beaux garçons. Dans toutes les musiques de mes ancêtres, c'est la survie qui s'affirme et raconte que nous sommes de ceux qui fabriquent des champs depuis le lever des jours jusqu'au soleil étendu sur la prairie. Une marche de maigreur et de pauvreté. Mon violon, c'est un chant de possibles, une promesse qui se tient, une action de grâce. Je n'ai pas envie de le partager avec les dédaigneux urbains qui me feront des critiques hip-hop dans leurs journaux de dernière catégorie. »

Je comprends pourquoi Chloé doit l'aimer. Le sang des ancêtres bu jusqu'à la prière me trouble aussi et il me semble tout à coup que l'avenir est plus beau, tout empli des promesses accomplies du passé.

Et soudain, dans la touffeur de la nuit, nous ne sommes plus seuls. Par la porte restée entrebâillée, des claquements de dents qui grelottent. J'ouvre et une petite fille tout en rosée et en tremblements apparaît avec un air de coupable prêt pour le bûcher.

« Amorosa, mon amour, que fais-tu là ? Entre et cesse ce bruit de grelots. »

Je l'enveloppe dans une couverture chaude et refais du feu pour apaiser les froissements de son pyjama. André la regarde avec des yeux qui posent des questions, mais moi, je sais qu'elle s'est enfuie.

« Qu'est-ce qui est pire, Amorosa, rentrer ce soir ou demain ?

– Ce soir. Il y a des cauchemars plein la maison là-bas, alors qu'ici, je veux dire...

– Ça faisait un moment que tu étais là, dans le froid, sans dire un mot ?

– Je ne savais pas si je pouvais entrer, je veux dire... »

Elle jette un œil timide sur André.

Il s'installe près d'elle et lui joue un air pour couverture chaude. Je n'appellerai pas la mère d'Agnès parce que je sais très bien qu'elle n'en a rien à battre, comme on dit. La petite s'endort. Et je tourne mon visage vers son soleil.

17 octobre

Elle est évidemment retournée chez sa mère et je me promène autour de rien en attendant je ne sais quoi. Il pleut. Des averses entières s'écrasent d'un coup sur l'écorce des arbres, sur l'herbe sèche et craquante. Le soleil n'a été qu'une petite lumière fade derrière les nuages. Le gris a saturé l'air de teintes plus ou moins sombres et je me suis sagement blottie dans le chalet, envahie par ce silence qui monte de la terre et inonde l'automne. Les jours de pluie, on retrouve l'odeur de la glaise, le chuchotement des eaux, la vie des feuilles et le creux du divan. Les jours de pluie, on se retrouve seul face aux murs qui dégoulinent depuis le ciel jusqu'à soi.

Je suis allée me promener autour de rien chez Richard.

« Pas l'air en forme ? !

– Pour vrai ?

– Je t'avais dit que tu t'habituerais à la petite !

– Je te l'avais dit que da da da…

– Oulala ! Madame n'est pas jojo aujourd'hui ! Faut-il s'excuser d'exister ? D'être dans ma maison ? De parler ?

– T'as raison : je suis insupportable. Je ne sais pas trop où j'ai mis mes clés, mes cartes, mes indicatifs régionaux…

– Déboussolée ?

– C'est ça.

– C'est juste la petite qui te met dans un état pareil ? »

Tout d'un coup, j'ai envie de lui dire. De lui dire tout, d'aller au fond des choses qui sont si profondes et inavouables, et de vider ça une fois pour toutes et devant lui pendant que la nuit pluvieuse nous couve et que les étoiles se tiennent loin, bien loin, et que le silence va peut-être, pour une fois, servir à quelque chose.

« Richard ?

– ? ? ?

– Notre vie va bien au jour le jour, tu vois…

– ? ? ?

– Des fois, on a l'impression d'avancer dans une vie qui est imbibée de bonheur. Facile. On se lève, on regarde par la fenêtre, on inspire un grand coup et on se dit que c'est merveilleux, merveilleux et qu'on est chanceux ! Qu'on est donc chanceux !

– …

– Mais.

– Mais ? »

Il ne m'aide pas beaucoup, il faut le dire.

« Mais ça peut arriver.

– De quoi tu parles, Élie ?

– De l'imprévu.

– ? ? ?

– L'imprévu qui vient d'ailleurs. Ou pire : celui que t'as toi-même provoqué. En étant trop toi, entêté dans toi-même. Trop toi. Et ça devient falaises et silence. »

J'étais essoufflée et j'avais à peine commencé. Mais il me semblait qu'avec un peu d'aide, j'y arriverais.

« Ben voyons donc ! On peut pas être trop soi-même, Élie ! C'est même le but de toute une vie : arriver à être soi-même ! »

Tout s'est effondré. J'ai perdu, dans ses derniers mots, tout le courage que m'avait donné une journée entière de pluie grise et.

« Oublie ça ! Tu ne peux pas comprendre…

– Comment ça, je peux pas comprendre ? Je comprends mieux que tu le crois, ma petite ! Je comprends que tu t'entêtes dans des questionnements inutiles, que tu t'enfonces, que tu tournes dans ta tête en espérant trouver des réponses parfaites. Lâche prise et jouis un peu de la vie !

– La vie, j'en jouis, mon gros bonhomme, O.K. ? À ma façon.

– Si t'arrêtais juste un peu de te questionner, juste vingt-quatre heures, juste pour reprendre ton souffle, ça te permettrait de…

– De quoi ? De m'enfoncer avec toi encore un coup dans l'alcool ? De couler à pic au fond d'un verre de bière ? De dériver sur moi-même jusqu'à ce que s'effrite mon continent ? Je ne sais pas pourquoi, mais on dirait que ça ne m'intéresse pas !

– Calme-toi ! Je te dis juste d'arrêter de t'en faire !

– Pour toi, c'est aussi simple que ça, hein ? Passer sa vie le nez dans son trou en étant sûr que tout est beau partout ? Passer son temps à chanter des chansons d'oiseaux sans réfléchir ? Pis les autres ? Parce qu'on vit en société, au cas où tu ne l'aurais pas remarqué !

– T'es ben agressive tout d'un coup ! »

J'ai haussé les épaules.

« Tu veux que je t'explique comment fonctionne la vie, ma belle ? C'est ben facile : tu te donnes une ligne de conduite concrète pis tu vis dans ce sens-là ! Pas plus compliqué que ça ! Tu deviens justement toi-même jusqu'au bout ! Pis le reste du monde peut ben aller au diable !

– C'est la meilleure façon de devenir alcoolique, malade, désespéré !

– Refuser de plier aux caprices du monde, c'est la seule façon d'être fidèle à soi-même !

– La fidélité à soi-même, ça ne veut rien dire, Richard !

– Comment ça, ça ne veut rien dire ??? Être fidèle à soi-même, c'est écouter, dans le hurlement du monde, son propre murmure pis en suivre la direction. Câliss... »

Il est huit heures.

Je contemple de la fenêtre l'automne qui garnit les montagnes de taches jaunes et orangées. Le chalet est bien vide sans toi. Les arbres pleurent leurs feuilles au gré du vent. Le soleil s'en vient, à l'heure qu'il est, brûler les derniers morceaux de givre que la nuit a accrochés un peu partout, du gazon aux feuilles en passant par la table à pique-nique.

Je voulais aller me coller les pieds sur le quai, faire des traces de petits pas nus dans le givre bleu, mais le thermomètre annonçait moins cinq Celsius.

Le lac est d'un calme extraordinaire, d'un silence tenace. Il sent la glace qui viendra bientôt et se résigne à l'avance. Le soleil se lève sans hâte dans les bois et le lac devient un miroir resplendissant de sapins, de bouleaux, de buissons, de rivages qui n'ont pas de nom.

Très tôt, mon frère est venu boire un café. Il était seul et ça faisait longtemps que nous n'avions pas.

« Qu'est-ce qui arrive avec ta femme ?

– Pfff... Depuis qu'elle est devenue directrice de l'école de danse, elle a arrêté de danser ; elle passe son temps à affronter des ministères pour obtenir des subventions, à affronter des parents pour obtenir du financement, à affronter des compagnies pour obtenir des commandites...

– Penses-tu que la vie se résume à une ligne de conduite qu'on se trace et qu'on suit ?

– Je ne le sais pas, Élie. Se tracer une ligne de conduite et s'entêter à la suivre jusque dans la mauvaise direction...

« – Et toi ?

– Elle m'affronte à chaque fois que je fais de la musique, parce que ça lui rappelle l'école, parce que ça lui rappelle… le temps où elle était heureuse, j'imagine !

– Et toi ?

– J'ai gardé le feu sacré, comme ils disent, mais je ne sais plus où brûler !…

– Ta femme est xénophobe, raciste, fermée, têtue et craquante.

– La dernière fois que j'ai eu de tes nouvelles, tu étais follement amoureuse d'un musicien…

– Je le suis encore, mais il est en tournée.

– Ah.

– Ah.

– Ben… S'il est en tournée, ça veut dire que t'es seule. »

La matinée, lentement.

« Si t'es seule, ça veut dire que t'as tout le temps dont tu rêves pour travailler sur ta grosse compagnie qui gère plein d'argent. »

La brume qui danse.

« Travailler sur ta grosse compagnie qui gère plein d'argent, c'est ton passe-temps préféré. »

L'aurore bleue.

« Élie ? »

Presque le soleil derrière la montagne.

« Qu'est-ce qui t'est arrivé ? »

« Sur les peaux de tambour, j'ai frappé depuis mon père, le père de mon père et son père avant lui et depuis même le jour où le soleil a vu le jour, en pleine nuit. Je frappe depuis le lever des aubes sur le monde. Je frappe et c'est la terre dans le sang et le pas de l'animal dans les feuilles rauques de l'automne et la course des enfants et le rire des femmes ; je frappe depuis le premier soleil levant.

« Mais il y a eu ce crépuscule d'hiver, dans les grands gels et les peaux tendues, où on nous a offert des télévisions pour tous. Et j'ai allumé le canal de ma fin. Quand j'ai vu l'homme aux cheveux courts s'asseoir derrière le piano, j'ai su qu'il y avait des appels qui sont ceux des Blancs, des bourgeois et des salons ; des appels qui ne sortent pas de cette terre que l'on frappe à coups de pieds marcheurs répétés et de grandes raquettes de chasseurs, mais qui viennent de glissements d'eaux qui coulent sous les doigts des hommes ; j'ai su que cette musique creusait des rivières dans le monde et étanchait des soifs. Que cette musique-là était pour moi. Pour mon peuple. J'ai cru que je saurais ramener chez moi la musique que font les rivières, comme on a inventé celle qui a construit la terre.

« Alors, je suis parti de ville en lendemain et j'ai abandonné ma peau pour l'ivoire des Blancs. Apprendre la langue, le Dieu unique qui veille sur tout, et surtout, surtout, le piano. Je suis parti pour ramener des rivières. »

Ses mains flattent doucement le comptoir en bois du bar.

« Quand je suis revenu, je n'ai rapporté que votre ailleurs et mon étrangeté dans la Réserve. Quand je suis retourné du côté des arbres et que j'ai franchi le chemin des cahots, je n'ai trouvé que le dos de mes frères de jadis qui m'ont dit que les Blancs m'avaient endoctriné, que j'étais traître aux origines et à la mémoire.

« Vivre sur la terre de la Réserve n'est plus possible, vivre parmi les Blancs est un exil. Entre la perte de l'Ancêtre et le rejet que m'inflige une société occidentale dans laquelle mon piano sera toujours marginalisé par la couleur de ma peau, je marche en déséquilibre sur la frontière précise de l'aliénation. »

27 octobre

J'ai fini par aboutir chez Richard. Quand je suis arrivée, il était en train de ne rien faire devant le petit écran qui lançait des bombes un peu partout dans son salon.

« Salut ! Ça va ? »

Il était absorbé, comme on dit.

« Hum, hum !

– Tu médites ? »

La violence s'est achevée dans un sursaut de bombes. Il a éteint le poste, satisfait comme après une belle soirée en agréable compagnie.

« Tu as remplacé la prière du soir par la télévision ?!

– Pas tout à fait, mais la télé est ben plus bénéfique qu'on peut le croire : elle aide des millions de gens à ne pas sombrer dans l'angoisse du vide…

– Très drôle ! »

– C'est sérieux ! Tu penses que tous ceux qui s'installent cinq à six heures par jour devant la télé sont des abrutis ? J'ai des p'tites nouvelles pour toi, ma grande ! Quand on regarde les téléromans du quotidien qui sont, en fait, les histoires de nos propres vies, on s'aperçoit que notre ordinaire est beaucoup plus intéressant, émouvant, existant qu'on le croyait ; qu'il a du sens !

– Rassurant !

– On se sent moins seul et quel bonheur de voir qu'on est assez important pour que la télé nous raconte ! Pis la vedette me joue tellement bien qu'on dirait que c'est vrai – la vedette connaît ma vie ! Pis quand elle gagne un trophée pour le rôle qui est mon rôle, je deviens moi-même une vedette de tous les jours !

– Fantastique !

– Sans parler de tous ces films où des gens de rien deviennent des supermen, où des prostituées épousent des millionnaires, où des comptables déjouent des complots… Écoute : moi, moins que rien au jour le jour, même pas assez bon pour sortir les vidanges à chaque jeudi, je couve peut-être, pis je le sais même pas, un héros en devenir !

– Si c'est pas beau : troquer la connaissance pour la consommation, l'identité pour l'identification !

– Il est où le problème, câliss ? Si Dieu t'apporte plus de réponse, pourquoi la télévision te consolerait pas de ta vie désœuvrée par le travail et la productivité ?

– La couleur grand écran des prolétaires de l'existence ! On est riche de télévision et pauvre de soi.

– Ah bon!? Pis on fait quoi pour devenir riche de soi sans devenir trop soi-même, dis-moi donc?

– On réécrit son scénario, on efface tout ce qu'on est de trop et on essaie ailleurs. Et autrement. On se refait une autre histoire; on se rechapitre.

– Excitant. On peut aussi penser à devenir des aliénés sociaux, des schizophrènes solitaires, des malades mentaux en camisole de force?

– Arrête! Pourquoi tu me dis ça?

– Parce que tu t'enfonces! Sais-tu ce que tu vas trouver dans ton nouveau scénario anonyme et orphelin? Du silence pis des falaises!»

Il a frappé tellement juste et tellement sans le savoir que j'aurais voulu disparaître pour perdre mon passé. Il a rallumé la télévision sans s'en apercevoir.

«Les philosophes sont innocents en câliss à côté des films hollywoodiens!»

1er *novembre*

On a tous fêté l'Halloween jusqu'à ce que la nuit ne veuille plus de nous et qu'elle nous crache, englués, soûlards et à moitié décomposés, dans le mois des morts. Ils sont tous venus chez moi et ils ont fait de la musique jusqu'à ne plus pouvoir s'entendre. Ils ont semé des bouchons de bière jusque dans le gazon. J'ai ramassé les restes du grand bazar joyeusement parce qu'ici, au fond de nulle part, je ne peux en vouloir à personne. La matinée est splendide avec un gazon courbaturé par le givre. Quelques nuages, à gauche, à droite, font la gueule de bois. Moqueur, le soleil persiste, lui, le sage qui n'a pas fêté toute la nuit. La joyeuse ribambelle d'étoiles est depuis longtemps partie se coucher.

Ça a commencé avec la bouillasse de crème à la citrouille. Une ancienne recette de famille. François est venu m'aider à vider les cucurbitacées. On s'est gommés jusqu'aux coudes et on avait de la graine de citrouille collée partout. Le plancher scroutchait sous nos pas. François m'a mis du gluant de citrouille dans les cheveux pour que j'aie l'air d'une sorcière, mais j'avais juste l'air d'avoir les cheveux sales. Je suis restée avec mes cheveux sales toute la nuit, malgré les splendides sylphides qui m'ont regardée comme une mendiante. Elles étaient pomponnées ; toutes plus blondes les unes que les autres, toutes plus fardées les unes que les autres, toutes plus colorées les unes que les autres. Je m'en suis bien tirée quand même. Richard a cherché à m'insulter.

« T'es pas un peu jalouse ?

– Mon espèce de deux-doigts-dans-le-nez! C'est elles qui doivent être jalouses : mon gel à cheveux est plus solide que le leur! »

André fait de la musique en riant. André est toujours secoué d'un rire qu'on dirait plus puissant que lui : catapulté au-dessus de nos têtes, il se répercute sur le mur, lui revient dans la gorge. Il le rattrape, lui donne une nouvelle poussée, puis « Ah! Ah! Ah! » le rire repart en direction inverse et ainsi de suite. Ça doit faire plus de trente ans qu'il vit avec le même rire. Il est un écho de lui-même ou peut-être une montagne vide.

Chloé était là, tranquille. Elle s'était déguisée en naïade, des algues dans tous ses cheveux. Belle et rieuse, elle naviguait auprès d'André sans voir, dirait-on, ces sylphides qui le suivaient.

Agnès est venue cogner pour les bonbons. Quand je l'ai vue arriver, timide après tant de jours d'absence, j'ai failli m'évanouir. Je l'ai serrée contre moi jusqu'à l'étouffement. Elle riait, pleine de larmes, et nous avons décidé qu'elle resterait ici pour la nuit. Qu'il n'y aurait plus de séparations aussi longues entre nous. Ce soir-là, elle est devenue amoureuse d'un Manu habillé en sorcier, comme si c'était un déguisement. Il lui a prêté un tam-tam et ils ont tapé dessus toute la nuit, jusqu'à ce que le sommeil vienne chercher la petite et le soleil, le grand.

Manu a décidé d'acheter la montagne du vieux, la chute et le chalet dessus. Il s'installera dès décembre dans la maison du torrent, près de la forêt et cons-truira sa propre réserve au milieu de personne, là où ses mains de terre pourront, sur le piano, creuser des rivières.

4 *novembre*

Avant-hier, la mère d'Agnès a débarqué à la mai-son. Elle était soûle et hystérique. Elle venait de se faire avorter. À vingt-deux ans, c'est sa troisième fois. Je me serais volontiers passée d'elle, mais je n'ai pas eu assez de courage. Je l'ai laissée entrer et faire tous ses temps. Il a fallu la subir de bord en bord.

« Tu rêves, toi, si tu penses qu'un jour un mando-liniste à cils va se pointer ici ! Tu rêves si tu penses que t'auras autre chose que des amours avortées ! Tu peux ben t'enfermer ici pis écrire tout le temps : c'est tout ce qu'il te reste ! »

Elle n'en revenait pas et a continué son train d'enfer. Rendue en enfer, elle est revenue à l'attaque. Elle s'est mise à parler de crise d'identité, de confusion et de personnage imaginaire.

« Ma fille ne s'appelle pas Amorosa. »

Il fallait bien en venir là. Mais cette fois, c'était trop et je ne lui ai pas envoyé dire. Je lui ai parlé avec la franchise nécessaire à ce genre d'événements. Je lui ai dit en deux mots qu'une jeune pute alcoolique et violente n'est sûrement pas le modèle idéal auquel s'identifier et qu'il n'y a que les mauvais parents pour se plaindre des voisins qui s'occupent de leurs enfants. Elle a répondu que, « si c'est comme ça, occupe-toi donc de la petite toi-même ! » Et elle a détalé.

Dix minutes plus tard, c'est une Amorosa avec des yeux comme la terre qui est arrivée avec son sac, ses livres et ses jouets. Maintenant, elle est ici toute belle et vivante.

On n'a pas revu sa mère. Soit elle est partie sauter sur d'autres conducteurs de taxi, soit elle est en cure de désintoxication.

La petite est tranquille. Je lui donne des heures, elle m'en laisse à son tour. Moi, je ne sais pas trop ce que je fais là, avec tout ça dont je me vois responsable, mais j'essaie de ne pas me poser trop de questions. Je ne suis, après tout, qu'une gardienne et ne suis mère d'aucun enfant. Je veille, temporairement, sur une petite en difficulté, c'est tout.

Elle s'est mise à lire de petits romans et me demande la signification de mots nouveaux qu'elle enferme précieusement dans son tiroir imaginaire : « Et un de plus ! » En désordre. Parce que certains soirs, on ne sait plus les organiser en prières.

6 novembre

Hier soir, Richard est venu se poser ici parce que, malgré l'amour qui illumine, il est constamment sous surveillance chez lui. Le spleen de l'hiver nous entraîne dans l'alcool.

« Soûl. Encore à soir, pis demain soir comme avant-hier. Les jours de pleine lune parce que le sang me bout, pis les nuits noires de loups-garous. Le regard givré, y me semble voir mieux tous ces chemins fleuris auxquels je m'interdis l'accès – parce que trop soûl anyway pour essayer d'y aller. Les mondes sont peut-être immenses à regarder, mais je ne vois plus assez loin pour m'essayer. Et remplir mes lendemains silencieux – mes lendemains vides du bruit des paroles et souffrant de pertes quoti-diennes – de la froideur et de la mort du sommeil. Dormir jusqu'à perte. Mes graines ne germent même pas : les levées ne seront pas pour bientôt ! »

Parfois, l'alcool le fait poète.

« C'est sûr, le houblon, c'est du déjà brassé ; ça a ses avantages ! »

Il déraille un peu dans sa soûlerie très active.

« Si tu m'aimais, y me semble que je pourrais m'étourdir de toi. J'suis un avide de tendresses – penses-tu que tu serais assez pour moi ?

– Je ne pense pas.

– Élie ? Pourquoi on baise pas à soir ? »

À la fin de la soirée, entre deux bouteilles de vin, mon voisin Richard essaie de glisser son grand corps dans ma petite culotte!

« Écoute-moi bien, cher. Je me suis installée ici pour bien des raisons, mais sûrement pas pour m'envoyer en l'air avec le premier venu!

– Je viendrai pas le premier...

– Arrête tes niaiseries!

– Je niaise pas: pourquoi on se ferait pas un peu plaisir, des fois...

– Parce que je cherche plus que ça.

– Encore une idéaliste de l'amour!

– Peut-être. Sûrement. Mais ça me fait pas mal.

– En attendant, tu ne sais pas ce que tu perds, chérie...

– Regarde le "in" du vedettariat urbain qui veut m'apprendre à faire l'amour fast-food couchés dans des fonds de bière flatte!

– Élie... Je fais ça pour t'aider, ma belle. Pour t'adapter à notre société de plaisirs actifs et instantanés!...

– Pour m'aider??? Sais-tu de quoi on parle, là? On parle d'une société de rêves avortés, mon vieux! Moi, j'ai pas envie d'amours insipides qui me collent au palais pis qui laissent un arrière-goût pâteux sur la langue. J'ai pas envie de baiser avec Pierre, Jean, Jacques, la lumière fermée pour éviter de mettre un nom sur ce visage-là! Baiser en faisant semblant de. En s'avortant.

– Élie... Le sexe, c'est pas aussi terrible que ça, pis l'amour est pas obligatoire!... Mais si tu veux, je serai un fou d'amour, un loup d'amour, un carnivore d'amour, un charognard d'amour. Le monde est vaste, mais mon amour sera d'infini! J'ai pas joui d'amour depuis tellement longtemps que même bander d'amour, c'est oublié. Viens m'étourdir, viens chanter sur mon corps! Fort. Jusqu'à me sentir aimé...

– Arrête de me niaiser! Moi, j'ai pas envie de me masturber sur n'importe quel débandé d'amour!

– Tu ris de mes désirs, mais t'es assez mal placée pour t'en moquer... Tu penses que t'es sereine, pis que tout va pour le mieux dans le meilleur de ton monde, peut-être?! Tu rêves d'amour depuis longtemps, hein? Pis t'attends quoi? Qui? T'attends qui... qui viendra jamais?

– De quoi tu te mêles, là?

– Les rêves, c'est dangereux... Ah pis si ça te fait du bien, attends-le ton musicien! Je t'écœurerai pas avec ça. Attends-le. Pour moi, ça changera rien. Ça sera toujours, demain comme avant-hier, une page de plus dans le cahier de nos vies imaginaires qui se font accroire qu'on peut devenir des vrais responsables d'amour, des fidèles. Câliss.

– Et pourquoi on deviendrait pas ça, des fidèles d'amour, des responsables? T'as trop écouté de slogans publicitaires, si tu veux mon avis! "Allez, ma belle, on va s'amuser ce soir et demain j'en trouverai une autre, meilleure et améliorée, en rabais cette semaine dans la circulaire!!!" À trop vouloir tout vendre, notre société de gadgets a fini par rendre l'amour facile, accessible et bon marché. La publicité nous apprend vite qu'un produit sans acheteur est un mauvais produit. La solitude est une défaite et les gens finissent par se vendre dans la section des petites annonces comme des frigidaires, des pneus, des maisons – entre la section des voitures usagées et celle des animaux abandonnés, on peut rencontrer Manon (petite grassouillette très tendre), Francis (chevalier sans armure) et Jean-Paul (vingt ans, massages éros toutes tendances)...

– Arrête, Élie! Ton mandoliniste, il ne t'écrira jamais. Tu rêves et là, c'est trop pour toi. »

Je ne sais pas pourquoi il a dit ça. Soudain, j'aurais voulu faire exploser le monde. Je n'avais ni arme ni mot. Il a compris ça comme un grand, lui qui vit habituellement la tête dans le nombril.

« Viens, on va prendre une autre bière... »

12 *novembre*

Jour du premier bilan scolaire. Pour l'occasion, j'ai rencontré la professeure d'Amorosa qui s'enthousiasme sur l'ensemble du résultat. Les notes de la petite se sont améliorées de façon spectaculaire depuis qu'elle étudie et elle est devenue une vraie petite fille de huit ans, avec des amis et tout ce qu'il faut pour faire partie d'une société. J'ai eu droit à une ovation de la professeure, bien que je sache, au fond, que je ne mérite rien et qu'il serait plus juste d'envoyer des reproches à la mère que des éloges à la grande sœur.

Mais dans le bureau des admirations pédagogiques, il y avait quand même quelques doutes. La professeure a demandé à Agnès de sortir et ma belle est partie en courant avec un essaim d'amies papoteuses. Alors, la professeure a rajusté ses lunettes anguleuses pour me dire qu'Agnès était pleine d'histoires secrètes aux confins de la cour d'école. De toute évidence, cette jeune enseignante était peu au fait de tout ce qui s'était passé dans le passé.

« Vous savez, j'ai un doute sur son comportement. L'assistante sociale n'est pas tout à fait d'accord avec moi là-dessus, mais je ne suis pas sûre que ce soit bien bon pour les autres enfants de fréquenter Agnès et toutes ses histoires de musiciens, de sylphides… Vous savez, elle semble un peu perdue depuis que… depuis que… »

Elle l'a fait toute seule, comme un enfant dans un trou de boue. Avance, ma grande, avance et embourbe-toi.

« Depuis qu'elle habite chez moi ?

– …

– Madame, Amorosa n'est pas perdue ; elle est simplement en cure de désintoxication de violence, en apprentissage de rêves. Sûrement que ça vous dépasse. On ne peut pas vous en demander trop.

– Il y a, madame, une différence entre le rêve et le mensonge. Cette petite s'appelle Agnès et, à force de lui mettre des idées déformées en tête, vous en ferez une inadaptée sociale !

– Il n'y a pas, madame, de différence entre le mensonge et le rêve ; les deux témoignent du refus d'accepter la réalité dans tous ses mauvais côtés pour nous laisser croire qu'on peut être heureux, qu'on a une toute petite chance de surnager dans la vague et que le bonheur existe dans la vraie vie, pas juste dans la télévision ! Vous pensez que j'en ferai une inadaptée sociale ? Tant mieux ! Vous avez vu les marques dans son dos ? C'est ça, l'adapter à la société ? C'est ça, la société dans laquelle vous la voyez ? Si on ne veut pas que ces marques-là deviennent des cicatrices d'âme d'enfant, madame, il faut se dépêcher de la badigeonner de pommade miraculeuse, de rêves au quotidien. Trouvez mieux et on verra. En attendant, contentez-vous d'enseigner les mathématiques ! »

Je suis partie comme une furie, j'avais le dos trempé de sueur. Elle est restée là, comme une grande sécheresse, sans pouvoir répondre.

En sortant du bureau, j'ai croisé mon amie l'intervenante venue m'intercepter pour intervenir à nouveau dans ma relation pseudo-maternelle. Je suis entrée dans son antre tapissé de dessins multicolores maladroits, de bonhommes déformés plus grands que les maisons, de pères peints assis devant l'ordinateur, de mères commandant une pizza au téléphone et de chiens amicaux aux grands yeux inégaux.

« Je veux d'abord vous féliciter pour les changements extraordinaires survenus chez Agnès au cours des derniers mois, tant sur le plan de ses notes que dans son comportement.

– D'abord ? Mais ensuite ?

– Ensuite… J'ai cru comprendre, en parlant avec Agnès, que votre accompagnement de grande sœur se doublait d'une fonction de logeuse et que la petite habitait désormais chez vous… »

Je commence à en avoir assez des enquêtes et des pièges !

« Oui et non. C'est temporaire. La mère a eu quelques ennuis et la petite s'est retrouvée sur mon perron. J'ai ouvert la porte. Depuis, personne n'est venu la réclamer… Quand la mère reviendra à elle-même, j'imagine que… »

Et tout à coup, je me suis arrêtée. Tout à coup, je n'ai pas pu imaginer Amorosa rentrant là, enfant parachutée là malgré elle et empochant encore une fois les injures et les coups du destin déficient de cette femme-là. Je n'ai pas voulu imaginer le retour aux cheveux tirés, à la crasse forcée, à la malnutrition affective, à l'effondrement du coup de minuit. Tout à coup, je suis devenue louve et j'ai sauté par la fenêtre, j'ai attrapé Amorosa et l'ai emmenée dans ma tanière pour la protéger de cette génitrice dévoreuse de rêves et arracheuse d'enfance, et j'ai fermé la porte des horreurs derrière moi, derrière elle, derrière nous deux, et, à l'abri du monde, j'ai compris que je l'aimais assez pour vouloir la protéger même de sa mère – surtout de sa mère.

L'intervenante a attendu patiemment que nous soyons toutes deux bien cachées avant de nous secourir.

« Vous n'ignorez pas que cette situation de garde… provisoire est illégale, n'est-ce pas ? Vos droits de grande sœur ne vont pas jusqu'à aménager une chambre chez vous pour la petite, malheureusement… »

Comme toujours quand c'est important et que je suis dans une vraie situation, je n'ai eu que du silence et des falaises et je ne savais plus comment nous hisser loin des abîmes béants qui venaient de s'ouvrir devant nous. Mais l'intervenante, elle, savait et avait tout prévu, probablement de la tanière à l'abîme, et, cette fois, ce n'est pas elle qui m'a eue, mais la petite, mais moi-même au fond, et un pacte silencieux s'est glissé entre nous. Et elle savait que je savais et elle laissait respirer mon silence parce qu'elle voyait où j'avançais.

« Avec votre statut social, vos références et vos relations, vous pourriez légaliser cette situation en quelques jours à peine. Il suffirait que vous déposiez une demande pour recevoir officiellement Agnès en famille d'accueil… »

J'ai baissé la garde. Je me suis rendue à l'évidence.

J'ai passé une heure à remplir des formulaires, à signer et à contresigner des papiers, à donner des références, à m'enregistrer, à devenir famille d'accueil.

Fin de la première étape.

16 novembre

Dans le lot de l'essentiel que je ne dis pas, je vais toujours trop loin. Aujourd'hui et pour la première fois, Amorosa m'a apostrophée violemment en rentrant de l'école.

« Tu ne m'as pas dit que tu as demandé à devenir ma famille d'accueil ! »

C'était agressif et je ne savais trop comment réagir.

« Non, je ne te l'ai pas dit.

– Pourquoi ? Pourquoi tu me l'as pas dit ? Je veux dire : j'ai le droit de savoir où je vais habiter ! Est-ce que j'ai le droit de savoir qui va être ma mère ? Déjà que j'ai pas de père ! Est-ce que je peux savoir ce qui va se passer avec ma vie ou si ça regarde toujours juste les autres ? Dites-le si j'ai rien à dire ! »

Je l'ai regardée avec toute ma confusion et mon pied du mur. Orpheline et Agnès de Dieu, elle secoue devant moi sa couronne d'épines enfoncée jusqu'au cœur. Flagellée d'abandons, crucifiée de silences, elle me demande de ne pas la renier une troisième fois. Et je sais très bien qu'elle m'indique du même coup le chemin de mon Gethsémani.

« Je m'excuse, Amorosa. Tu as raison. Tu as tout à dire et j'aurais dû t'en parler moi-même avant que l'intervenante n'intervienne. C'est juste que je ne savais pas quoi dire ni comment le dire. C'est juste que je me sens maladroite pour parler et que j'attendais un bon moment… »

Évidemment, je croyais que je pouvais prendre mon temps pour l'accueillir, alors qu'elle. Me persuader qu'elle ferait ça en un clin d'œil et bondirait de joie m'évitait le dialogue.

« Le bon moment ? Ça aurait été quand ? Je veux dire : dans combien de temps tu m'aurais parlé ? C'est pas juste que tu décides toute seule quand tu dois me parler ! Je veux dire : ton bon moment à toi, ce n'est pas le même que moi ! Vous décidez tout dans mon dos et je ne sais jamais ce qui se passe ! Vous faites comme si j'avais pas le droit de savoir ! Moi, je veux que tu me parles et que tu sois honnête avec moi ! »

J'ai eu envie de pleurer tout à coup, de m'effondrer. De m'en laver les mains et de tout abandonner de nouveau. De changer de chapitre. Mais c'était moi l'adulte et je savais qu'elle avait besoin que je m'assume, que j'assume ce qu'il fallait dire ce soir en femme responsable et pas juste en fée marraine qui passe pour la fête, trois petits tours et puis s'en va. Il fallait absolument que je m'élance, que j'affronte ça et mon vide.

« Amorosa. De toute ma vie, ce que je me reprocherai le plus, c'est de ne pas avoir su – de ne pas savoir encore – quoi dire ni comment. Ce que je me reproche le plus à moi-même, c'est mon silence, crois-moi. Et je ne sais pas comment faire pour le traverser. J'ai toujours pensé qu'un jour les adultes apprenaient, tu vois, comment assumer le quotidien, la vie. Qu'un jour, les angoisses cesseraient, l'illumination arriverait et que ça y serait : je saurais aimer – aimer assez pour fermer les yeux et faire confiance. Qu'un jour, je saurais quoi dire quand c'est vide, abîme et falaise. Mais le jour de l'illumination n'est pas arrivé. J'ai beau chercher mais, à l'encontre de tous ceux qui savent ou qui ont l'air de savoir, moi, je ne trouve pas. Je suis maladroite, mal à l'aise et trébuchante. Depuis que je suis ici, j'accumule les réponses, mais j'évite les questions.

« Tu vois, c'est la même chose avec toi. J'ai toujours cru que, quand une femme accouchait, le facteur livrait un mode d'emploi secret destiné uniquement aux nouveaux parents qui entraient ainsi dans une sorte de secte de connaisseurs, de bâtisseurs, de spécialistes. Les mauvais parents m'apparaissaient comme autant d'analphabètes de la vie. Je n'ai pas eu d'enfant de huit ans, Amorosa, et je n'ai jamais reçu de mode d'emploi, ni quand tu es venue ici pour la première fois ni quand tu es revenue pour vrai avec ton sac et tes yeux grands comme la terre. Au début, je voulais juste t'apporter du réconfort, de l'aide, de l'amitié. Je voulais juste être là. Et puis, de fil en sourire, tu m'as eue. Tu m'as gagnée et mon chalet sans toi, ce n'est pas un chalet, c'est l'hiver.

« Mais je n'ai toujours pas reçu le livre des accom-pagnements. Alors voilà, quand l'intervenante me dit que je peux devenir famille d'accueil parce qu'elle pense que c'est mieux pour toi, je signe parce que je me dis qu'elle doit savoir et que je veux que ce soit mieux pour toi. Toujours. Mais moi, moi toute seule en face de toi, je ne sais pas si. Si c'est ça que tu veux. Je ne sais même pas si je suis capable d'être une famille et j'ai peur parce que les enfants de huit ans, je ne connais pas ça ! Si tu veux de mon accueil, je t'ac-cueille, c'est sûr et c'est tout ce que je peux dire. Si tu veux que je sois une famille pour toi, pour l'accueil, je veux dire, et tout ce que je vais essayer de faire de mon mieux, si tu acceptes que je sois moi encore avec toi et notre quotidien comme tu le connais, malgré tout ce que je porte de maladresses et de réponses sous vide, tu es la bienvenue. Mais si tu préfères retourner habiter chez ta mère, je n'interviendrai pas. Si tu veux que je retire ma demande, je le ferai. La décision est à toi et tu as le dernier mot. »

Elle est restée silencieuse pendant une éternité d'angoisse.

« Élie ?

– Oui, Amorosa ?

– Est-ce que tu m'aimes ?

– …

– ? ? ?

– Oui, Amorosa. Je t'aime. »

Il y a de ces jours où les chiens dans les maisons aboient en nous voyant passer. Il a tellement fait gris depuis novembre qu'on a tous fané.

Tristes comme un vieux blues, on traîne notre peau et même Amorosa se laisse gagner par le chichi et le pleurnichage de l'enfance. Richard la taquine un peu, mais elle lui répond vertement, par la bouche de ses canons, qu'elle a le droit à son intimité de huit ans et demi. Personnellement, je pense qu'elle doit pleurer tout ça : son passé infect et son avenir informe. L'incertitude du monde et quoi d'autre encore que je préfère ignorer. Elle est en deuil de toutes sortes de choses qui, Dieu merci, nous échappent. Elle a le sens du mois des morts autant que les nuages et déroule intensément le tapis de sa grisaille.

« Courage, ma douce, c'est un mauvais moment à passer, mais tu vas t'en tirer. Pleure un coup aujourd'hui et demain aussi, si ça peut te faire du bien, parce que les nuages sont là et que tout est d'accord avec toi. Mais quand le soleil reviendra, il faudra que tu sois d'humeur à arrêter ça. Sinon, au lieu de fleurir, tu vas te noyer complètement... »

Elle comprend. Elle regarde le ciel chaque matin et devine que le soleil sera absent. Et sait que le soir elle pleurera encore. Ça la décourage, mais elle est vaillante. Elle tiendra le coup. Je crois en elle.

Hier, elle s'est amenée, plus vive d'un projet qui lui tenait le cœur. Elle est arrivée en disant que sa meilleure amie l'invitait à entrer dans son parascolaire.

Bien sûr.

« Nous allons monter une belle messe de Noël avec des chansons et une crèche. Je vais être un ange qui chante ! »

Un ange qui chante.

La Nativité.

Un ange qui chante.

Fuites et silence.

Un ange qui chante.

Fuir. Fuir et rouler. Sainte-Anne-de-Sorel, Notre-Dame-de-Pierreville, Saint-François-du-Lac, Saint-Pierre-les-Becquets, Saint-Marc, Saint-Luc, Saint-Matthieu, les choses cachées depuis la fondation du monde. Un ange qui chante. Toutes mes fuites m'explosent au visage et, baptême de baptême ! qui me dira que j'arrive à m'en sortir, que j'arrive à crever les eaux d'une seconde naissance, que j'arrive, Gethsémani, à éloigner la coupe, à me sortir de tant de paraboles qui me condamnent au silence. Un ange qui chante.

« Les lundis soir. Je veux dire : dis ooooouuuuuu-iiiiiiii. »

Bien sûr. Tant qu'il y aura le brouillard à boire, j'ai toutes les chances de me survivre injustement à moi-même.

Un ange qui chante. Dans ma maison.

26 novembre

Le mois des morts n'en finit plus d'agoniser. On a tous envie de crever, enfermés sous le ciel sombre, dans nos maisons sombres, dans nos visages sombres. Novembre, tel un salon mortuaire. Les bouleaux secouent les crécelles cassées de leur écorce dans le vent.

On se salue platement autour du beau temps qui se fait enterrer et on reste là, silencieux, à espérer la résurrection. On brasse à pleines mains, en désespérant, les souvenirs éteints du soleil et on se dit que c'est fini.

Je suis allée affaler mes incertitudes chez Richard. J'ai à peine glissé un pied dans sa maison que ça m'a sauté aux yeux. Les lettres de ses admiratrices se sont reproduites. Elles foisonnent, envahissant les pièces de moitié. Ça nous observe, vivant. L'air brûlant se sature d'humidité. Une tourbière épistolaire.

« Ouf. Tu vas attraper des champignons si ça continue...

– J'imagine, ouais.

– C'est pas un peu en train d'être trop, toutes ces enthousiastes du crayon?

– Il y a tout ce qu'on garde trop et tout ce qu'on jette trop; tout ce qu'on regrette d'avoir trop jeté.

– Philosophique, mais encombrant.

– Encombrant comme tout ce à quoi on s'accroche: les lettres admiratives, les mères violentes, les mandolinistes imaginaires.

– ...

– Et j'en passe, et des moins intéressants, ma vieille!

– Tu es vache exprès, aujourd'hui? Si tu as envie de garder un peu plus de solitude, tu le dis comme ça et c'est ça qui sera ça.

– Ben non. C'est pas méchant. Je constate juste à quel point on fait partie de ceux qui conservent leurs vieilles chaussures qui puent parce que c'est rassurant. Nos habitudes de vieux garçons et nos croyances de vieilles filles, nos vieux plis de célibataires endurcis et même ce qui peut finir par nous détruire. Heureusement, toi, t'as la petite pour te dérider. On n'a pas tous cette chance-là ! »

L'ange qui chante.

Je suis retournée chez moi sans parler de mes incertitudes.

28 novembre

Ça y est !

Une vraie neige. Dure, solide, glacée, mais pas trop, juste apte à faire des belles boules qui vont tenir le coup. C'en est une qui va rester. La première.

Il a neigé la nuit durant et, après qu'il eut craché le morceau, le ciel a dû se sentir mieux parce que, ce matin, le soleil s'est levé pour vrai. Un grand soleil jusqu'à terre. Vingt-neuf jours sombres, on les a comptés, sont maintenant révolus. Révolution solaire. Voilà.

Avec la neige, le soleil a fait de la lumière partout et on sait ce que ça veut dire. Amorosa s'est réveillée en courant pour annoncer à tout le monde que la saison des larmes était tarie. Elle est prête à relever le défi de l'avenir. Tant mieux, il y en a au moins une parmi nous.

L'hiver d'ici, ça ne se dit pas. Un mois d'attente froide et noire dans les feuilles brunâtres et desséchées, un mois sans soleil et sans sourires, à errer dans le cimetière du ciel, puis, soudain, au moment où on doutait même de l'espoir, elles arrivent : la froideur crue de la neige et la lumière glacée. On s'élance, comme des chèvres de montagne, dans cet air neuf et plein de promesses. Les joues rougies et le nez coulant, on bave joyeusement dans nos foulards en suçant un glaçon.

Bref et donc, on ne s'est pas fait prier. On a enfilé tout ce qui s'enfilait et on a filé dehors pour se faire des munitions. On s'en est mis plein les poches et on a porté la guerre directement chez Richard. On a fait une descente dans sa cuisine. Zouououou ! La première boule derrière la tête et, sans qu'il ait eu le temps de réagir, zou, zou, zou et re-zou, toute une série sur le cendrier, l'évier, la cheminée, la table… On n'a rien épargné. Aucun survivant.

« Câliss ! Ça va faire ! »

Il avait son sourire en coin du gars qui ne peut pas en revenir. C'est son sourire que je préfère. Avant qu'il en revienne, on a déguerpi. On a filé comme des louves jusqu'à la maison en riant tellement qu'on en avait mal aux joues. Puis, on a accompli les choses sérieuses. On a élevé des murailles autour du chalet. Devant chaque porte, pour prévenir le pire. Pour entrer, il faudra désormais utiliser les passages secrets. Au coin de chaque muraille, on a érigé une tour sur laquelle est posté un vigilant bonhomme de neige. Personne ne nous prendra par surprise.

On est bien contentes.

1er *décembre*

C'est aujourd'hui que Manu déménage. Je suis allée l'attendre, ce matin, pour la bienvenue et l'aide, si jamais. Il est arrivé dans l'aube, avec ses mocassins, ses tam-tams, deux vêtements et ses yeux en pointes.

« Je viens t'offrir l'aide et la bienvenue, Manu. »

Il a souri avec un merci.

Il a ouvert la porte de la cabane presque démeublée où gisaient un lit et une table. Il a posé son sac sur le lit et ses tam-tams dans un coin.

« Mon emménagement s'est bien déroulé. »

Il n'avait rien d'autre.

« C'est une belle cabane. »

J'ai opiné, le cœur un peu lourd.

« Ne sois pas triste pour moi : j'ai trouvé l'endroit. La jonction entre la terre et les eaux. Ici, j'ai tout ce qu'il me faut pour me réconcilier. Ici, je collectionnerai les rivières. »

Je lui ai tendu un livre que je voulais lui offrir, mais il ne l'a pas pris.

« Un livre ?

– C'est… c'est une quête. Entre la nature et la fin de l'agenouillement. Des poèmes.

– Les Blancs prennent la langue et l'immobilisent. Quand le livre brûle, où va le poème ? Quand tous vos livres auront brûlé, le vieux de chez moi s'assoira et vous racontera la vraie histoire du monde. Sans papier. Juste avec les mots qui dansent.

– Le vieux de chez toi, Manu ? »

Ses yeux m'ont poignardée.

« Tu sais très bien où tu n'es plus chez toi. »

Il respirait par saccades, comme un animal qui s'apprête à attaquer. J'ai ouvert au premier poème :

J'ai fait de plus loin que moi un voyage abracadabrant
il y a longtemps que je ne m'étais pas revu
me voici en moi comme un homme dans une maison
qui s'est faite en son absence
je te salue, silence

je ne suis pas revenu pour revenir
je suis arrivé à ce qui commence.

J'ai refermé les pages. Il regardait ailleurs, loin dans sa tribu inexistante qui soudain emplissait la cabane. Son visage s'est apaisé et sa main est venue chercher le livre. Un instant, nos doigts se sont touchés et il m'a regardée d'un vrai regard et. Nos rêves charbonneux douloureux. Nos racines de souffrance. Les sables mouvants des détresses grégaires. Nos volontés sans concessions. Battre ton pouls dans l'histoire. Le bruit roux de chevreuils dans la lumière.

C'est le bruit roux de chevreuils dans la lumière.

7 décembre

L'intervenante a téléphoné cet avant-midi pour me dire de venir signer ma prise en charge officielle d'Agnès. Arrivée à l'école, je suis allée chercher Amorosa dans sa classe et je l'ai emmenée avec moi dans les toilettes des filles.

« Amorosa. L'intervenante a téléphoné. Est-ce que je signe le papier ? »

L'espoir et la peur devaient couler sur le plancher. Elle n'a pas eu l'ombre d'une hésitation et ça a été le plus beau moment de ma vie.

Amorosa m'a accompagnée sous les yeux surpris de l'intervenante et j'ai signé tous les papiers en lui disant de quoi il s'agissait. Puis nous sommes rentrées comme des heureuses pour un grand festin auquel nous avons convié Richard et Manu. On a fait de la musique, on a dansé, on a mangé des gâteaux et Richard m'a passé le plus de sarcasmes possible sur mon sens des responsabilités.

Mandoliniste, il ne manquait que toi !

15 décembre

« André et moi partons en tournée pour le temps des fêtes !

– En tournée ?

– Dans sa famille ! »

Chloé me racontait ça dans le brouhaha chez Richard, entre deux piles de lettres.

« Dans sa famille ? »

Elle a eu un sourire.

« Oui. Moi, j'ai perdu toute ma famille. Avec André, je réapprends la filiation. Ce que c'est que de forger une généalogie. Tout le monde veut être absolument moderne. Raturer la mémoire et se condamner au futur infertile. Comme si l'histoire pouvait s'écrire au présent individuel. On s'engendre volontairement dépeuplé. Avec André, je ne suis pas orpheline. Je suis de généalogie et de tradition et j'inscrirai le nom de nos enfants dans les registres de son violon. Pour qu'il y ait une suite. Pour la suite du monde.

– L'amour, c'est une fondation familiale, tu penses?

– Je crois en André. Il est une prière entendue. Il est gravé de passé et ça veut dire l'avenir. Autour de la table, bientôt, nous multiplierons les assiettes et le pain.

– Avec toutes ces femmes, vous êtes déjà un peu multipliés, non? »

Elle sourit tristement en les regardant.

« Des femmes absurdement modernes. Infertiles malgré elles. Incapables de lignée, elles font multitude. »

Vivre d'adoration à défaut d'amour.

Le piano s'est ébranlé, soudain, et l'a presque aspirée; elle s'y est coulée avec ses flûtes.

C'était étrange de la voir jouer avec Manu, avec cet homme qui a perdu toute ancestralité et qui est privé d'avenir. Elle crée un peuple, alors que lui est de territoire condamné.

Manu. Façonné en glaise d'humanité. L'Adam d'argile arrivé de première lune et d'aube inexistante. Manu. Il ensevelit le temps dans le tabernacle de ses mains. Des mains de pierres cuites au soleil, un ventre en peaux d'animaux, un dos qu'il plie comme on entortille une branche. La peau séchée, cuite et craquelée, il sort de la poussière. Sûrement, il a brûlé la terre entière entre ses mains au jour du sacrifice. Il est de cendres mâchées. Recrachées. Sûrement, il a mangé la terre brûlée, le pain d'arbre et le sable concassé.

Désormais sans forêt et sans terre, il n'a plus d'endroit où déposer la lignée de son peuple. Condamné au déséquilibre, il erre avec ses mains sur le piano.

Il jazze.

Il jazze des sentiers sinueux sur son sol épidermique.

18 décembre

Pour plaire à Amorosa, on est allés voir le vieux barbu de Noël au centre d'achats. Je n'en avais tellement pas envie et j'ai essayé par tous les moyens de la faire changer d'idée.

« Écoute, Amorosa, tu peux croire en toutes sortes d'histoires, mais, s'il te plaît, pas au père Noël ! Comment veux-tu qu'un vieux bonhomme gros comme lui puisse se promener sur les toits des maisons et passer par les cheminées pour donner des cadeaux à des enfants qu'il ne connaît même pas ? C'est ridicule ! »

Sans succès. Elle y croyait dur comme fer, et au bonnet et à la barbe. J'espérais tout de même repousser la visite à un autre jour quand Richard a déboulé ici, frappé lui aussi par l'esprit des fêtes.

« Amorosa, est-ce qu'on va voir le père Noël au centre d'achats ? Il paraît que le vrai père Noël est là cette année, que c'est pas un imposteur ! »

C'était ce qui pouvait m'arriver de pire.

« Richard, tu vas pas commencer ça, toi aussi ? Je me tue à dire à Amorosa que le père Noël, c'est juste le symbole du matérialisme occidental de la fête de l'hiver, enveloppé dans du papier brillant et poussé, comme le reste des dépenses inutiles, en dessous d'un sapin artificiel ! Tu ne vas quand même pas encourager ça ??? »

Il n'a même pas répliqué. On s'est farci des dizaines de kilomètres de route dans un trafic taponné-serré-c'est-le-temps-des-cadeaux, pour aboutir dans la queue des voitures attendant pour entrer dans le stationnement. Une demi-heure sans bouger de la rue, assis dans l'auto avec nos manteaux collés sur le dos.

Puis on a traîné nos bottes dans la gadoue grise et on s'est faufilés dans la foule jusqu'à la file d'attente des enfants qui rêvaient d'entrer dans le royaume du père Noël. On a suivi les cris d'enfants et les claques de parents, payé ce qu'il fallait pour la photo et mis notre mal de cœur en attente dans la file. On avait chaud dans nos manteaux et on transpirait des odeurs habituelles de centre d'achats. Ça puait la sueur et la boue, la couche à changer et le lait caillé. Dans les froufrous des manteaux, les gens échappaient des petits bouts de toutes sortes d'affaires : des tuques, des mitaines, des foulards qui se faisaient impitoyablement piétiner par les admirateurs en rut du papy Noël.

On est enfin arrivés à la maison du vieux barbu et Amorosa, qui n'avait rien perdu de son enthousiasme incompréhensible, s'est élancée pour sauter sur les genoux du gros bonhomme tout de rouge vêtu. Le bon papy Noël l'a accueillie avec son légendaire sang-froid et sa bonhomie centenaire.

« Pas si vite, la petite, est-ce que ta mère a payé ? Si oui, il faut commencer par donner votre papier au photographe.

— Oui, sa "mère" a payé. S'il vous plaît, fais ta job pendant que le photographe va rendre le moment inoubliable, O.K. ? »

La petite est montée sur les genoux du vieux qui a fait son sourire de dentifrice fatigué à la caméra. Mais le photographe n'était pas encore prêt et, comble du bonheur, la caméra s'est coincée et il a fallu poireauter là encore dix bonnes minutes en attendant que. À côté de moi, une jeune femme à bout de nerfs s'est alors mise à crier que c'était le tour de son petit qui braillait et Amorosa ne savait plus trop comment s'agripper à cet instant mémorable de l'année. J'ai calmé l'excitée pendant que son petit se mouchait pompeusement dans le bord de mon foulard et Richard a rassuré Amorosa en lui disant que c'était toute une chance d'avoir droit à un bonus de temps sur les genoux du gros en sueur écœuré des petits braillards.

C'est alors qu'Amorosa s'est mise à faire des siennes dans le meilleur sens du terme. Elle a fait au père Noël la plus touchante des déclarations d'amour en lui assurant qu'elle croyait en lui malgré ce que j'en disais et lui s'est forcé pour répondre à la petite qu'elle méritait un beau cadeau. C'était son premier mot gentil. Lui et son pôle Nord avaient fondu sous le charme de mademoiselle doudoune qui faisait ses minauderies. Puis, quand il fut bien mijoté, elle est passée à l'action comme on n'aurait pas cru personne. Elle s'est agrippée et a tiré à pleines mains sur la barbe du gros rougeaud qui... a résisté à l'assaut en faisant jaillir du père Noël un grand et douloureux cri de surprise !

Le vieux bourru a envoyé la petite rouler par terre au moment même où jaillissait le clic photographique.

Mais la belle n'en avait rien à cirer.

«Tu es le vrai père Noël! Tu es le vrai père Noël!»

Elle s'acharnait à lui sauter sur les genoux pour lui envoyer sa série explosive de baisers alors qu'il se débattait comme un père Noël coincé dans une cheminée. Entre deux bousculades, elle récitait sa commande.

«Une guitare neuve pour Richard et le mandoniste pour Élie…»

Le vieux a fini par la sortir de force et par refermer la barrière de la maison magique sur elle.

«Et je vais aussi livrer un psychologue à ta mère!!!»

C'était sa première bonne idée. La petite s'est accrochée à la clôture et a demandé encore, cette fois d'une voix un peu alarmée:

«Et une nouvelle poupée pour moi, hein?»

Mais déjà, le vrai papa Noël ne l'écoutait plus; il tenait sur ses genoux le bambin de l'énergumène et promettait n'importe quoi pour avoir la sainte paix.

On a fini par faire croire à Amorosa que le père Noël était le meilleur bonhomme du monde, mais qu'il était normal, à son âge et avec tous ces enfants, qu'il soit un peu fatigué. Il a aussi fallu lui faire admettre qu'elle avait peut-être exagéré en tentant de lui arracher la barbe à tout prix. Justement, ça la travaillait un peu; elle était bien contente d'avoir reconnu le père Noël, mais elle était terrorisée à l'idée qu'il ne lui envoie pas sa fameuse poupée.

«C'est pas grave, on lui écrira une belle lettre cette semaine pour s'excuser un brin et pour la lui redemander, au cas où il n'aurait pas bien compris…»

Nous ne sommes cependant pas revenus bredouilles. On a rapporté sans doute la plus extraordinaire des photos de Noël : Amorosa en plein vol, le sourire aux lèvres et les yeux brillants de bonheur, une main fermement accrochée à la barbe du vieux donneur de cadeaux qui, les yeux exorbités, se débat avec ferveur en réclamant intérieurement l'aide du renne au nez rouge et de la fée au bonnet pointu. Je ne sais pas si c'était le vrai père Noël, mais, avec cette photo, les doutes ne sont plus permis : la barbe, elle, était authentique !

25 décembre

Nous avons donc assisté à la messe de Noël, chanté les cantiques et salué la crèche.

Évidemment, j'aurais préféré couper court à la cérémonie religieuse et Amorosa s'en doutait. Mais l'ange dans la crèche vivante. L'ange qui chante. Ma petite rouquine avait insisté tous les jours, depuis deux semaines, pour que. Je n'avais aucune raison de lui refuser cette sortie, mais je n'avais pas très envie d'entrer dans la nef de Dieu un soir où Il est tout en fête. Depuis qu'Il m'a laissée sur une parabole vague et que j'ai arrêté de lui marmonner ses *Pater*, nous nous boudons un peu et je ne voulais pas gâcher sa fête ; entrer chez Lui un jour de naissance me semblait déplacé, effronté. Mais comment expliquer ça à Amorosa qui n'en revient pas du bel habit d'ange et qui chante des alléluias avec sa copine au téléphone ?

« Si tu préfères, tu peux y aller avec ta copine et ses parents et, pendant ce temps, je monterai la table, ici, pour préparer ton retour...

– Non ! Je veux y aller avec toi ! Je veux dire : tous les enfants y vont avec leurs parents ! Moi aussi !...»

Elle s'est arrêtée brusquement et a levé sur moi des yeux où la peur et les questions se bousculaient et j'ai su qu'elle me demandait, momentanément, de jouer un rôle, d'entrer dans la danse, d'y aller, d'avancer dans la nef de sa vie. D'être fée des étoiles et marraine et et et.

« O.K. On y va. Mais je t'interdis de quêter des menthes aux petites vieilles.

– Je veux dire : de quoi tu parles ? »

J'ai souri. J'y vais pour la paix de Noël qui doit embraser nos cœurs. Dans tous les cas, Il ne pourra pas me provoquer par des paraboles incompréhensibles et des messages embrouillés le jour de la fête de la Nativité, non ?

La cérémonie m'a émue. Pas tant les enfants qui trébuchaient dans leurs soutanes de bergers que la présence de mon petit ange roux au milieu de tout ce beau monde. Je regardais Amorosa qui riait avec sa copine et je me demandais si elle priait parfois pour sa mère, cette mère dont elle arrive sûrement mal à situer le rôle, cette mère-enfant qui l'a accouchée trop tôt, dans des conditions de mangeoire, sans que personne ne dépose aux pieds de ma jeune princesse l'or, l'encens, la myrrhe que, pourtant, je le jure, elle mérite.

Nous avons célébré le mystère de la parole.

J'ai écouté avec attention le sermon. Malgré moi, j'ai épié avec dédain cette morale de vieillard en soutane qui ne pouvait évidemment rien me dire. Et en effet, je n'ai trouvé que des histoires à rassurer les pécheurs : la vie éternelle est pour tous. Le curé endort ses ouailles dans des formules digestives donnant bonne conscience en tout temps et permettant de s'en retourner, esprit tranquille et foie à l'aise, déballer ses cadeaux en famille. Qu'est-ce que je fais là, dans une église catholique qui fête la naissance de l'Enfant ? Je pensais à ma mère à moi qui m'avait donné tant de prières et j'ai constaté l'étendue de mon impossibilité tellement humaine à comprendre les poëmes de Dieu. Je Lui en voulais de ses détours et de son silence et de. Et de. Et.

Et tout à coup.

Les anges qui chantent.

Les falaises et le silence.

Et moi aussi, je.

Moi aussi, pécheresse et indigne dans la nef des enfants de Dieu, à regarder la crèche vivante et la Mère portant l'Enfant. L'Enfant voulu de Marie, annoncé par l'ange, chanté par les bergers, enrichi par les Rois mages. Et l'ange roux qui court vers moi en riant. Qui me saute dans les bras et me souhaite.

Joyeux Noël.

C'est la joie d'Amorosa qui m'a empêchée de sombrer ce soir. Son cher papy Noël qui pardonne à tous et n'oublie personne a déposé sous le sapin une poupée. Elle a papoté de satisfaction toute la soirée et s'est endormie dans un bonheur de chiffon. J'ai mis des chandelles et je vois un peu partout le reflet de l'étoile de Noël qui clignote doucement au sommet de l'arbre du salon, au cœur des décorations, au plein centre des cadeaux déballés.

On voudrait avoir huit ans à tous les Noëls. On voudrait avoir ces guirlandes-là au fond des yeux et les lumières multicolores autour du cou. On voudrait encore la fascination de l'arbre géant avec ses boules qui déforment notre nez dans un reflet irisé et les petits lutins de bois accrochés aux branches, qui font du ski sur une boulette de neige artificielle ; on voudrait toujours la boucle rouge sur la porte, les chaussettes sur la cheminée, les lumières pomponnées de neige sur les couronnes en sapinage accrochées aux toitures des maisons. Et l'espoir du papy Noël qui arrangera tout avec sa grande similijustice. Le chantage de Noël : les cadeaux aux gentils, les charbons aux méchants. La sagesse est payante. On voudrait avoir huit ans à tous les Noëls et se sentir en congé féerique de devoirs pour une période décorée. Se sentir en droit de luge et de nez coulant des heures durant, en possibilité de tunnels et de châteaux forts enneigés jusqu'après la tombée de la nuit. Avoir huit ans, déballer des cadeaux scintillants, chanter des cantiques et rêver du petit Jésus comme si.

Derrière les guirlandes clinquantes et clignotantes de mes artifices joyeux, j'étouffe encore des sanglots de toi.

27 décembre

Hier soir, la mère d'Agnès est passée.

Avant même qu'elle frappe à la porte, ses jambes ont glissé sous elle et elle a fracassé tout ce qu'elle a pu dans une enfilade de jurons qui aurait fait rougir même Richard. Amorosa et moi lisions un livre ensemble et elle a tout de suite su que. Elle a eu ce regard perdu qui ne sait pas si elle doit se réjouir ou s'attrister que maman ne l'ait pas oubliée définitivement.

« Amorosa, tu habites ici désormais. Aussi ne crains rien : ta mère vient sûrement te porter un cadeau de Noël et ce sera tout, d'accord ? »

Avec la tête, elle a fait oui et je la voyais rassembler son courage dans ses petites mains pendant que l'autre frappait la porte en sacrant.

Incontestablement, elle avait bu. Elle venait avec l'intention généreuse, mais égoïste, d'offrir à sa petite Agnès une trousse de maquillage pour enfant, assortie d'un ensemble d'objets pour fabriquer des colliers. L'idée était correcte et la petite aurait pu se réjouir si sa mère n'avait été aussi agressive.

« Tiens, Agnès, tu vas voir que ta *vraie* mère t'a pas oubliée. Tu vois que je suis capable d'en faire, moi aussi, des beaux cadeaux, hein ? Pas aussi beaux que ce que ta nouvelle gardienne pleine de cash a dû te donner, c'est sûr, mais ça, c'est un *vrai* cadeau de *vraie* mère. »

Elle se promenait avec ses hautes bottes sales partout dans la maison en regardant à droite et à gauche.

« Voulez-vous vous déshabiller et vous asseoir un peu avec nous, madame ? »

J'avais dit ça par politesse, mais la petite était définitivement paniquée à cette idée, aussi l'ai-je immédiatement regretté. Mais l'autre n'avait rien entendu et continuait à barbouiller notre bonheur de sa hargne.

« T'as une belle p'tite chambre, astheure, hein ? Ouais ! Pis un beau p'tit lit avec un beau p'tit bureau pour faire tes beaux p'tits devoirs... Pis t'as des belles p'tites robes, hein ? Tu dois être belle dans tes belles p'tites robes. »

Elle crissait de rage et, puisque je risquais gros à la mettre dehors, j'ai filé en douce vers le téléphone et j'ai composé le numéro de Manu que j'avais, Dieu merci, mis en mémoire sur mon appareil dans le cas où. Je lui ai chuchoté de descendre en vitesse.

« Qui t'appelle, la grande ? Ton voisin qui fait de la zizique ? Il est pas là ! Tu devrais le savoir : il est parti en tournée ! On est juste toutes les deux toutes seules ici, pis t'as pas le droit de m'empêcher de voir ma fille, hein, Agnès ? »

La petite était en train de fondre et son courage avait déjà franchi les limites du possible.

« Je ne voudrais surtout pas vous empêcher de voir votre fille, madame, au contraire ! Seulement, il faudrait que ces rencontres soient aussi profitables et agréables pour elle qu'elles semblent l'être pour vous, vous ne croyez pas ?

– C'est profitable en masse : j'y ai apporté des cadeaux ! Pis là, elle me montre ses p'tites affaires. Elle doit être contente que sa *vraie* mère voie ses p'tites affaires empruntées, hein, Agnès ? »

Ça ne marchera pas. Je refuse de me laisser atteindre, démoraliser, surpasser par des questions de génétique stupides : l'appartenance, l'enfance et les tresses bouclées rouges ne sont sûrement pas du côté de cette femme. Aucune hostilité n'engendre une genèse, ne crée un peuple, ne construit une famille. Si je ne peux répondre, je refuse de m'aplatir.

Au moment où je me suis redressée de tout mon corps défendant, Manu est arrivé et j'ai pu souffler un peu. En moins de deux, il avait délicatement frappé à la porte et était entré comme quelqu'un qui était attendu. En le voyant, la mère d'Agnès est devenue haineuse. Elle devait se rappeler comment Manu l'avait éjectée de sa voiture quand elle l'avait agressé de son corps. La honte passée s'est transformée en mépris et ça a grandi encore. Elle a à peine regardé Manu avant de revenir vers moi. Un moment de silence a glacé toute la maison. La menace s'amplifiait et j'ai senti que j'étais dans le chemin de la tornade. Amorosa s'est blottie contre moi. J'avais appelé Manu surtout pour éviter de mettre moi-même la voisine dehors sous les yeux de la petite. Mais je n'avais aucune crainte. J'étais la protectrice de l'enfance, de la loyauté, de l'accueil. J'étais la forteresse de la capitale, la garde nationale de la dernière heure.

La *mère* a attaqué.

Dans sa démarche d'alcool elle s'est approchée de moi et m'a craché au visage. Une grande salve de bave projetée du bas de sa fange sur mon indifférence, sur moi toute tournée, uniquement tournée vers Amorosa. Je n'ai pas bougé d'un centimètre parce que ça ne valait pas la peine. J'avais les mains sur les épaules d'Amorosa et je ne voulais tellement pas la laisser à elle-même, ne serait-ce qu'une seconde, que j'ai laissé la salive de l'autre me couler sur le visage. Elle ne bougeait plus, elle s'attendait à une réaction, mais je n'avais rien pour elle et je n'étais jamais que pour Amorosa.

C'est Manu qui lui a dit de sortir. Il commence à en avoir l'habitude. Il a ouvert la porte et elle est partie sans le regarder, se drapant vainement des lambeaux d'orgueil déchiré qui s'effilochaient dans sa démarche titubante.

Au cours de cette prodigieuse démonstration, elle n'a eu aucun regard pour Amorosa, aucun mot gentil, et ne lui a même pas offert ses cadeaux : elle les a laissés sur la table, dans les sacs du magasin. Même après son départ, je n'ai pas bougé. Je gardais les yeux fixés sur les sacs et les mains sur les épaules tremblantes de la petite. J'étais complètement abasourdie de tant de haine déversée dans ma maison après tant de mois de tendresse auprès de la petite. Je suis revenue à la réalité au moment où Manu, avec un linge frais, a essuyé le crachat sur mon visage. J'ai achevé le travail rapidement.

Je me suis agenouillée devant Amorosa pour voir où elle en était. Elle ne bougeait pas, raidie, crispée, arquée. De ses yeux fermés, des larmes coulaient lentement.

« Amorosa ?

– Je ne veux plus jamais la voir.

– Je sais, ma belle. Je sais. Elle n'était pas elle-même, tu sais, elle avait bu de l'alcool et n'était pas tout à fait…

– Elle était elle-même ! C'est comme ça que je l'ai toujours connue ! Je ne veux plus jamais la voir ! »

Sa tête se courbe et un sanglot. Un sanglot monte et la traverse et elle qui tremble et résiste. Un sanglot, et soudain. Elle s'effondre.

Brusquement, l'arc tendu de son corps s'effondre sur moi.

Un oiseau abattu en plein vol.

Elle pleure de partout, accrochée à moi, ses mains si nouées à mon chandail, si fort que je me sens bouée dans sa dérive. Hachés, des cris sourds s'élèvent de sa gorge. Une souffrance tellement opaque que. Elle pleure, affalée à genoux, le visage écrasé sur mon ventre, la bouche ouverte qui hurle vers moi, et je reçois sa douleur de plein fouet, en pleine poitrine. Elle hurle sur mon ventre, sur celui d'une mère, l'injustice de sa mise au monde et je me souviens de ses premiers mots quand elle est venue chez moi la première fois : « Tout le monde m'a abandonnée ! » et je sais à quel point c'est vrai. Comme une gifle, je comprends que, en changeant de chapitre, je n'ai peut-être pas choisi le meilleur sentier, mais que j'y suis. Et pour toujours et qu'il est trop tard pour changer de voie.

Elle est restée si longtemps affalée sur moi que j'en ai perdu le compte des jours. J'étais étourdie de douleur. Impuissante.

« Amorosa... »

Elle s'est relevée doucement. Nous étions à genoux, face à face. Elle regardait le sol et je voyais ses larmes s'écraser sur le plancher usé de pas de courses d'enfants.

« C'est injuste ce qui t'arrive. Il faut absolument que tu saches que tu n'es coupable de rien. »

Elle a hoché la tête en silence.

« Regarde-moi, Amorosa. »

Elle a levé ses yeux sur moi, lentement, péniblement, mais j'avais tout mon temps.

« Tu me crois ? »

Elle a hoché la tête en silence. Alors c'est là, à cet instant précis, que j'ai décidé que.

« Je ne t'abandonnerai pas. »

Elle a hoché la tête en silence.

J'ai compris que je pleurais aussi quand j'ai vu Manu détourner les yeux. Il est allé dans la salle de bain et a fait couler de l'eau dans la baignoire et j'ai trouvé que c'était une très bonne idée, la meilleure sans doute. J'ai pris la petite dans mes bras et je l'ai emmenée dans la salle de bain. L'eau moussait de chaleur pendant que je l'aidais à se déshabiller. Manu était parti refaire du feu dans l'âtre et, franchement, je trouvais que j'avais bien fait de l'appeler, ce grand sorcier silencieux de la montagne, parce qu'il savait comment rééquilibrer les éléments dans cette maison où la tempête venait de passer. J'ai savonné la petite avec beaucoup de délicatesse, mais fermement.

Puis, je l'ai couchée. Nous avons fait une prière ensemble.

« Dors, Amorosa. Tout va bien, maintenant. Pour aujourd'hui, c'est assez d'émotions, je pense. »

Elle tombait de sommeil et je l'ai laissée se reposer.

Manu avait mis de la musique et le jazz coulait doucement derrière la porte.

J'ai voulu le remercier. Il était assis dans un fauteuil, il s'était versé un verre et attendait que je revienne, j'imagine. Il regardait par terre, absorbé dans la musique quand je suis entrée sur le bout des pieds. Je l'ai observé un long moment, lui qui était descendu si rapidement pour me venir en aide que j'aurais pu croire qu'il n'attendait que ça ou qu'il était vraiment mieux que le monde. Soudain, je ne sais pas si c'est l'intensité émotive des derniers instants, la chaleur du feu ou la musique ou alors son grand corps noir et nerveux tout entier concentré dans mon salon, mais j'ai eu envie, très envie de faire l'amour avec lui. De baiser, dirait Richard. Pour être proche d'un homme et ranger enfin mes émotions trop vives là où ça pourrait être paisible.

Je suis sûre qu'il l'a senti et c'est ce qui lui a fait terminer son verre. Il l'a posé sur la table basse, s'est levé et s'est dirigé vers moi avec ses yeux noirs, sachant très bien que j'étais là depuis un moment et où j'en étais. Il s'est avancé jusqu'à moi et j'étais si émue que je n'arrivais plus à rien. Je le regardais avec tout ça. Et il a fait exactement ce qu'il devait faire.

Il est passé près de moi, s'est rendu à la salle de bain et a fait couler l'eau. Puis, il est venu me prendre par la main et je l'ai suivi. Il m'a déshabillée lentement, presque sans me caresser et j'avais tellement la chair de poule que j'en tremblais. Je me suis allongée dans la baignoire et il m'a lavée. D'abord et avant tout le visage, avec un soin respectueux pour que s'efface le mépris craché et pour que ma peau retrouve sa dignité. Puis le reste du corps, avec douceur, presque sans intimité, comme s'il cherchait à me faire oublier sa présence, comme s'il n'était qu'un serviteur obéissant à mes désirs. Ensuite, il m'a sortie de l'eau, m'a essuyée, m'a soulevée de terre, nue dans ses grands bras, et m'a portée jusque dans mon lit pour me border. J'aurais voulu le supplier de ne pas me quitter, d'entrer dans mes draps, de me faire l'amour ; je me sentais toute coulante entre ses bras. Et il y avait des

mois que. Mais je n'ai pas osé. Il m'intimidait tellement que je n'ai pas osé. J'ai même été incapable de le
remercier quand il a quitté la chambre.

Il s'est installé à nouveau au salon avec le jazz et
l'alcool.

Ce matin, il n'y avait plus qu'un verre vide.

27 décembre, 22 heures

Très tôt, Amorosa s'est réveillée bien reposée mais
perturbée. J'avais acheté des crayons que je pensais
lui offrir à la rentrée scolaire, mais j'ai eu une autre
idée.

« Sais-tu, Amorosa, ta mère a laissé des cadeaux
pour toi…

— Je n'en veux pas !

— Tu manques quelque chose, pourtant… Sais-tu
ce que j'ai fait ? J'ai emballé ses cadeaux et, dans le
tas, j'ai mis des cadeaux de moi pour toi.

— Pourquoi t'as fait ça ?

— De cette façon, ma belle, tu ne sauras pas ce qui
vient de moi et ce qui vient d'elle et tu pourras profiter
de tout un tas de cadeaux sans t'en faire ! »

Elle a souri et j'aurais voulu pleurer tellement ce
sourire me faisait du bien.

« D'accord ?

— D'accord. »

On a beau être fâchée, on résiste difficilement à
un tas de cadeaux.

Les emballages multicolores ne sont jamais, pourtant, que des baumes illusoires quand la vie est une

hécatombe. Avec son passé de coups et de cauchemars qui refait ainsi surface dans l'ivresse de Noël, elle se demande encore de quel côté il est possible de rêver ou si c'est un droit acquis par d'autres qu'elle s'est vu retirer comme un enfant puni. Elle essaie de tenir ferme dans sa tourmente et se tourne vers moi. Moi qui ai peine à orienter ma propre rose des vents.

« Qu'est-ce qu'on fait, Élie, je veux dire, quand ça ressemble pas à ce qu'on veut ?

– Il faut, de toutes ses forces, croire en un rêve et tout mettre en œuvre pour qu'il se concrétise. Il faut rester debout et savoir que la vie nous attend toujours, malgré les culs-de-sac et la détresse. Les rêves sont les seules vraies possibilités, je pense.

– Ton rêve à toi, c'est quoi ?

– Je... »

Où choisir dans ce lot d'obscurités et de notions aussi abstraites que le bonheur, qui ne veut rien dire ?

« Est-ce que c'est le mandoniste ? »

C'était ça, c'est ça et tellement toi que ça s'est étouffé dans ma gorge.

« Oui. Si on veut. Et toi ?

– Mon rêve, c'est Amorosa. Je veux dire : celle qu'on aime, que tu as dit. Un jour, je serai elle. »

J'ai le cœur crucifié d'elle et je voudrais lui promettre n'importe quoi tellement j'ai envie que son visage parsemé de rouille ait le sourire d'une enfant aimée.

« Tu peux peut-être croire que tu es elle et, avec le temps, tu verras que tu le deviendras définitivement. Déjà, tu es bien partie puisque je t'adore...

– Je ne sais pas.

– Tu ne sais pas quoi ?

– Toi ? Est-ce que ton mandoniste existe ? Est-ce qu'il va vraiment revenir ?

– …

– ? ? ?

– Si je t'ai parlé de lui et si je l'attends, ça veut dire qu'il existe, non ? Il faut croire. C'est ça la magie d'un rêve, non ?

– Le soir de Noël, le prêtre a raconté l'histoire du petit Jésus et il a dit : "Il faut croire." Je me suis dit : étant donné que le prêtre connaît l'histoire du petit Jésus et qu'il peut la raconter, il doit exister. Mais le mandoniste ? Mais moi ? Tu me dis : "Il faut croire." Qu'est-ce que ça veut dire ?

– …

– Je veux dire : le mandoniste, c'est peut-être pas vrai qu'il existe et moi, j'aurai peut-être jamais de vraie mère qui va m'aimer pour vrai ! Je veux dire : qu'est-ce que je vais devenir si elle vient me chercher ? Tu seras plus là et tout va être fini parce qu'elle va l'avoir décidé. J'ai toujours peur, même quand ça va bien ! J'ai peur de retourner là-bas, j'ai peur de recevoir des coups, j'ai peur que ma mère déménage, change de pays et qu'elle m'emmène avec elle ; j'ai peur de ne plus revenir ici jamais. J'ai peur que tu te tannes de moi. »

Elle pleurait des sanglots lents, de ces sanglots qui ne sont pas ceux des enfants. J'ai voulu la prendre dans mes bras pour la consoler, mais elle a refusé.

« Je ne veux pas que tu me consoles ! Je ne veux pas faire semblant, croire, comme tu dis ! Je veux une vraie histoire pour moi aussi ! »

Elle est partie s'enfermer dans sa chambre et toutes mes tentatives de discussion ont avorté pour ce soir. Je n'avais pas compris jusqu'à quel point Amorosa, elle aussi, est un nid de silences. Pourtant, elle a raison : les rêves ne sont jamais que des passe-temps artificiels et les prières silencieuses, que des échos vides. Moi qui refuse la morale judéo-chrétienne parce qu'elle ne m'offre que des poèmes abstraits, qu'ai-je vraiment offert à Amorosa ? Même pas une parabole. Rien que du silence.

Richard se donne bonne conscience en logeant chez lui des prières amoureuses auxquelles il ne répond pas. Pour se disculper de tant de mutisme et justifier son refus de s'engager vraiment, il n'a trouvé que la télévision qui ne présente jamais qu'un mauvais scénario de soi-même. Ce soir, le bavardage vide de l'écran ne répond à aucune de mes questions et je n'ai jamais su donner suffisamment forme à Dieu pour être capable de faire appel à sa trinité abstraite. Dieu. Qu'est-ce que ça veut dire quand ça va mal ? Quand on n'est qu'une voix qui crie dans le désert et qu'on ne sait pas préparer le chemin de celle qui vient ?

28 décembre

J'ai vainement essayé de discuter avec Amorosa. Elle est toute fermée et boude comme une huître. Je la laisse faire. Je respecte son droit au silence, même s'il m'assassine.

Je suis montée chez Manu quelques instants pour décanter de tout ça. Il n'était pas là. Je suis entrée chez lui parce que ça n'est jamais fermé et m'y suis assise. Seule. Je ne savais pas où penser. Au bout d'un long moment, il est arrivé. Il a ajouté le bois dans le poêle. Il m'a servi le verre d'eau. Il s'est assis en silence. Il m'a regardée sans rien dire. Je pensais aux Amérindiens de la Réserve.

« Pour pallier la connaissance du monde que ton peuple a perdue, nous vous proposons notre monde de connaissances. J'ai la théorie du big-bang dans ma poche, un condensé des sciences pour tous et même des adresses de psys en cas de besoin. J'ai la réponse absolue à la perte des dieux et à la fin des croyances. Je sais exactement ce qu'il vous faut à vous tous dont la langue, la culture et le mode de vie ne correspondent plus à rien dans mon Occident village-globalisé de demain. Alors dis-moi donc : comment ça se fait que j'ai perdu mon sentier ? »

Il s'est levé comme pour se défaire de moi. Mais cette fois, je ne pouvais pas. Il était hors de question que je sorte d'ici sans savoir. J'ai bondi, me suis élancée et interposée entre lui et ailleurs.

« Non ! Pas cette fois, Manu ! Arrête ton cercle de silence ! J'ai la petite dans la maison qui me tue avec le sien ! Il y a sûrement quelqu'un pour m'aider ! Qu'est-ce que tu fais aux femmes qui leur fait tant de bien ? Moi aussi, j'ai besoin de ta médecine ! »

Il m'a fixée tellement que j'ai compris ce que je venais de dire et que. Je me suis mise à terroriser là, devant lui, immobile.

« Tu as besoin de quoi ? Quelle réponse pour toi ?

– Pas pour moi, Manu ! Pour la petite ! Qu'est-ce que je dois faire pour elle ?

    – *J'ai fait de plus loin que moi un voyage*
      abracadabrant
il y a longtemps que je ne m'étais pas revu
me voici en moi comme un homme dans une maison
qui s'est faite en son absence
je te salue, silence

je ne suis pas revenu pour revenir
je suis arrivé à ce qui commence.
    – Non, Manu ! Ne me cite pas Miron ! Aide-moi
pour vrai, je t'en prie ! »
    Il m'a regardée droit dans les yeux et m'a con-
damnée à moi-même.
    « Arrive, Élie. Arrive à ce qui commence. »
    Il s'est installé à la fenêtre pendant que des larmes
me traversaient les joues.

30 décembre

    Ce matin, j'ai eu droit à un petit bonjour timide
qui remontait des profondeurs. Puis, en dînant, des
coups d'œil taquins, des jeux discrets et, enfin, des rires.
On s'est fait des câlins, on s'est fait du petit temps
d'amies sans poser de questions.
    Juste pour revenir à nous deux et savoir qu'on
s'aime encore.

1er janvier

    Hier, nous avons joué dans la neige et nous nous
sommes fait un somptueux souper du jour de l'An.

Une belle journée remplie de rires, de chandelles et de sucreries.

« Amorosa, as-tu pris tes résolutions du Nouvel An ?

– C'est quoi une résolution ?

– Le jour de l'An, les gens se font des promesses à eux-mêmes pour l'année qui vient. Certains disent : "Je vais arrêter de fumer", d'autres : "Je vais maigrir", d'autres vont encore plus loin et annoncent : "Je ne lancerai plus de boules de neige à Élie." C'est ce qu'on appelle prendre de bonnes résolutions.

– Toi, c'est quoi ta résolution ?

– C'est de te chatouiller tous les soirs pour que tu t'endormes !

– Ça marche pas : je ne m'endors pas quand tu me chatouilles !

– Attends, je vais tester pour voir... »

On s'est fait une séance de chatouillis en bonne et due forme jusqu'à ce que le hoquet nous attrape et qu'on s'affale par terre, le souffle coupé et les joues douloureuses.

« Bon, puisque ça ne marche pas, il va falloir que je me trouve une autre résolution... Ma résolution, c'est... C'est d'apprendre à te rendre heureuse. Je veux que tu ne doutes plus jamais de mon amour pour toi. Dans l'année qui vient, je ferai tout ce qu'il faut pour ça. »

Elle a eu un instant de silence, puis m'a regardée droit dans les yeux.

« Cette année, je vais être tellement gentille que je deviendrai Amorosa et peut-être que tu voudras m'adopter pour toujours. »

Minuit a sonné.

Mon frère et ma belle-sœur dînent ici pour le Nouvel An. Pendant que ma belle-sœur imprime son parfum toxique dans l'air qui se déshumidifie, m'embrasse de loin, depuis la supériorité escarpée de ses talons hauts, et fait cliqueter l'enchaînement encombrant de ses dorures, véritable enguirlandement du temps des fêtes, mon frère galope autour d'Amorosa et je les entends jouer au dragon dans sa chambre à coucher. Ils reviennent en crachant des flammes, embrasent le tour de la table et c'est bientôt une langue de feu formidable qui fuit et se répand en rigolades dans la maison, alors que la belle-sœur continue d'étouffer et d'asphyxier, encombrée d'elle-même dans son tailleur mode bien empesé et son chic chignon serré.

« Tu gardes encore cette petite ? Sa mère ne veut pas la reprendre ?

– Quelle mère ?

– Elle n'est pas venue pour Noël ?

– La fête de la Nativité ? Tu penses que ça lui rappelle quelque chose ? La petite n'a pas de mère.

– Tu ne vas quand même pas l'adopter ? »

Certains jours, certaines personnes, dans certaines discussions, ont un don pour avancer dans nos marais sans discernement, sans délicatesse, sans excuse, en nous mordant de tous leurs venins. Certains jours, nous avons des belles-sœurs comme des serpents. Aujourd'hui, la mienne est tombée juste pile.

Le dragon à deux têtes passe en hurlant, et repart.

« Et pourquoi pas ?

– Voyons donc, Élie! Je sais bien que, dans ton cas, l'argent n'est pas un problème, mais ça prend plus que ça pour élever des enfants!»

Elle, la grande branche sèche qui me regarde, juchée sur le vertige de son dédain méprisant, elle qui m'épie à travers la vitre opaque de ses ongles vernis, elle qui poudroie le talc outrageux de son maquillage sur mon repas de fête, elle vient me vomir mot à mot ma vérité, mon pied du mur, mon agenouillement parce qu'elle sait, n'est-ce pas, comme ils savent tous, tous ceux qui n'ont vécu ni fuite, ni désœuvrement, ni course à rebours, qui savent même mieux que moi, n'est-ce pas, parce qu'on sait mieux en observant ou en imaginant le désarroi des autres qu'en se mettant en situation de. Elle et les siens. Des spécialistes.

« Et qu'est-ce qu'il faut, dis-moi donc, pour élever un enfant?

– Ne le prends pas mal, mais il faut quand même avoir un peu le sens du foyer, de la famille, tu vois. Toi, tes amours ont toujours été des fiascos et, si tu ne supportes pas de vivre avec une personne pendant plusieurs mois, comment peux-tu songer à garder un enfant pendant des années? C'est un engagement qui te dépasse, non?»

Le dragon à quatre mains revient voler tout ce qu'il y a à grignoter parce que c'est le moment. Dîner, faire bombance, fêter le Nouvel An. Se mettre en joie.

C'était injuste de me faire dire ça par elle, même si j'avais couru après. Injuste, inutile et presque méchant. Mais tellement vrai.

Chloé a téléphoné, heureuse et musicale, pour la bonne année.

« Et toi, Élie, ça va ? »

Amorosa vaquait, avec une attention distraite, aux occupations de ses poupées, construisant une fois de plus ce quotidien miniature dans lequel elle manipule les figurines dont les histoires complexes et anarchiques reproduisent tant bien que mal une routine familiale qui lui est inconnue. Ce train-train s'était fait étrangement silencieux depuis la sonnerie du téléphone et on sentait que leurs activités s'emplissaient soudainement de furetage furtif, d'espionnage clandestin, d'écorniflage indiscret. Aussi ai-je plus ou moins tourné autour de la question de Chloé sans oser répondre directement.

« Un peu de brouillard…

— Ah, je vois. C'est la petite qui te trouble ?

— Oui.

— Dis-moi, Élie, pourquoi tu t'es installée dans ce trou perdu ? »

Elle me demandait mon histoire avec un sourire doux dans la voix et, n'eût été moi-même, j'aurais presque répondu. Mais c'est devenu si vague, complexe et anarchique ; si vague que même les lundis d'alcool ont perdu leur sens. Si vague et pourtant. Tellement crucifiée. Je me souviens tellement. L'accident. Ton départ. Le silence. Un télégramme, non ? Est-ce que j'ai reçu un télégramme ? De quel calvaire suis-je donc descendue pour tout vendre d'un coup ? Et fuir pendant des jours, des jours et des jours. Vouloir oublier. Et de fuites en aiguille. Tellement de brouillards qui dansent. Des lambeaux de souvenir sur la cime des arbres à 40 %. Et.

« Pour changer de chapitre. Je lis beaucoup. J'écris…

– Tu me refiles un conte ou une parabole, là ? ! »

Soudain, j'ai eu le sentiment de ça, de ce dont nous avions parlé, Richard et moi : de scénarios, d'absence de Dieu, de solitude et j'ai eu envie de lui dire à quel point je. C'était exactement ce qui me revenait, à ce moment-là : ce chemin que je n'avais fait qu'à moitié et même pas jusqu'au début.

« Tu sais, Chloé, on pose, au quotidien, une série de gestes qui.

– Oui !

– Voilà.

– Et ?

– Et nous en sommes responsables.

– Et alors ?

– Alors, parfois, il peut arriver que. Ça peut arriver, je veux dire, qu'on pose un geste absurde, complètement absurde, tu vois, et, au lieu de revenir, de demander pardon, d'oser reculer, qu'on continue d'avancer, qu'on poursuive la destruction jusqu'à ce qu'il ne reste plus que le silence et les falaises.

– Et ?

– Et le mépris de soi tellement grand que nous sommes incapables de. Et l'impossible retour en arrière, tu vois. Impossible de revenir en Gethsémani de soi et d'éloigner ça de ses lèvres parce que c'est déjà trop bu.

– Et alors on change de chapitre ?

– Voilà. »

Le silence a envahi la ligne ; je m'étais tellement avancée que j'étais épuisée.

« Déménager, lire, écrire... Tout ça ne te servira à rien.

– ...

– Pour aller ailleurs, il faut surtout se pardonner à soi-même.

– On me l'a déjà dit.

– Se franchir soi-même.

– ...

– Franchis-toi, Élie. »

Je me suis retournée et j'ai vu Amorosa, assise dans l'escalier encombré, qui construisait en murmurant une histoire pour sa poupée et j'ai su que, si je devais obtenir une rédemption, ce serait grâce à elle.

4 janvier

Richard est rentré de tournée en soirée. Il a pris sa douche et est venu mourir de faim chez moi. Il avait des cadeaux pour deux et nous lui avons bien fait savoir à quel point il nous avait manqué.

J'étais contente sans bon sens de son retour ; il ne pouvait pas mieux revenir. Quand Amorosa a rejoint l'oreiller, j'en ai profité. Mais il n'était pas vraiment là. J'avais beau lui parler, il n'était que chez lui.

« Amorosa veut que je l'adopte. Qu'est-ce que t'en penses ?

– Moi ? Pourquoi tu me demandes ça à moi ? S'engager... Est-ce qu'on peut ? Il faudrait s'engager à quoi, tout d'un coup ?

– Ma belle-sœur m'a dit avant-hier que je n'avais pas le sens du foyer parce que je suis incapable de poursuivre une relation amoureuse à long terme. Tu penses que c'est un signe ?

– Un signe ? Le sens du foyer ? Câliss… C'est donc ben compliqué !

– Une irresponsable qui a peur de s'engager. C'est pas là où tu penses, toi aussi ? Dis-moi pour vrai si tu penses que je suis une irresponsable d'amour !

– Je suis qui, moi, pour te dire ça ? Je me suis engagé devant qui pour te parler de ça ? J'ai eu combien d'enfants pour juger de ton inaptitude à adopter la petite ? Si j'étais responsable, tu penses que je me laisserais abrutir par la télévision en revant de devenir quelqu'un d'autre au lieu de me lever pis d'aller changer le monde ? Si j'étais capable d'être responsable, tu penses pas que j'irais lutter pour une bonne cause ? Je suis même incapable, pauvre toi, d'ouvrir une seule lettre d'amour tellement j'ai peur de me sentir obligé à quelque chose pis je me fais un devoir, comme un con, de garder ces enveloppes pour me donner au moins bonne conscience !! Même pas capable d'en ouvrir une seule ! Câliss ! »

J'étais trop concentrée sur mon cas pour remarquer à quel point, soudain, Richard venait de se décacheter sur tout ça avec l'honnêteté qui nomme les vraies amitiés et le lunatisme de celui qui entretient une autre discussion. J'ai continué de mon côté, sans m'apercevoir de rien.

« J'ai peur de créer des attentes auxquelles je ne saurais pas faire face.

– Comment répondre ? C'est toute la question.

– Et puis, ceux qui font des enfants, ils ont le temps de s'habituer à. Ils les ont tout petits et ils peuvent prévoir !

– On sait jamais à quoi s'attendre...

– Et si jamais, au bout d'un an ou deux, j'en suis lasse ? Ça me fait peur. Je sais qu'elle espère et elle est tellement gentille ! Je ne sais plus quoi faire ! Si je ne l'adopte pas, elle va penser que c'est parce qu'elle ne le mérite pas, tu comprends ? !

– Elle espère peut-être, c'est sûr...

– Elle mérite d'avoir une mère bien meilleure que moi.

– Être responsable pour vrai. Pour vrai. Câliss que ça a l'air dur !

– J'hésite justement à cause de mon inaptitude chronique à être une adulte responsable. J'ai peur de la décevoir – tellement peur qu'elle ait à affronter l'horreur de mes manques, de mes faiblesses, de mes craintes, de mes silences !

– Si on était juste ça, au fond ? Il va falloir, un jour, qu'on apprenne à se pardonner tout ce qu'on peut pas être.

– On me l'a déjà dit. »

Manu. Et Chloé.

J'ai beau quêter la sérénité par toutes mes mains, je n'arrête pas de.

Je voudrais tellement que tu reviennes !

Reviens, mon amour. Je suis en chemin de Gethsémani et j'avance. Reviens, mon amour. Je te sème de nouveau le levain de nous deux et j'ouvre pour toi le volet de l'horizon. Reviens. Nous ne serons plus, mon

amour, victimes de nos semis avortés, de nos rêves flé-
tris, de nos fruits assassinés, de la pourriture des jours.
Reviens et nous danserons, pieds nus dans l'aube, sur
le quai rosi du levant translucide, dans l'est des prières accomplies et des agenouillements redressés. Reviens et je te le promets : ensemble, nous hisserons les
embryons du matin comme autant d'étendards de fils
ressuscités. Reviens.

« Richard ?
– Hum ?
– On dirait que t'es dans la lune !?
– Je... Ben...
– Ça va, Richard ?
– Ben... Ouais. Pis toi ? »
Nous nous sommes regardés de bien loin.
« Richard, prends ma télévision pis va la jeter,
O.K. ?
– As-tu décidé de t'inventer un scénario ? De
croire en Dieu ? Qu'est-ce qui t'arrive ?
– Un coup de fouet ! Je mets à la porte les mar-
chands du temple qui me dévalisent ma foi. »
Il est allé la chercher.
« Tu veux mon avis, Élie ?
– Pardon ?
– Tu devrais l'adopter. »

5 janvier

Aujourd'hui, c'est le retour à l'école après les
journées folles et tant de fêtes. J'ai posé mon pied au
seuil du matin et regardé le soleil s'étirer dans l'horizon.

Puis j'ai filé rejoindre Richard pour le premier café. J'étais incapable de rester en place et je ne savais pas trop où me mettre après le départ de la petite. Il sortait de chez lui juste au moment où j'arrivais.

« Richard ? Tu t'en vas où à cette heure-ci ?

– Au bureau de poste. Ça ouvre dans dix minutes.

– On a le temps de prendre un café, non ? Il est ouvert toute la journée, le bureau de poste !

– J'ai pas pris mon courrier depuis quinze jours. On le boira en revenant. »

Depuis que je le connais, c'est la première fois que je vois Richard se dépêcher pour arriver quelque part. C'est même la première fois que je le vois se préoccuper de l'heure – le temps étant toujours une notion abstraite pour lui –, la première fois que je le vois se soucier de quelque chose. Je n'ai pas attendu d'être officiellement invitée pour sauter dans sa camionnette. Quand y a anguille sous roche, j'aime être celle qui retourne le caillou ! De toute façon, il allait avoir besoin de moi pour rapporter tout ce qui avait dû s'accumuler depuis deux semaines.

Il roulait, rapide et concentré.

« As-tu dormi un peu, la nuit dernière ?

– Hum, hum.

– Tu es tout cerné ! Ça va ?

– Hum, hum.

– Préoccupé ?

– Non, non.

– Est-ce que je te dérange ?

– Non, non. »

Je rigolais un coup, mais la curiosité me chatouillait.

Quand nous sommes arrivés au bureau de poste, la porte était encore fermée à clé, mais on voyait l'employée de l'autre côté de la vitre. Derrière son comptoir, il y avait un tas de boîtes empilées et nous savions que c'était pour Richard. Il a cogné à la porte vitrée et a haussé la voix.

« Madame ? ! Je viens prendre mes boîtes... »

Elle lui a à peine jeté un œil, lui a montré, avec son stylo, l'horloge qui indiquait moins trois minutes et a continué à remplir je ne sais quel papier sans importance. Richard s'impatientait vertement.

« Regarde-moi la niaiseuse ! Pas capable de me débarrer la porte parce qu'elle ouvre juste dans trois minutes ! Tu penses-tu qu'elle a un cadran de branché sur le cerveau ou si ça lui arrive de penser par elle-même ? Elle va passer toute sa journée à rien faire sur son câliss de tabouret de bois de vieille fille sèche, pis elle a pas le bon sens de rendre service à son plus important client !

– Parce que, évidemment, c'est grâce à toi si elle travaille ici ?

– La poste, dans ce village-ci, c'est moi qui la fais marcher, câliss ! Si c'était pas de moi, c'te vieille pas d'allure là aurait pas de job ! Grosse paresseuse de fonctionnaire ! Envoye ! Viens m'ouvrir la porte, nounoune ! J'ai poireauté mes trois minutes, j'ai le droit d'avoir mon courrier ! »

Comme si elle l'avait entendu, elle a levé la tête et son grand cou maigre d'autruche s'est tourné vers l'horloge. Il restait vingt secondes. Elle a pris son trousseau de clés, s'est dirigée vers la porte. Dix secondes.

Elle choisit sa clé. Six secondes. La clé glisse dans la serrure. Trois secondes. La clé tourne. C'est l'heure.

« Bonjour, monsieur. Voulez-vous prendre livraison de votre courrier ? Nous avions hâte que vous vinssiez le chercher parce que, comme à l'accoutumée, il ne rentrait pas au complet dans votre boîte postale. Aussi avons-nous dû, comme à l'accoutumée, garder les boîtes derrière le comptoir. Encore une fois, mais ce n'est pas coutume, n'est-ce pas, monsieur ? Il me faudrait une carte d'identité pour que je puisse identifier que c'est bien vous qui venez chercher votre courrier. »

On sentait à quel point garder le courrier de Richard derrière le comptoir était une mesure exceptionnelle – mais quotidienne dans ce cas-ci –, une entorse pénible aux règlements des postes ; combien il était dramatique pour cette employée idéale de déroger aux sacro-saints devoirs de la postière et que, par cette faute grave qu'elle commettait malgré elle, elle aurait pu perdre la plaque commémorative de l'employée de l'année dans la municipalité – si un tel honneur avait existé. De toute évidence, si elle était allée assister à un concert de Richard, elle n'aurait vu en lui que le méprisable destinataire du courrier à cause duquel elle perd probablement sa réputation d'employée modèle aux yeux du maire, et qui sait si, entourée d'une foule d'admiratrices épistolaires, elle n'aurait pas sorti une mitraillette automatique gros calibre de sa jupe mi-mollet en tweed brun pour se venger de tous ces sales utilisateurs de courrier qui ne comprennent pas que la poste est réservée aux seules entreprises distributrices de factures dans de petites enveloppes à fenêtres plastifiées.

Richard était vert mais muet. Portefeuille, carte, signature, authentification, accord, on ramasse! Il ne la regardait plus ni ne l'écoutait, il chargeait ses boîtes minutieusement, mais rapido, qu'on sorte au plus vite des jambes de bois de l'aliénée postale avant qu'elle ne nous agresse physiquement.

Je savais maintenant que Richard attendait un courrier, mais de qui? Il n'ouvre aucune lettre! Aucune!

En arrivant chez lui, je lui ai donné un coup de main pour sortir les boîtes de la camionnette et, en mettant un pied dans son chalet, j'ai eu un choc devant l'ampleur.

« Bon sang, Richard! T'as vu où t'habites?

– Aide-moi à débarquer les autres boîtes! »

On a tout déchargé.

« À quoi tu joues? Ça n'est plus un écoumène; c'est une jungle étouffante! Tu veux aller jusqu'où? »

Il était à cent mille lieues de mon argumentation terre à terre sur la façon écologique de meubler son intérieur.

« J'ai rencontré une fille dans ma dernière tournée.

– Et?

– Et elle m'a donné ça. »

Il a sorti de sa poche un petit papier plié et fichonné.

Vert.

« Vert?

– Ouais... »

Il l'a ouvert et me l'a tendu. Deux mots: « Chlorophylle-moi. »

J'ai viré le papier dans tous les sens.

« C'est tout ?

– Ben. Ouais. Mais peut-être qu'elle m'a écrit autre chose. Une lettre.

– Une lettre verte...

– Ben. Ouais...

– T'as failli assassiner une innocente postière en tweed parce qu'une petite fleur inconnue qui cherche sa chlorophylle t'a peut-être écrit une lettre verte que t'auras sûrement même pas le courage d'ouvrir ?

– Élie. Va donc faire du café ! »

J'ai tenté de faire le café en regardant par-dessus son épaule, ce qui veut dire que je n'ai pas fait le café.

Je l'ai vu prendre la première boîte, la déposer sur la table, l'ouvrir et en sortir des paquets de lettres qu'il plaçait n'importe où, sans même les trier. Rien dans la première boîte. Rien dans la seconde.

« Continue ! »

En ouvrant la troisième, je l'ai vu s'asseoir sans jambes. J'ai oublié le café. Il a sorti les enveloppes bleu poudre, jaune lys, rouge tiède une à une. Rendu au tiers du carton, il en a sorti une verte, d'un beau vert prometteur. Il a flanqué les enveloppes banales n'importe où, ne conservant que la verte.

« Qu'est-ce que c'est écrit ? »

Il a lu son propre nom sur l'enveloppe, constatant ainsi qu'il n'y avait pas d'erreur possible. Puis, il l'a retournée pour lire le nom de l'expéditrice et c'est là que ça a commencé. Il était si ému qu'il est resté un long moment sans rien dire et ça m'a surprise. Il s'est raclé la gorge doucement.

«Elle s'appelle…

– Oui ?

– Catherine. »

Un souffle. Un chuchotement à peine et, pour la première fois, j'ai vu qu'il était bouleversé. Vraiment. Je ne savais plus où me mettre tout à coup parce que c'était trop. Trop intime pour moi.

« Je vais aller faire du café… »

Il est resté longtemps assis comme ça, les mains agrippées à la table comme au dernier radeau. Il était si silence, lui, le musicien téléspectateur, chrétien, moralisateur, que je n'avais plus de remarques incisives, ironiques ou même amicales pour lui; je n'avais plus rien parce que, de toute façon, mes remarques n'auraient rien changé tellement il n'était plus là.

« Je vais te laisser tranquille un peu, mon ami. Je reviendrai plus tard.

– Non, non, pars pas !

– …

– Reste avec moi.

– Je ne veux pas te déranger…

– Ben non… Je veux dire : y'a rien là…

– T'es sûr ? »

Il a inspiré un grand coup. Et expiré.

J'ai apporté le café.

« Dis-moi : c'est Catherine comment ?

– F.

– F. ?

– Ben oui. Catherine F. Festive, frénétique, fracassante, foudroyante, fantastique.

– Foi et famille ?…

– …

– Alors, tu l'ouvres ?

– Es-tu folle ?

– ???

– Ben. Pas plus que les autres…

– Pas plus que les autres ? Eh bien ! »

Il fait semblant de rien, mais je sens que c'est grand et sérieux. On n'agit pas comme ça à la légère. Richard fait partie de ceux pour qui l'amour ne se conjugue qu'à l'imparfait. Si elle a réussi à s'incruster chez lui, à dominer tout le reste dans la couleur de l'espérance, c'est qu'il y a quelque chose en germination. Le reste prendra le temps qu'il lui donnera.

« Il y a peut-être d'autres lettres d'elle… »

Il a posé l'enveloppe sur la table, délicatement et à regret. Il a ouvert tous les cartons, un à un, empilant pêle-mêle les enveloppes normales et ne gardant que celles qui. Il y avait cinq lettres de Catherine F. Il les a rangées sur la table, les unes à côté des autres, et les a examinées attentivement.

« Qu'est-ce que tu vois ?

– Je sais pas où commencer.

– Essaie. »

Et soudain, je l'ai senti casser.

« Son écriture si belle – sa calligraphie, c'est comme un dessin, une guirlande qui court pis trébuche, tombe et s'arrête avec le stylo fini. Ses envelop-pes, je les attendais pis je le savais même pas avant qu'elles arrivent, oblitérées d'ailleurs ! Je ne me lasse-rai jamais de relire mon nom dans sa main. Le monde est sûrement plus beau à travers ses mots que dans la réalité. Je la connais pas, mais… Sur certaines enve-loppes, l'écriture est vive, agitée et va presque trop vite pour moi et j'ai de la misère à la suivre et je m'essouffle dans les pentes abruptes d'elle qui galope, crinière au vent. Sur d'autres enveloppes, c'est lent et ses pieds traînent le long de la berge. Ici, c'est la fraternité boréale, le gel aux pieds et les étreintes chaudes et là, c'est presque la tête appuyée sur mon épaule. Catherine. Tu me dis que la terre est trop petite pour nous et l'amour, trop grand pour moi qui ne sais pas te lire. »

Je me suis faufilée dehors en silence.

6 janvier

En me réveillant, j'ai décidé que j'irais la voir.

Elle. Elle qui revenait aussi de vacances, et qui sait toujours. Aussi, cette fois, je suis sciemment et résolument allée à sa rencontre. De mon plein gré. Comme si je connaissais la route de Gethsémani.

« Je vous attendais.

– Vous êtes intervenante, pas voyante. Vous m'espériez. Vous ne m'attendiez pas.

– Un jour ou l'autre, vous seriez venue me demander si je crois que vous devriez adopter Agnès. Je vous attendais. »

J'étais sidérée.

« Je suis là…

– … À vous demander si vous devez ou non l'adopter, parce que ça veut dire pour la vie et que c'est une grande responsabilité et vous ignorez si vous serez capable d'assumer. Vous voulez un café ?

– Non. Je veux une réponse.

– D'abord, je dois vous dire que nous avons dû mener une enquête sur vous et sur votre passé.

– Ah oui ? »

Elle a hésité, s'est levée, puis s'est rassise. C'était la première fois que je la voyais mal à l'aise. Et là, j'ai compris. J'ai compris qu'elle savait. J'ai compris qu'elle savait tout et qu'elle allait me dire que ça n'avait pas de bon sens de me confier un enfant. Et soudain, mon courage s'est flétri un peu et j'ai eu peur que.

« Je prendrais volontiers un café. »

Et si mon passé revenait étendre son chemin de croix jusqu'à la petite ? L'entraîner sur mon calvaire et sur mes falaises insurmontées ?

« Vos références, madame, vont vous faire passer partout si vous décidez d'adopter la petite, je veux que vous le sachiez.

– Mais vous pensez que je ne devrais pas l'adopter parce…

– Parce que ? Que croyez-vous ? Qu'est-ce que vous en pensez, vous ?

– Ce que j'en pense ? J'en pense que je suis morte de trouille à l'idée de la décevoir, que c'est la plus grande décision de ma vie, que je n'ai jamais voulu avoir d'enfant jusqu'à aujourd'hui, que je suis célibataire, que c'est une grande responsabilité et que j'ai peur qu'elle… que… Que j'ai peur.

– Peur pour elle ou pour vous ? »

Je me sentais émiettée malgré moi. Mais sa voix gentille comme le pardon.

« Je suis en chemin de moi-même. Je ne suis pas sûre de savoir où je vais. Si je suis capable d'accompagner une enfant.

– Elle, elle sait drôlement où elle s'en va, vous ne croyez pas ? Elle vous apportait des fleurs, elle fuguait pour vous retrouver, elle veut que vous l'adoptiez... Elle choisit son avenir et désire que vous en fassiez partie. Elle sent que vous êtes la mère qu'il lui faut. Pourquoi dire non ?

– Appuyez-vous ma candidature parce que vous craignez qu'elle soit un jour obligée de retourner chez sa mère ? Si vous aviez quelqu'un d'autre, s'il y avait, en ce moment, une famille bien stable qui souhaitait adopter la petite, vous voudriez quand même que ce soit moi qui l'aie ?

– Si je vous annonçais qu'un jeune couple a demandé à l'adopter, que diriez-vous ?

– C'est une séance d'arrachage de cœur ?

– Vous ne répondez pas...

– C'est sûr que je donnerais tout pour que vous lui trouviez un foyer encore meilleur que le mien ! Mais...

– Mais ?

– Mais, en même temps, je vous supplierais de me faire confiance !

– J'ai un jeune couple très stable qui veut adopter Agnès. Ils en ont fait la demande juste avant Noël. J'ai dit que vous aviez déjà entrepris les démarches d'adoption et qu'il était trop tard pour eux. Je vous fais confiance. »

Je n'ai rien signé aujourd'hui. Je dois d'abord consulter quelqu'un.

Quand elle est rentrée de l'école, hier, je l'attendais.

Elle avait ses tresses rouges qui bondissaient sur la neige et son sourire du midi, même s'il était seize heures. Quand je la vois rire dans le soleil, je sais que.

J'avais mon tablier, des biscuits chauds et un sourire figé; elle s'est inquiétée.

« Est-ce que tout va bien, Élie ?

– Oui, oui ! Je... Je voudrais... J'ai quelque chose à te dire... Veux-tu t'asseoir ? »

Ça partait mal et c'était évident. Ses tresses ont cessé de bondir, son biscuit, de se faire manger et elle s'est dirigée vers le divan avec un air de fille qui.

J'ai pris un grand souffle, comme quelqu'un qui s'apprête à sauter.

« Je ne t'ai pas menti, Amorosa. Je t'ai même dit à toi plus de vérités qu'aux autres. Et, parce que je t'ai promis d'apprendre, je dois te raconter. »

Elle est restée tout en silence, les yeux pleins de curiosité et grands ouverts parce que parler de toi, c'est concrétiser l'impossible.

« Il y a, Amorosa, des musiques à travers lesquelles nous devenons des quêteurs de tendresse, d'autres qui descendent de père en fils, d'autres encore qui tracent des frontières le long des rivières. La mandoline, c'est un instrument pour bercer les enfants. Pour leur donner de beaux rêves. Le mandoliniste est parti loin, de l'autre côté de l'océan. Mais, avant son départ, il m'a dit : "Si tu veux, pendant mon absence, prends des enfants avec toi. Ainsi la maison sera joyeuse, la table endimanchée." Amorosa. La mandoline, c'est pour bâtir une famille…

– Je veux dire ?…

– Aujourd'hui, je suis allée voir ton intervenante à l'école. »

C'est devenu tellement plein d'attente que ses yeux verts ont failli s'éjecter.

« Et elle dit que, pour l'adoption officielle, je peux entreprendre les démarches tout de suite. Si tu es toujours d'accord…

– Ça veut dire que tu veux m'adopter pour la vie ?

– Oui, ma belle. Oui, je veux t'adopter pour la vie. Parce que je ne vois pas demain sans toi, parce que je t'aime et que, même si je n'ai pas de mode d'emploi, je vais tenter d'y arriver, tu vas voir, je te le promets que je ferai tout mon possible pour que tu sois heureuse. Si tu veux toujours que je t'adopte ?…

– Ooooouuuuuuiiiii !!! »

Je l'ai soulevée de terre, tournée en rond, embrassée partout.

« Demain, j'irai signer les papiers. Mais il s'agit bien d'une demande, n'est-ce pas ? C'est un juge qui décidera et ça peut prendre plusieurs semaines avant d'avoir une réponse définitive. »

Pour moi, c'est le temps d'amortissement.

Pour elle, c'est comme si c'était déjà fait.

« Est-ce qu'on peut lui demander si je peux changer de nom, en même temps ?

– Oui, ma belle. Oui, nous allons lui demander ! »

Alors aujourd'hui, malgré ma peur au ventre, malgré mes incertitudes et malgré toi qui es là et pourtant pas, je n'ai quand même fait ni une ni deux et je me suis bousculée à la porte de l'intervenante, où j'ai signé des paperasses, donné des références et souri pendant une heure de complet bonheur.

8 janvier

Ne me dérangez pas, je suis profondément occupée ; une enfant est en train de bâtir un village, c'est une ville, un comté et, qui sait ?, tantôt l'univers.

La foi.
Croire que c'est le père Noël.
Croire que c'est Dieu.
Croire que.

Démystifier le silence.
Se raconter des histoires.
Changer de chapitre.
Enfin.

Cet après-midi, j'ai passé un coup de fil à François et lui ai demandé de trouver un piano pour Manu. Il n'a pas posé de questions, évidemment, et a répondu que Manu le recevrait dans trois jours. Dans trois jours, l'homme de la terre perché en haut du torrent fera rouler ses mains sur le clavier. Sous ses doigts, enfin la débâcle.

Nous traverserons les frontières d'ivoire, démagnétiserons les pôles obsolètes et sèmerons des paraboles nouvelles.

La neige descend dru et tourbillonne dans le vent en milliers d'éclats scintillants. Une lumière discrète et fragile illumine un matin prometteur. Amorosa teste les limites de la ponctualité et je refuse de m'impatienter avec sa nonchalance traîneuse et dansante. Ma retardataire rigoleuse détale vers l'autobus, enveloppée de lainages colorés pendant que, en jeans et t-shirt, j'ouvre Anne Hébert. Richard entre avec le courrier et prépare le café discrètement. Absorbée, je lis l'histoire de l'enfant du péché qui s'est penché pour boire au ruisseau.

Tout d'un coup, une voiture freine brutalement dans ma cour, glisse sur la neige de l'entrée, s'enfonce dans le remblai.

Le café et le livre prennent le bord, alors que Chloé saute sur ma galerie, entre dans mon chalet sans frapper, cache quelque chose dans ses bras, dans ses cheveux fous et emmêlés qui tournoient, désespérés. Elle fuit éperdument, débordée dans tous les sens, et tente de m'entraîner dans une course que je n'arrive pas à suivre.

« Chloé !? Qu'est-ce qui se… ? »

Elle me regarde, hachant des mots que je ne comprends pas.

« Il arrive… Il s'en vient… C'est fini.

– Qui, Chloé ? Qu'est-ce qui arrive ? Calme-toi ! »

Une portière qui claque et la panique.

« Il est là !!!

– Qui, bon sang ? »

André entre à son tour.

Il ne voit qu'elle dans sa colère noire, dans sa fureur qui emplit la maison et rugit. Méconnaissable et dément, il hurle.

« Donne-le-moi ! Chloé ! Reviens ici ! »

Chloé s'élance, mais André la rattrape d'un bond, l'agrippe par les cheveux, la tire à lui. Il lui ouvre les bras et lui vole l'instrument qu'elle tentait de sauver. Dès qu'il la lâche, Chloé s'effondre par terre, ruisselle contre le plancher.

Sidérés, nous sommes incapables de réagir. André empoigne par le manche le violon de ses ancêtres, le violon gravé de mains d'hommes et de mémoire d'autrefois, et l'abat, en coups foudroyants, contre le poêle en fonte qui ne bronche pas, sourd et impassible sous l'assaut.

Le violon se fissure, se lézarde, explose sous la pression. Les miettes de bois s'élèvent dans l'air, tournoient dans la pièce, valsent en brouillard fou autour d'André qui continue le carnage et retombent, à jamais silencieuses, sur le sol poussiéreux, sur Chloé abattue, sur ses cheveux répandus. André s'acharne, frappe et frappe l'instrument contre le poêle et le broie en quelques secondes à peine. Il finit par jeter le manche par terre et on n'entend plus que le silence entrecoupé par le souffle sifflant de Chloé qui a peine à surnager.

Je reste pétrifiée pendant que Richard ose un courage que je n'ai pas.

« André ? »

Il se tourne vers nous et le dit. Il le débite d'un coup, froidement, comme s'il nous flanquait à la porte de nous-mêmes.

«Mon père est mort. Je dis "mon père", mais c'est une imposture, un canular, une supercherie parce que j'ai appris, en faisant le ménage des papiers de mes parents, que j'ai été adopté. Toute ma vie est édifiée sur un gigantesque mensonge. La longue lignée des violoneux est génétiquement morte. En ce qui me concerne, le folklore familial peut aller se faire foutre!»

Il sort en claquant la porte et j'entrevois les sylphides qui errent, atterrées, dans la neige.

Je m'avance vers Chloé toujours repliée sur elle-même. Sa tête ondule, telle une méduse sur une mer houleuse. J'écarte, doucement, ses longs cheveux d'algues. Elle inspire un grand coup, emportée dans son propre torrent, et lève enfin ses yeux d'eau sur moi. Ses yeux d'eau et soudain, devant moi. Elle se fissure, se lézarde et explose sa propre digue sous la pression.

Et le vacarme assourdissant de son inondation.

14 janvier

Chloé est revenue vers six heures du matin, en pleine noirceur. J'ai eu la peur de ma vie quand j'ai entendu frapper, mais je l'ai quand même fait entrer.

Elle est arrivée chez moi déchargée d'elle-même. Dépouillée, elle agenouille ses mains nues et son ventre vide.

«J'ai claqué toutes les portes pour arriver ici.

– Tu y es, Chloé.

– Mon grand-père. Il a dit que ma jupe serait si grande, si grande qu'elle couvrirait les mers. Reine d'un pays d'eau engendrant la vie.

– Même orphelins, on peut engendrer, Chloé. »

Elle me chuchote ses amours condamnées.

« J'ai subi des tests avant Noël, sans en parler à André. Je suis infertile. »

Les larmes, longues et lentes, creusent leur lit d'affluent sur le visage de cette jeune femme qui m'a toujours paru gorgée de ressources inaltérables. Essoufflée, elle se noie en elle-même.

« Mes eaux n'ont plus de lit. »

La tête encore penchée vers le sol, elle murmure, bercée par ses propres bras, que tout est fini.

19 janvier

Les derniers jours m'ont secouée. Sur le sol du chalet, ce matin, j'ai trouvé un morceau de bois gravé. Est-ce qu'on peut faire éclater le passé comme le violon d'André ? Faire exploser une généalogie ?

La neige en bordure de route a deux mètres de haut et le soleil éblouissant met des ombres bleues à gauche, à droite, sous les épinettes encore poussiéreuses de tempête.

Ce matin, la tempête enrageait le ciel. Ils ont fermé les écoles. Amorosa est restée à la maison, campée devant la fenêtre à chanter des chansons de bonhomme de neige. Je lui ai parlé du *Ah ! comme la neige a neigé* et elle a ri. Mais elle a écouté jusqu'au bout en répétant que la *vitre est un jardin de givre*. Nous sommes sorties déneiger l'escalier et nous sommes tombées sur un trésor.

À l'automne, j'avais accroché une mangeoire sur le coin du perron. Les oiseaux la vident en trois jours.

En creusant juste en dessous, nous avons mis à jour un filon considérable de graines de chardon qui s'est vite révélé une vraie mine. Un tas de graines, concassées et à moitié mangées, gisaient, en état d'hibernation avancée, sous la neige.

Nous avons tout de suite su quel parti en tirer : nous en avons ramassé de pleines mitaines et les avons lancées dans les vents dominants. Dans les rafales de tempête, les graines ont plané vers les neiges vierges jusqu'à tacheter le terrain de petits points appétissants pour nos amis à plumes. À peine deux ou trois poignées que des dizaines de sizerins accouraient, les ailes au vent. En cinq minutes, une bonne centaine de sizerins voltigeaient partout dans la cour. À toute allure, ils pourfendaient la bourrasque pour venir, à deux pas de nous, s'esbroufer dans la grenaille.

Je suis entrée dans la maison pendant qu'Amorosa continuait de lancer des mitainées de graines.

Mon agenda s'emplit de rendez-vous en vue de l'adoption. Travailleuse sociale, thérapeute, psychologue, centre jeunesse, avocat et qui d'autre encore ? Ils veulent tous me voir, m'examiner, entrer chez moi, regarder si j'ai les ongles propres, la maison propre, le budget propre, la conscience propre. Combien de poudreries soulèveront-ils ? Jusqu'où remonteront-ils dans ma genèse ? Iront-ils jusqu'à toi ? Te trouveront-ils ?

Changer de chapitre. Je pensais changer de chapitre et me revoilà face à mon jadis avorté de toi. Est-ce que l'adoption sera vraiment une rédemption ?

Amorosa me fait des signes à travers la fenêtre. Elle vient vers moi. Elle joue. Elle sourit. Sera-t-elle ma chance ? Ma réconciliation batailleuse ? Quand ils auront fait voltiger toutes les poussières à travers ma vie, voudront-ils encore que j'aie un enfant ? Les sizerins s'envolent en criant et reviennent en piaillant autour de ma demoiselle qui épie, court, lance, rit. Est-ce qu'on peut construire une nation sur l'adoption ? À plein terrain, elle sème du chardon et des rires, et c'est la joie parfaite. Si le monde s'était choisi infertile, quel Noé aurait rebâti l'humanité, sinon une petite semeuse d'oiseaux ?

20 janvier

Mon frère est passé par ici.

Avec sa femme.

La femme d'affaires de mon frère, madame la directrice d'école, la femme au chignon serré et aux ongles laqués, est entrée dans ma maison comme dans un moulin, s'essuyant les pieds sur moi. Elle est si sèche que le plancher crisse sous son pas raide. Maigre et informe, l'ancienne danseuse étoile ressemble à ces statuettes sculptées dont le corps figé n'est qu'un mince fil caricatural, une veine filandreuse de bois mort. Vernie. Craquante. Pétrifiée.

« Il paraît que tu as offert un piano à un Amérindien ? »

Elle attaque de son plein fouet pendant que mon frère, comme un esclave, traîne des pieds lourds de chaînes. Amorosa est à l'école et il n'y a aucune débandade possible. Il tourne en rond, lion en cage, fuyant à toutes jambes, descendant et remontant les parois arides de son propre volcan comme une implosion infernale de lui-même. Condamné. Dépeuplé. Désertifié.

S'il s'approche d'elle, sa femme tombera sûrement en cendres.

« C'est vrai ?

– Oui. J'ai offert un piano à Manu. »

Je l'ai dit en souriant, heureuse.

« Il faut que tu aies de l'argent à jeter par les fenêtres ! »

Je ne la traiterai pas de Rose Ouimette du plateau Mont-Royal en tailleur chic. Je ne lui parlerai pas de sa sécheresse qui n'atteint pas l'océan de mon indifférence. Je vais continuer à sourire et jouir de cette première victoire sur moi-même.

« Oui, justement. J'ai de l'argent à jeter par les fenêtres. Et même beaucoup. »

J'ai servi du café et mon frère s'est installé avec l'air du gars entre la chèvre et le chou. Du gars qui insiste pour regarder ailleurs. C'est ce qu'il fait de façon admirable pendant que ma belle-sœur continue.

« Tu le sais très bien, Élie, que mon école de danse aurait besoin de fonds ! Pourquoi offrir un piano à un sauvage du fond des bois quand plein de jeunes talents pourraient en profiter ? ! »

Madame la directrice dirige. Depuis qu'elle dirige, elle ne danse plus. C'est ainsi qu'elle a opté pour la frigidité.

« J'offre un piano à ton école de danse si tu trouves un agent à Manu.

– Quoi ?

– Tu as compris. Un impresario. Quelqu'un qui vend des concerts de jazz. Un vrai. »

Entre l'arbre et l'écorce, mon frère se découvre un intérêt profond pour les motifs du plancher. Il entre en méditation profonde, loin, très loin de nous.

«Tu te moques de moi ? J'ai une réputation sérieuse !

– C'est une offre sérieuse. Et Manu est un excellent musicien. »

Elle m'a lancé son racisme avec tous ses yeux. Elle me crachait dessus à pleines pupilles. Mais je soutenais ce regard avec paix. J'avais au cœur la droiture des braves qui trouvent enfin une raison à leur fierté. Je l'invitais à s'asseoir dans le cercle des nations et, alors que moi, je m'y sentais revivre, pleine de cette tranquillité de la terre, je la voyais se raidir dans cette haine injustifiée qu'elle avait construite par ignorance et dédain.

« Non. »

Ma belle-sœur assèche le sol, la musique et les peuples.

22 janvier

Richard est arrivé ici comme chez lui, pour souper. Amorosa et moi avons partagé nos assiettes avec lui et il est resté jusqu'à tard. Dès qu'Amorosa a été couchée, il a lui aussi tenté de. Et m'a presque déçue.

«Pourquoi t'as acheté un piano à Manu ?

– Pourquoi tu me demandes ça ?

– Parce que je suis curieux.

– Parce que j'aime l'entendre jouer.

– Pourquoi t'es venue t'installer ici, au fond de nulle part, si t'es aussi riche que François le dit ? »

De sa part, j'ai trouvé que c'était un coup bas.

« Sais-tu ce que "eccéité" veut dire ?

– Non.

– Parfois, la nuit, ça arrive. On ne sait pas ce qui nous prend, mais. Sans raison, on se cache en forêt pour faire une blague à quelqu'un. Et on s'enfonce dans une cruauté inconnue de soi. Tu comprends ?

– Non.

– On contourne les vestiges du feu et on suit l'autre qui nous attend dans cette nuit sans lune où on ne voit rien à deux pas. Soudain, on ne sait pas ce qui nous prend, mais on fait un pas de côté et on reste là, immobile, à l'écart du sentier, invisible. Une tranche d'obscurité profonde. C'est vraiment trop cruel, mais il se passe ceci : à mesure qu'il se prolonge, le jeu devient plus sérieux. Une fascination morbide nous cloue sur place, nous interdit tout mouvement. Une fixité perverse nous refroidit le sang. Une apathie minérale. Lâche et veule. On reste suspendu, voulant profiter encore un peu du plaisir de. Témoin privilégié de cette peur dont on sent la pulsation se propager comme une onde à la surface de l'eau...

– ???

– La jubilation du bourreau.

– ...

– Et alors. Tu sais, toi, comment on arrive à sortir de soi ? Sortir de ce qu'on fait pour revenir à ce qu'on pourrait être, à ce qu'on a rêvé d'être ?

– ...

– Nous avons tous déjà été de ces terroristes d'actions mal conduites, de dégueulasseries poursuivies jusqu'à la jubilation perverse, de petits gestes déterminants pour la suite horrifique des choses. Nous avons tous notre calvaire de crucifixion, notre géhenne de conscience salie.

– ...

– J'ai été élevée dans la religion catholique, dans les péchés véniels, mortels. Le péché originel... D'origine, je suis pécheresse et sans excuse possible ; d'origine et de poursuite en vieillesse, j'accumulerai dans la boîte aux remords une suite de cruelles petites erreurs, de mauvaises décisions, de parjures, de cachotteries, de silences que j'aurais dû briser, de paroles que j'aurais dû taire, de gestes que j'aurais dû ou ne pas dû avancer. J'ai ma conscience de travers dans la gorge, j'ai le carcan de ma vie scellé sur mon dos, je suis séquestrée de moi-même, encellulée de passé, écrouée d'âme et de peurs jusque dans mes petits matins inquiets. C'est pour ça que je me suis installée ici, dans des murs déjà garnis d'hier, dans un passé établi, dans le nid d'une autre vie. Mais je n'arrive pas à changer de chapitre – je n'arrive pas à m'enfreindre. Je reste moi-même, Judas sans cesse à la table des douze, condamnée au quotidien et esclave de mes antécédents.

– Je comprends pas...

– Nous faisons tous, dans l'engrenage des jours, de minuscules choix qui donnent une direction à ce que nous devenons, nous érigeons de nos mains les murailles qui nous étouffent, comprends-tu ? Quand j'étais jeune, je sautais dans ma voiture et je roulais des kilomètres de fleuve pour aboutir sous les étoiles avec mon sac de couchage pour seul butin et un café froid au matin. Heureuse de pureté et d'insouciance. Aujourd'hui, je ne voyage plus qu'à l'intérieur de mes propres murailles. Enfermée en moi-même et soumise à l'angoisse. Encarcanée comme certains se clôturent en banlieue. Là, maintenant, je dois transgresser quelque chose quelque part, même si c'est tout petit et minime et que ça semble ne rien vouloir dire. C'est pour ça que j'ai offert un piano à Manu. Pas pour apprendre à me pardonner, pas pour délivrer ma conscience. Juste pour enfreindre l'ordinaire, même si c'est par la facilité. Me prouver que je peux encore avancer. Me transgresser. Peut-être qu'un jour, je coucherai de nouveau sous les étoiles.

– Changer de chapitre ?

– Retrouver l'euphorie d'exister. »

28 janvier

Richard est passé ce matin.

Il venait me demander un café, «... pis peut-être des boîtes, je le sais pas, qu'est-ce que t'en penses ?

– Des boîtes ? Depuis que t'es amoureux, je ne te comprends plus !

– L'euphorie d'exister...

– Ah ! Tu veux mettre les enveloppes en boîtes ? ! »

Il avait un air de découragement. Malgré lui, mais de son plein gré, Richard entrait dans la béatitude crucifiante de ceux qui acceptent la grâce d'aimer.

J'avais envie de rigoler.

« Souris Richard : tu passes de la star à l'amant, de la vénération à l'amour, de la télévision au salon ! Enfin ton propre scénario qui s'écrit ! Bientôt, tu cesseras d'être un culte et tu deviendras un homme !... »

Il ne riait pas. Ramassé dans un coin de la chaise de la cuisine, le nez noyé dans sa tasse vide et les épaules immergées dans le plancher, il était à moins deux de plonger dans l'océantume. Il a peut-être raccroché lui aussi une humanité défroquée d'amour dans son garde-robe.

Je l'ai regardé, ce gros gras grand pas d'allure de voisin. Lui qui navigue lourdement assis sur ses théories de quotidien en droite ligne de conduite, comme si les dérapages et les chaussées glissantes appartenaient aux saisons étrangères, il se met soudain l'hiver dans tous ses états pour une petite enveloppe verte. Je l'ai regardé fricoter du silence plein ma cuisine, attendant un café et mendiant des boîtes de carton.

« Je t'ai dit ? Je vais adopter Amorosa... »

Il a levé la tête comme une incertitude.

« Ce n'est pas facile parce que les démarches sont longues et que j'ai peur d'être déçue de façon administrative et et et.

— ???

— Richard, on va tout affronter. Si jamais tu te transgresses, toi aussi, si tu éteins ta télévision, tes théories toutes faites sur l'avancement du monde, et que tu mets à la porte tes entre-deux fast-food pour te consacrer à une petite enveloppe verte, je vais être la première à t'offrir, parce qu'il faut croire, des boîtes de rangement pour le passé. J'en ai plein dans le cabanon... »

Il avait des yeux qui questionnaient et des mains qui quêtaient.

« Je veux aimer encore. Assez pour croire. Devenir un espoir pour quelqu'un. Une foi. Une cathédrale. »

20 février

Richard est passé à la maison ce soir.

C'est la troisième fois en un mois.

Il arrive avec sa guitare, comme pour composer. Il tourne en rond, pose la guitare, la reprend, s'assoit, se relève et reprend le sentier moussu de sa tourbière sans dire un mot, sans jouer un accord.

28 février

Chloé était assise au comptoir du bar. Depuis un moment déjà, si j'en juge de son état lors de mon arrivée. Amorosa étudiait chez une amie et j'avais une petite heure devant moi. Chloé trinquait ferme, avachie sur son banc, tandis que les admiratrices d'André étaient installées, chuchotantes, aux tables, à se payer des drinks de couleurs phosphorescentes. Le patron n'en revenait pas et courait autour de ces beautés multicouleurs avec un sourire qu'il ne m'avait jamais montré.

Je me suis perchée près de Chloé en cherchant vainement André du regard parmi les sylphides.

« Bonsoir, Chloé.

– Tiens, la future maman... »

Elle a regardé les bouteilles de l'autre côté du bar, comme quelqu'un dont les visées sont à un mètre et demi, ambrées à 40 %. Elle a eu un tout petit demi-sourire amer, dans le fond de la gorge et juste pour elle.

« Chloé... Il faut faire attention aux dérives... »

Elle m'a fixée d'agressivité.

« Tu sais-tu quoi, ma belle Élie ? J'ai décidé de changer de chapitre ! »

J'ai encaissé, mais me suis durcie.

« Qu'est-ce que tu me dis là, Chloé ?

— Tu m'as dit : "Quand on n'est plus capable de faire face au réel, on change de chapitre." Je m'en souviens très bien... très bien. »

Elle tanguait en parlant, les yeux gourds et l'index droit qui brassait son on the rock.

« Ben c'est ça ! J'suis pu capable.

— Capable de quoi, Chloé ?

— Regarde ça ! »

Elle m'a tendu un sac en carton. Je l'ai ouvert. À l'intérieur, les débris d'une forêt rouge assassinée.

« Pourquoi, Chloé ?

— Pu de passé. Pu d'avenir. Pu de présent. Le silence dans ma maison. »

De toutes les femmes que j'avais rencontrées dans ma vie, Chloé m'avait toujours semblé la plus reine, la plus majestueuse. Quelque chose en moi l'admirait sincèrement quand je la voyais marcher, quand je l'entendais jouer et j'aurais voulu la suivre, comme les rats et les enfants avaient suivi le joueur de flûte. De la voir ainsi dériver sur elle-même me faisait mal.

« Ah ! Ça me fait penser... J'ai tellement l'habitude d'elles que j'étais en train de les oublier... »

Elle a pataugé sur son tabouret jusqu'à se redresser presque debout, vacillante, appuyée sur moi. Son haleine m'a demandé de lui garder l'équilibre pendant qu'elle se tournait péniblement vers la salle.

« Mesdemoiselles… »

D'un bond, les sylphides se sont levées, avides de Chloé. Béate, j'ai compris que la multitude suivait Chloé et non André. Et je me suis souvenue de ce jour de décembre où elle m'avait dit que ces femmes rêvaient d'engendrer la fertilité, de créer la descendance, qu'elles étaient d'espoir inassouvi. De généalogies impossibles. D'errances. Les flûtes de Chloé étaient vraiment enchantées.

« C'est fini. Je veux plus que vous me suiviez partout. Non. Fini. »

Elle tend la main vers le sac de carton brun et déverse, trébuchante, le contenu de copeaux sur le sol éteint du bar. La gerbe rouge des flûtes en décomposition voltige jusqu'au sol. Du bois mort.

« Maintenant, je… »

Malgré mes bonnes intentions de la maintenir dans une position à peu près perpendiculaire au sol, elle a failli, à ce moment-là, m'échapper des bras.

« Chloé ! Tu es en train de couler à pic, bon sang ! »

Elle m'a regardée en s'esclaffant et a poursuivi son annonce.

« Maintenant, je vais couler à pic ! C'est ça ! C'est pas toi, Élie, qui disais que j'avais des cheveux d'algues ? Hein, Élie ? »

Elle criait et le cœur m'écrasait par en dedans.

« Ben tu veux que je te dise, ma belle Élie ? C'est ça que je vais faire : quand le printemps va arriver, je vais me changer en fée des eaux ! Comme disait mon grand-père, ma jupe bleue va couvrir le monde pis enfanter des milliers de petits poissons. »

Elle a ri, les yeux fermés, dans un fond de gorge engluée.

« C'est-tu assez changer de chapitre à ton goût, ça ? Hein ? Quand le réel a pu rien à offrir, on peut-tu devenir une p'tite légende, une naïade, tu penses ? »

Elle hurlait et j'avais peine à reconnaître celle que j'avais appris à écouter et que j'aurais peut-être fini par suivre, moi aussi.

« Un beau printemps, hein ? »

Au moment où elle s'effondrait, Manu, que je n'avais pas repéré dans le brouhaha, a soudainement surgi devant nous et l'a attrapée au vol, soulevée dans ses bras et s'est enfui avec elle.

7 mars

Je ne suis pas descendue au bar, ce soir, car Chloé est venue à ma rencontre. À la maison. Son corps est entièrement couvert d'une fine pellicule de glace.

« Qu'est-ce que ? »

Elle sourit de ma naïveté.

Elle s'approche de la fenêtre. Elle regarde le torrent avec l'envie d'y courir comme la bottine d'Amorosa, jadis. Pourtant, je ne la sens ni soumise ni vaincue. Au contraire, elle respire la force des eaux qui pourraient balayer le monde dans un second déluge. Elle se retourne avec un sourire. Un vrai. Plein d'elle et sûr d'avenir.

« Je m'excuse pour l'autre soir.

– Ça va, Chloé. Promis.

– Je veux te dire. »

Elle s'arrête, gênée. Sa glace fond doucement et l'eau se répand sur le plancher.

« André. Depuis des semaines, il est installé dans la remise derrière la maison. Il a dit que le violon, c'est fini pour lui. Il veut démarrer une nouvelle lignée, bâtarde et orpheline ; une lignée silencieuse et sans promesse.

– ???

– Il s'est mis à fabriquer des archets, des tas d'archets. Plus de violons. Il dit que les archets sont des instruments secondaires, absents, sans maître et sans signature. Il dit que les archets, c'est sans avenir.

– …

– Au début, je pensais que ce serait passager. J'ai attendu patiemment, j'ai compté le temps sur le fil du bois. Mais les archets s'empilent. Il y a quelques jours, j'ai tenté de lui parler. De lui dire que nous avions encore une possibilité et que c'était encore nous deux.

– …

– Je ne sais pas quand il a trouvé ça dans mon bureau. Je ne sais pas quand il a fouillé. Mais il a brusquement sorti d'un tiroir sa découverte : la lettre de la clinique qui expliquait les causes de mon infertilité.

– …

– Je sais que j'aurais dû lui dire. Mais son père venait de mourir. Et il venait d'apprendre qu'il était orphelin.

– …

– Et j'ai manqué de courage. Je n'ai rien dit. Tu m'as parlé un jour de ces gestes qu'on commettait ou qu'on n'osait pas et dans lesquels on se retrouvait coincé et je me suis emmurée dans un mutisme qui était un geste de bourreau et j'ai vu combien mon silence le tuait et j'ai su qu'il savait depuis un moment déjà et qu'il avait attendu que je lui parle et que j'avais tellement persisté que c'était devenu du mensonge. Et qu'il était trop tard. »

Elle ferme les yeux.

« Il a dit que tous ceux auxquels il avait fait confiance l'avaient trahi et déçu. Et je savais que je faisais partie de la liste. Il a dit que, au fond, moi non plus, je ne méritais pas de famille. Et sa colère, et mon silence qui continuait, et j'étais impuissante et repentante et tellement aphasique qu'il a crié que je ne savais que me taire, que je ne méritais pas la parole. Il a pris mes flûtes et les a brisées une à une. Pour me couper le souffle.

– …

– Il voulait des enfants, une famille, une généalogie historique marchant dans le temps. Nous lui avons tous menti.

– …

– Et alors, que me reste-t-il ? Entre la genèse émiettée de mon mari et mon infertilité haletante, je n'ai plus d'histoire.

– Peut-être que tu peux en inventer une autre ?… »

Elle secoue la tête.

« Je suis mariée, Élie. J'ai écrit mon nom dans les registres du monde auprès de celui d'André ; mon nom dans celui de sa famille et j'ai juré. Toi, tu as su changer de chapitre. Tu es pleine d'espoir. Moi, que me reste-t-il, sinon un conte d'eau ? »

Après m'avoir giflée sans s'en rendre compte, elle s'apprête à partir.

« Dis-moi, Élie : comment on fait pour entrer dans un conte ? »

Sa longue chevelure est déjà parsemée d'algues.

19 mars

Le printemps est arrivé aujourd'hui, en plein samedi sans lune.

La petite a peur chaque fois qu'elle entend craquer le lac. Je l'ai emmenée marcher le long du torrent et nous avons croisé Manu. Tout de suite, elle est allée vers lui.

« Manu. Je veux dire : est-ce que c'est dangereux quand ça craque comme ça ?

– Non, petite. C'est juste l'eau qui demande à sortir de la glace.

– Pour aller où ?

– Se réchauffer au soleil. »

Elle regardait le lac, inquiète et sans comprendre, la main attachée à la jambe de l'Amérindien.

« Viens. Nous allons aider l'eau à briser la glace, veux-tu ? »

Un petit oui de la tête et il l'a mise sur son dos. Nous sommes montés chez lui et avons ouvert les fenêtres. Il s'est installé au piano et il a fait la valse de la débâcle ; il a joué du piano juste pour elle, avec ses grandes mains qui roulaient sur le clavier. Nous étions installées sagement sur son balcon quand ça a commencé et on a tout de suite su ce que c'était pour être. Le matin orangeait encore.

Ça a commencé tout en haut, quelque part du côté de la source, là où c'est lent et secret. Ça n'a presque pas commencé. Et tout à coup, une autre source. Elles étaient deux et déjà plus vivantes, et d'autres se sont creusées et c'est venu filer un peu plus vite, et ça prend forme, et c'est la rivière.

Elle sillonne la terre, pas à pas, avec la difficulté des embûches et la sueur au front.

Note à note.

Ça sillonne note à note autour des pierres, là où le piano gronde et la montagne se cabre, en haut du torrent et.

Et l'instant au-dessus de la débâcle.

L'eau attend. Nous retenons notre souffle.

L'air immobile.

Le moment suspendu.

Et la fissure dans l'hiver.

La fissure. Soudain, c'est descente en chute libre : à toute allure sur les rochers, ça se fracasse en grosses gerbes, ça jaillit, ça crépite et ça se casse. La glace éclatée, l'eau hurle et l'hiver se déchire.

Le printemps en débâcle dans le piano et le bramement du torrent.

Et encore et encore, et c'est la mer et les embruns éclaboussent nos pieds.

Le printemps explose.

Le piano orage.

Et nous avons presque peur.

Mais brusquement.

Brusquement, c'est le retour, l'arrivée, la joie.

Combien de temps, la débâcle ? Combien la fureur et l'extase ?

Aspirée par l'épaisseur de la nuit, la fureur liquide trébuche tout à coup, se renverse, s'allonge et s'amollit. Pacifiée, l'onde se berce délicatement dans sa propre vague. Lourde de sommeil.

Le ressac paisible des soirées et le vent à peine comme une brise sur cette paix de plus en plus huileuse. L'accalmie du soir.

Le ressac, et la brise. Et le ressac, et la brise. Et le ressac, et la brise.

21 mars

C'est lundi et j'ai décidé d'y aller.

Ça faisait assez longtemps que et c'était pour aujourd'hui, à cause du printemps et parce que, moi aussi, j'ai droit à un peu de débâcle. J'ai pris l'auto jusqu'au bar, il devait être midi, et je l'ai approché, lui.

« Manu ! ? »

Pas de réponse. Il a levé la tête et m'a regardée.

« Je veux aller faire un tour. As-tu du temps ? »

Il m'a plongé ses yeux comme ça, en pleine face, et c'était la première fois que je lui remarquais tant de bleu et tant de vert dans les iris et j'ai pensé aux couleurs de l'eau du torrent glacé qui court, toute petite en hiver, et aux rayons ardents du soleil qui fait luire les prismes bleutés dans le midi.

« Pour aller où, Élie ? »

La question fait trois fois le tour de ma tête avant d'atterrir en terrain vacant.

« Est-ce que ça a une importance ?

– Écoutez, je ne sais pas ce que vous voulez, mais je n'ai pas le temps d'aller faire un tour pour faire un tour. Si vous voulez aller quelque part, je vous sers volontiers de taxi, mais les balades, ça n'est pas mon métier, excusez-moi. »

Manu me vouvoie. Mais. Qu'est-ce que ?

Il repart déjà derrière l'hôtel et je suis toute plantée là, interdite et vierge sous le soleil. Ça ne se passera pas comme ça. Je le suis.

« Je veux aller au réservoir. Je veux voir si l'eau est assez haute pour fournir le lac tout l'été.

– Pourquoi vous ne prenez pas votre voiture ? »

Il fait exprès.

« Parce que c'est un bout de chemin, que j'ai mille choses en tête et que je n'ai pas vraiment envie de conduire. Si tu cherches à me mettre mal, c'est raté : je veux que tu m'emmènes parce qu'il y a des jours comme ça où on se sent vide et plein à la fois, où on veut une réponse à quelque chose. Parce que les réponses ne sont pas toutes abstraites. J'ai besoin d'un peu de concret.

– C'est sûr : le réservoir, les arbres en bourgeons, la route en lacets…

– C'est ça : du concret ! »

Il reste en silence.

« Écoute, Manu, j'ai besoin que quelqu'un m'amène autre chose qu'une réponse à 40 % ! Tu comprends ? Je voudrais… Je voudrais… »

Tout à coup, je ne sais plus ce que je veux.

« Qu'est-ce que vous voulez, Élie ? »

Depuis combien de temps personne ne m'a demandé ça ?

« Je veux que ça se concrétise ! Qu'y a-t-il pour moi dans mon nouveau chapitre ? Parce que c'est bien ça que je suis venue chercher ici. Je veux avoir une histoire et que ça ne soit pas qu'une histoire imprimée au passé ; que ça soit autre chose qu'une parabole. Je veux que les mots cessent de n'être que des papiers à signer, des allégories qui m'échappent, des télégrammes auxquels on ne peut pas répondre.

– Parfois le concret ressemble à nos rêves. Vous n'avez pas peur ?

– Peur ? Au bout du silence, il doit y avoir une réponse pour moi, non ? Au bout de l'hiver, une débâcle ! Ben, j'ai envie de ma débâcle ! Je veux sortir de moi et vivre en torrent ! J'ai soif d'avoir peur !

– Attendez-moi ici.

– Ça veut dire qu'on y va ? »

Pas de réponse.

C'est la seule personne qui et il m'abandonne ! Je lui déballe mes tripes impudiques et il s'en va ! L'amertume me revient parce qu'il n'y a pas cent défenses à ma portée. Est-ce qu'il se fiche de moi ? Je ne sais pas s'il joue à ce petit jeu avec toutes les femmes qu'il embarque, Manu, mais il n'est pas facile. Je pensais comme une idiote qu'il aurait plaisir à ce que ce soit moi, mais il me rabroue l'orgueil comme personne. Pourtant, pauvre petite cruche vide, j'insiste ! J'attends, comme une fille de rien, sur le trottoir en face du bar, que son grand chapeau me revienne, sans même savoir si c'est oui, si nous irons jusqu'au réservoir, si... comment dire ? Si je paierai ma course comme il se doit ou si je reviendrai encore dans mon lit de rivière asséchée.

Le voilà de retour avec sa camionnette. Je constate soudain que nous aurons pas mal de route à faire puisque le réservoir est à environ cinquante kilomètres du village. Qu'est-ce que je vais lui dire ? Dans quoi me suis-je embarquée ?

« Finalement, on peut juste aller à la banque ici... »

Il ne me regarde pas et prend le chemin du réservoir comme si je n'avais rien dit. Peut-être qu'il se met des bouchons dans les oreilles pour ne pas entendre les commérages des quinquagénaires habituelles. Passé le village, il m'a regardée en plein centre de la pupille et quelque chose s'est dilaté en moi. La terreur que j'avais ressentie en m'asseyant sur le siège m'a quittée et tout est devenu possible. J'irai jusqu'au bout de la course : le paysage est beau, un peu triste sous les maigres restes de glace grisâtre, mais plein de promesses et ça donne confiance. Il faut connaître l'hiver pour aimer le printemps à ce point.

« Est-ce que je peux vous demander à quoi vous pensez ? »

Il y a un sourire dans sa question et c'est un bon moment.

« Je me disais que, sans l'hiver, on n'aimerait pas autant le printemps. C'est parce qu'on s'est gelé les bottes tout l'hiver, qu'on a vu du blanc partout à moins trente degrés et que la neige a fait tant de craquements sous nos pieds qu'on peut s'émerveiller devant la tige de tulipe qui perce la glace. C'est parce qu'il a fait plus noir que clair pendant quatre mois qu'on compte maintenant avec délices les quelques minutes supplémentaires que le soleil nous accorde un peu plus quotidiennement. C'est parce que notre peau a été ensevelie longtemps dans la blancheur des sous-vêtements chauds qu'on tourne enfin, en tremblant de bonheur, notre visage dans la lumière dorée du jour et qu'on abandonne foulard, tuque et mitaines avec une joie d'enfant tellement là, qu'on oublie même de les laver avant de les ranger. Sans l'hiver, le printemps serait pas pareil. »

Je m'emporte, mais c'est pas grave : on a du temps et le soleil fait du bonheur.

« Et ça continue : on voit les jeunes pousses, on a hâte aux vraies fleurs. C'est parce qu'il y a le printemps qu'on apprécie l'été. Après les grosses chaleurs, on veut de l'automne frais et tout en couleurs...

– Et l'hiver ?

– On finit par avoir hâte à l'hiver à cause de ce moment étrange de l'année où tout meurt dans la face cachée du soleil ; tu sais, ce moment où...

– Vous continuez à me tutoyer ?... »

Mon emportement a cessé en cet instant précis, point X de la rencontre avec l'inconnu qui ne s'appelle sûrement pas Manu. Le silence comme un coup de massue qui m'aurait frappée en plein visage.

« Je tutoie par amitié, c'est tout.

– En ce moment, je suis un taxi...

– Oui, mais... »

C'est mort là : je ne sais pas comment lui dire que, sous peu, lui, cet homme au « vous » forcé, me deviendra plus intime que tous mes amis en enfreignant la

loi de mes petites culottes. Brusquement, je prends
conscience de ce qui va se passer et je regarde attentivement ses mains. Apparemment, rien de bien parti-
culier : des mains sombres d'homme sombre – avec des
doigts sombres, enroulés sur le volant. J'allais dire :
« souples et longues comme les Amérindiens », mais je
me suis arrêtée en moi-même. Elles sont très moyen-
nes en longueur, larges et solides, comme celles d'un
homme travaillant dans les bois. Veinurées et taillées
fermement.

Il a sans doute remarqué que je fixais ses mains (il
en a peut-être l'habitude), car il tend la droite vers
moi, paume vers le haut, puis la retourne pour m'en
montrer toutes les facettes. La paume m'intéresse peu.
Ses doigts, à demi pliés, la cachent presque. Ce qu'il y
a de fascinant, dans cette main, c'est qu'elle vit, ani-
mée de la pulsation de la sève du printemps. Quand il
parle, d'ailleurs, il active doucement ses mains, toujours à demi pliées, et fait de ces gestes qu'on suit
comme un tison dans la nuit.

J'observe à nouveau le paysage : la rivière serpente
à ma droite, bordée de courtes falaises trapues auxquelles des arbres s'accrochent désespérément. Les racines pendent dans le vide et s'arquent en acrobates
sur les rocs pour s'ancrer à la terre. Ses mains de racines d'arbre sur le volant. Elles s'agitent lentement,
tournent la roue, reviennent s'immobiliser, s'ancrer à
leur place d'origine. Le volant glisse entre ses paumes
d'ombre puis revient, dompté et coulant. La rivière
tiède et les rochers luisent et ses doigts de racines d'arbre sur le roc se faufilent dans les crevasses de la
pierre. Et la rivière s'élargit. Un vent frais sur mon

visage. Un frisson glisse dans mon manteau. Mes seins hérissés, le bas de mon dos arqué. Un souffle court et la camionnette s'arrête. Je l'ai regardé, au milieu de ma propre forêt.

« C'est ici que vous payez la course. »

Il prend une boîte de serviettes humides, se lave les mains minutieusement. Consciencieusement, presque avec dédain. Il replace la boîte sous la banquette, se tourne vers moi avec ses yeux de glace transparente pendant que je me liquéfie complètement. Il me dévisage avec le sérieux des intransigeants et glisse ses mains sous ma jupe. Ses mains de racines d'arbre dans la terre de mes reins et acrobates dans mes rocs devenus rivières, et cinq secondes ont suffi pour m'en rendre compte : je suis arrivée au réservoir.

22 mars

Très tôt, ce matin, avant même que le soleil ne constate l'équinoxe vernal, je suis allée la réveiller. Elle avait de l'oreiller plein les paupières et refusait d'y croire. J'ai tiré ses couvertures.

« Qu'est-ce que tu fais ? Laisse-moi dormir ! Je veux dire : il fait encore noir ! »

Elle s'est recouverte.

« Le matin se réveille la nuit, maintenant… »

Je tire sur ses couvertures.

« Heeeeeiiiiin ? »

Elle se recouvre.

« Tu ne sais pas quoi ? »

Je retire les couvertures.

« Non, je ne sais pas quoi ! Je ne veux pas le sa-voir ! Je dors ! »

Nous tenons chacune un bout de la couverture tendue. Elle est entortillée dans son pyjama. Ses cheveux rouges sont répandus partout, emmêlés ; ils l'emmaillotent dans une toile de nuit.

« Je dors... »

Elle abandonne la partie et tombe dans l'oreiller. Je me couche près d'elle et la recouvre.

« Comme tu veux... mais le printemps ne dort plus, lui... »

Elle ouvre un œil pendant que l'autre continue à dormir.

« Tu veux dire ?

– Je veux dire. »

Je cours vers la cuisine en riant. Elle arrive en tirant sur son pyjama.

« Et moi ? Je peux avoir du café ?

– Bien sûr ! »

Je glisse une cuillerée de café dans son chocolat chaud.

Elle grimpe sur une chaise en se frottant la rouille du nez. Elle se gratte le cou. Ouvre l'œil qui dormait.

« Tu as tout préparé, je veux dire...

– Pendant que tu dormais. »

La terre, les ustensiles, les pots, les sachets. On a travaillé jusqu'à l'heure du soleil. Quand il s'est enfin réveillé, l'oreiller collé à sa grande paupière, les semis l'attendaient avec le sourire tout contre la fenêtre.

Ça faisait déjà un moment que j'avais vu Richard. La dernière fois qu'il était passé, il avait laissé sa guitare ici, près de la mandoline, et c'est uniquement ce matin que je m'en suis aperçue. J'ai eu si peur que j'ai tout de suite traversé le jardin jusque chez lui sans remarquer la luminosité du printemps qui nous fait pourtant des cadeaux.

En arrivant, je n'ai pu que constater l'ampleur. Des boîtes s'empilaient partout, béantes et criardes. Le capharnaüm encombrait l'espace. On ne distinguait plus qu'un restant d'habitat. Il a fallu que je me bouscule, m'arc-boute et me pied-de-biche pour me glisser dans l'embrasure de la catastrophe.

« Richard ? »

Ma voix atteint à peine la savane touffue des boîtes. Avalée dans la moiteur enrobante, elle est recrachée en écho assourdi qui roule à mes pieds. Des cartons ouverts surgissent des enveloppes qui m'envoient des rayonnements aux coloris périmés. Elles qui, jadis, brillaient en kaléidoscopes luminescents, m'agressent aujourd'hui d'un mécontentement rageur. J'avance en déplaçant les boîtes, mais c'est la jungle complète. Des racines de banians traversent l'espace et des bruissements exotiques perforent l'air en stridences agressives.

« Richard ? »

Rien qui ressemble à une réponse. Combien de forêts sont carnivores ? Je me suis mise à creuser les boîtes, mais je ne poussais une pile que pour en trouver deux autres. J'ai ouvert la porte et laissé entrer un peu d'extérieur dans le rance de l'étouffement. J'ai rangé tout ce que j'ai pu en me battant contre les enveloppes furieuses. J'ai retrouvé un bout de la cuisine, me suis frayé un passage jusqu'au salon. J'étais en sueur. Le classement, ici, était loin d'être terminé et les enveloppes déboulaient, multicolores, le long des murs. Toujours pas de Richard.

J'ai poussé la porte de la chambre et c'est là que je l'ai trouvé.

Cette pièce avait été vidée. Il n'y avait plus que le lit, quelques enveloppes vertes disposées au soleil et lui. Lui, mon ami, assis là, devant les petites chéries qu'il fixait, l'œil en détresse, la barbe longue et l'odeur pas fraîche. Il avait maigri.

Je me suis assise près de lui, j'ai passé mon bras autour de ses épaules et il s'est retourné, hagard, défait, débâti, démoli, ruiné.

« Raconte-moi tout.

– Je sais plus ce qui arrive... Au début, ça allait bien. Je classais les lettres pis je les plaçais dans les boîtes. Mais ça s'est mis à être trop. Chaque jour que je vais à la poste, le nombre de lettres augmente. Je sais plus où mettre tout ça, pis j'arrive plus à faire le tri: ça déborde, Élie! Pis t'as vu les racines? Ça se multiplie tout seul... Qu'est-ce que je peux ben faire, dis-moi donc? »

J'aurais pu lui demander où il avait mis ses théories sur les sentiments qu'on ordonne, j'aurais pu lui dire de prier son Dieu, d'allumer sa télévision, d'aller s'envoyer en l'air avec n'importe qui pour chasser ses angoisses, mais je n'ai pas eu le cœur à faire des blagues. Tout à coup, mon gros gras grand pas d'allure de voisin était dépassé par les événements et, le cœur à l'envers, il ne savait plus comment mettre de l'ordre dans sa vie débordée.

« Elles sont agressives et possessives, comme si j'avais promis quelque chose ! J'ai rien promis pis je suis pas responsable d'elles ; j'ai jamais dit que je répondrais !

– Pas dire oui, pas dire non... Quand j'ai commencé à garder Amorosa, je ne pensais pas que ça prendrait des proportions, mais, de toute évidence, on ne s'engage jamais à moitié, Richard. On ne peut pas ne pas répondre de soi. C'est toi qui m'as dit qu'on est toujours responsable d'une réponse. Ne pas répondre, c'est quand même dire peut-être et c'est de l'espoir. Elles attendent, s'impatientent et inquisitionnent. Tu devrais leur faire savoir que c'est vraiment fini et les jeter, non ?

– Je suis pas sûr de vouloir m'en défaire complètement...

– Ah bon ! Monsieur tient à se faire idolâtrer ! ? »

Il a détourné les yeux et c'était de la honte, tellement que je n'avais plus que ses cheveux bouclés devant moi pendant qu'il faisait semblant, le plus possible, d'être dehors.

« Ça va faire, Richard ! Ça fait assez longtemps qu'on niaise pis qu'on poireaute ! Pour rester en silence dans le vase clos de nos peurs, on a montré qu'on était les meilleurs. Maintenant, il est peut-être temps de voir si on est capables de franchir nos frontières imaginaires, nos barrières de lâcheté pour tenter de vivre un peu, tu ne crois pas ?

– Moi, j'ai toujours préféré une bonne morale solide aux histoires de sentiments... »

Il continuait à regarder là où je n'étais pas.

« C'est ça ! Tu t'es fait des croyances sur mesure pour passer à travers l'anarchie des jours de déboire, pis là tu vas sacrifier tes rêves parce que t'as peur de détruire des théories obsolètes ? Tes doctrines rectilignes sont en train d'envahir ton écoumène et, si tu continues à couleuvrer comme un con, ça va t'étouffer ! Ça t'étouffe déjà. »

Il regardait le tapis qui avait, lui aussi, envie de déménager.

« On m'en demande trop, Élie. Moi, tu me connais, je suis du genre à m'asseoir devant la télé, pis à être pas bon au jour le jour.

– Tu sais à quoi tu me fais penser ? À ton Dieu qui ne répond pas à nos prières !... Penses-tu, Richard, que Dieu s'enferme dans le mutisme parce qu'Il refuse de nous entendre ? Assis devant sa télé éternelle, Il rêve d'être un héros ?...

– Pis quoi ? Il faudrait que je renonce à toutes les admiratrices pour aimer une femme ? Ça va faire de moi un héros, tu penses ?

– C'est sûr que renoncer à ton obscure divinité pour t'offrir à une femme, ça peut être déstabilisant. L'admiration multipliée est rassurante parce que tu y trouves ton compte, hein ? Tandis que devant le regard d'une femme, d'une seule femme, ça se peut que tu deviennes fragile. Devant l'humanité, on est toujours un peu démuni. Un peu misérable.

– ...

– Mais si l'humanité était plus intéressante que ton culte cheap, Richard ?

– ??? »

– Dieu s'est fait homme, t'imagines ? Ça veut dire que l'humanité est peut-être plus passionnante que la divinité ! L'imperfection humaine, préférable à la démiurgie impénétrable du solitaire ! Écoute, Richard : on devient pas un héros en vivant dans un absolu inatteignable. Ce qui va faire de toi un héros, ça sera peut-être ton amour pour une seule femme. Ton agenouillement devant elle.

– ...

– ...

– Pis si j'étais pas à la hauteur, Élie ?

– À genoux, on peut pas se tromper, Richard.

– ...

– Arrête avec ta petite face de chien piteux qui n'en peut plus ! Ouvre-les donc, les enveloppes vertes ! Lis-les !

– Non ! Jamais ! Aucune enveloppe ne s'ouvrira dans cette maison !

– Bon ! Alors ? On vire tout ça ?

– Je suis quand même pas pour les retourner aux expéditrices !

– Je ne te dis pas de les humilier : je te dis de choisir !

– J'ai choisi !

– Ben prouve-le et assume le risque ! »

Il s'est levé comme un projectile et m'a regardée. L'ennemie.

« O.K., on va faire le ménage. O.K., on va finir les boîtes. Mais on jette rien aujourd'hui. Je leur laisse le temps de s'habituer et, au printemps, je verrai ce que je vais faire pour m'en départir sans humilier personne.

– C'est le printemps, Richard…

– Tu as dit que tu m'aiderais ?

– Pas avant que t'aies pris une douche : tu pues ! »

À la hache dans les radicelles aériennes, on a taillé la forêt jusqu'au retour de l'école. Toute la journée à se débattre avec des enveloppes enracinées, à violenter l'envahissement sylvicole. Des heures dans l'atmosphère étouffante des moiteurs hargneuses. On a refermé tous les couvercles et empilé les boîtes comme on a pu, mais c'est quand même trop. Le malaise persiste. La rage du rejet se fait sentir et la maison est pleine de grognements, de halètements, de râlements. Il faudra trouver une solution au plus coupant parce que cet éden incandescent ne durera pas l'éternité.

26 mars

Le printemps déborde de tous les côtés.

Mon frère est arrivé en plein milieu de nulle part. Dès qu'il sort, la neige fond autour de lui. Il est tout feu et ça lui brûle la peau.

« Vivre me manque, Élie. »

Il se consume sur place, s'incendie, se calcine et s'incinère.

« Trahir pour me trouver ; être infidèle pour me fidéliser à moi-même ; tromper pour arrêter de me mentir, tu vois ce que je veux dire ou bien si j'ai l'air de rien ? Prendre tout l'espace, décoller, vivre des crises jusqu'au bout. Brûler, flamber, carboniser. Combien de temps encore à m'autoconsumer, à la regarder nous dessécher ? Est-ce que c'est pas assez de désert ? Rien qu'une oasis. Rien qu'une. Mais complète, mais douce, mais humide. De l'eau à boire. Est-ce que je ne suis pas clair, là ? Est-ce que je ne suis pas assez clair ? Jusqu'où on est nous-même à fond de train ? On fait des choix des fois qui sont les nôtres et on se demande si c'est ça la vie. On veut, on y est, on est content d'y être. Et quand le doute vient à planer au-dessus de nos têtes, on se demande si c'est un moment d'obscurité ou de lucidité. »

Ses mains accrochées à la table et je sais très exactement ce qu'il veut dire.

« Me faire droguer d'amour, de lettres d'amour, comme Richard, me faire envahir de coups de foudre fous. »

Il soupire un souffle chaud, puissant.

Je souris.

« Drogué d'amour. Je suis pas sûre que Richard ait trouvé toutes ses solutions, lui non plus. »

Il me foudroie.

« C'est tout ce que tu trouves à me répondre ?

– Écoute, je. Je sais pas quoi te dire. Ta femme ne m'a jamais plu et...

– Aide-moi !

– Je sais pas comment ! Je fais pas de paraboles pour sauver le monde, moi ! Si tu penses que Richard l'a tant que ça, l'affaire, écris-lui une chanson à ta femme ! »

Tout à coup, une idée diabolique en tête.

« Reste ici. Reste ici un jour ou deux. Écris-lui une chanson et je la lui ferai porter. Elle viendra. Crois-moi qu'elle viendra. »

Il me regarde, indécis. Il ferme les yeux et inspire largement, comme pour se refaire l'oxygène. Il secoue affirmativement sa crinière et lâche la table d'un coup. Dans le bois, des marques de brûlures profondes.

27 mars

Mon frère a écrit sa chanson. Je l'ai donnée à Amorosa qui va la remettre à Manu.

« Dis-lui qu'il doit la porter à ma belle-sœur. Dis-lui qu'elle a besoin de sa médecine. »

La réponse ne saurait tarder.

28 mars

François a sorti sa contrebasse et la petite lui a exigé des hymnes au printemps. Il ne s'est pas fait prier deux fois. Tout l'après-midi, il a fait des folies avec sa contrebasse. Sur la galerie, il regardait la neige disparaître en criant des hourras. Il se promenait, la contrebasse à bout de bras, en la menaçant.

« Fonds ! Fonds ou je te brûle ! Parole d'enfer ! Fonds ! Fonds ! Fonds ! »

Et, à force de se faire piétiner par ce train d'enfer, la pauvre petite neige s'écrasait à vue d'œil. Le soleil nous a grillés doucement pendant qu'on regardait l'Il-luminé. Richard est arrivé à bout de nerfs.

« C'est toi qui cries comme ça ? Tu vas faire peur au printemps !

– Tant mieux, qu'il parte, qu'il aille rouler sa bosse ailleurs ! Qu'arrive l'été, que vienne la chaleur, que la musique se fasse ! Vive le gazon, les fleurs, les colibris ! L'été, c'est un chant, un feu, un sexe de femme, un orgasme !!!

– Que quelqu'un me donne quelque chose à boire ! »

Richard avait l'air de respirer un peu mieux et il avait retrouvé une partie de son élan, malgré sa mauvaise humeur. Ça faisait du bien de voir ça.

Je suis entrée pour aller chercher la limonade.

Amorosa est venue m'aider. Elle trottinait en jetant des coups d'œil vers la contrebasse vengeresse qui tournoyait à toute allure avant d'éclater en larges « boiiing ! » sur la galerie.

« Élie, c'est quoi un "norgasse" ?

– Un "norgasse" ? Tu as dû mal comprendre !

– Non, c'est François qui a crié ça.

– Ah… C'était pas "norgasse", c'était "nord-est".

– Nord-est ?

– Oui, c'est une direction.

– C'est quoi le lien avec François ? »

Il était là, fier, fou et cheval, avec sa grande tignasse bouclée jusqu'au milieu du dos, à galoper sur sa contrebasse pour faire rentrer les restants d'hiver au centre de la terre. Je me suis appuyée contre une chaise de la cuisine pour le regarder un peu, comme je le fais rarement, lui que je connais pourtant depuis toujours. Ça m'a pris un moment pour revenir de loin.

« Je ne t'ai jamais raconté l'histoire de François ? »

Elle a fait non, naturellement, et ça m'a fait gagner deux secondes.

« François, il est arrivé ici comme le feu. Il courait sur sa contrebasse, sa crinière noire volait autour de lui. Il arrivait du Sud, sans maître, vagabond, une sorte de cheval sauvage.

« Un matin d'Amérique du Sud, le Domuyo, qui est un volcan, était entré dans une colère terrible. Pendant des jours, une pluie de cendres s'était abattue sur la pampa tout entière, poussée par un vent d'ouest féroce. Puis il avait larvé sur la montagne pendant des heures et des heures jusqu'à ce que, soudain, une explosion formidable retentisse. Alors le feu est sorti de la montagne. Et, au milieu des flammes, on dit qu'il a jailli, tout en crinière et en galops. Un vieux, le voyant descendre à grande allure, lui avait crié "Nord-est!" et la bête s'était arrêtée face à lui. Alors le vieux lui avait attaché la contrebasse sur le dos et lui avait indiqué le nord-est.

« Il paraît qu'il est venu directement, courant toujours, sans s'arrêter. Il voyait des gens et il demandait: "C'est par où?" et les gens répondaient: "Vers le nord-est" et il continuait. Et c'est comme ça qu'on l'a vu s'amener et demander: "C'est par où?" et nous avons répondu: "C'est ici, tu es arrivé."

« Il s'est installé, comme de rien, mais je crois qu'il n'a jamais connu le repos. Je pense qu'un jour il reprendra sa course. Il retournera vers les volcans. C'est sa nature. Il jaillit. »

« En tout cas, ma limonade jaillit pas vite! »

Richard était entré pendant qu'Amorosa et moi rêvions. J'ai rempli les verres.

Soudain, la contrebasse s'est arrêtée et le boucan d'enfer s'est tu. Soudain, ça s'est tu et ça s'est mis à chanter. Quelqu'un, dehors, chantait. Nous nous sommes regardés tous les trois. Une voix de femme que je connaissais, mais.

Nous nous sommes avancés pour voir.

Et nous l'avons vue.

Elle était debout devant son mari. Elle était debout devant François mon frère et elle chantait. Les yeux fermés par la peur. Et nue. Entièrement nue. Ma belle-sœur entièrement nue devant mon frère qui tient encore sa contrebasse entre ses mains estomaquées. Elle chante presque d'un sanglot étouffé, mais c'est tellement beau et toute sa peur et son corps nu et, dans ses mains, ses souliers de danse.

Il a posé la contrebasse par terre. Il l'a prise contre lui. Elle a ouvert les yeux.

« J'ai fait ma valise. Ma valise pour venir à toi. J'y ai entassé l'essentiel et l'indispensable dont je ne voudrai jamais plus me séparer. Mes livres de comptes, mes carnets de notes, mes agendas, mes crayons, mes lunettes, mon bracelet de première communion, un gant de jardinage, une chaise de parterre, une enveloppe déchirée, mes talons hauts, une blouse de soie, mon voile de mariée, une bouteille de coca-cola, des allumettes, mon réveille-matin, mon four à micro-ondes, l'odeur du café, des chandelles de fêtes, une gourde vide, un paquebot géant, un chapelet de grains de beauté, un haricot magique, un sous-sol d'église… Les souvenirs pêle-mêle de mes frères qui rient, de mes parents qui s'aiment. Les mains de mon père sur sa canne à pêche. La tarte aux pommes de ma mère. Mes souliers de danse. Et ta chanson pour boussole. Mais je… Tout abandonné en chemin. J'ai pleuré pour vrai, je te le jure, quand je me suis agenouillée au pied d'un arbre pour enterrer l'arche de mes souvenirs. Je te. Tellement. »

Il l'a soulevée de terre toute nue et s'est enfui avec elle dans la forêt.

Nous avons rentré la contrebasse en silence.

Même Amorosa n'a pas posé de questions.

Dehors, l'hiver essaie encore d'entrer six pieds sous terre.

4 *avril*

Je suis allée au bar en espérant voir Manu. Je voulais le remercier d'avoir porté la chanson de François à ma belle-sœur, le remercier pour sa médecine, pour le printemps retrouvé de leur amour grâce à lui. Je voulais aussi le voir. Lui. Malgré le lundi, il n'était pas au bar. Les soirs de pleine lune, le sang me bout et je gronde comme un torrent déchaîné. Je me suis rendue chez lui.

Il était seul et m'a accueillie avec amitié et ça m'a fait chaud. Je l'ai regardé en pleines pupilles.

« Manu. Si je me décidais à sortir du cercle du silence, tu crois que je saurais écrire la suite de mon histoire ? »

Avec une incroyable tendresse que je ne lui connaissais pas, il m'a caressé les cheveux en souriant doucement.

« Bientôt tu auras peur, Élie, crois-moi. »

Avant même que j'aie pu lui demander ce que, Chloé est entrée. Elle n'a pas frappé, n'a pas attendu, elle a. Elle est entrée et j'ai vu qu'elle tourbillonnait dans le regard de Manu et je me suis souvenue qu'il l'avait emportée avec lui, l'autre soir, fuyant avec elle effondrée dans ses bras.

Elle coule de partout. Elle débâcle. Ses yeux transparents débordent. Son corps entier coule, des nénufars en bourgeons plein la chevelure. Heureuse. Il s'approche et s'agenouille devant elle. Elle sourit, devient aquatique et se déverse avec la lente assurance de ceux qui suivent enfin leur cours.

« Manu. Je suis femme de terre infertile, mais si tu veux. Si tu veux, je deviens source, torrent et chant de toi. Naïade de toi. J'accoucherai de multitude dans la bénédiction de tes mains, de tes mains de terre rouge sur l'ivoire du piano. Dans la glèbe de nos corps, nous pétrirons une généalogie nouvelle. Veux-tu ?

– Ton corps recouvre déjà toutes mes terres.

– Alors joue ma débâcle, Manu. Joue encore ; c'est mon printemps. J'arrive nymphe dans le lit des eaux. C'est ainsi que j'arrive à toi. J'attends tellement que tu me navigues.

– Je te prends comme une rivière et te dresse le lit limoneux du nuptial. Je te prends comme une rivière et tes eaux inondent mes nations aliénées. Le silence pur du salut va nous affranchir. »

Elle s'éloigne de lui en le regardant toujours dans les yeux.

« Oui, Manu. Un silence tellement grand que, d'une ville à l'autre, nous pourrons nous entendre chanter. »

Une promesse. Et elle s'enfuit. Manu ferme les yeux et, pendant que je sors discrètement à mon tour, je l'entends qui murmure une prière.

« Il n'y a plus de doute, Chloé, il y a toi. Il n'y a plus de solitude, il y a ta chevelure. Il n'y a plus d'ostracisme ; tu es toute ma tribu. »

8 avril, Vendredi saint

« Croire. Des jours entiers à me demander en quoi je peux croire. Les femmes qui me suivaient, elles croyaient en moi comme en une histoire possible. Comme en un culte possible. Des dizaines de femmes multicolores. Des milliers d'enveloppes multicolores chez Richard. »

Saint-Ferréol-les-Neiges, Saint-Aimé-des-Lacs, Cap-à-l'Aigle, Port-au-Persil. Je pensais à ma propre fuite. À tout ce qu'on cherche hors de soi. L'autre et l'ailleurs. La poésie pour combler le déficit de foi.

« J'ai épousé André pour trouver un nom. Un patronyme à ma descendance. Un titre à mon histoire. »

Saint Marc, saint Luc, saint Jean, saint Matthieu. Cristalliser mon avenir dans le nom d'un évangéliste. Vouloir que ça me parle à tout prix. Pour cesser de chercher.

« Et me voilà seule devant le conte de mon grand-père. Une parabole façonnée dans la bouche de mon ancêtre qui avait concassé l'origine pour m'offrir un destin.

– Un destin ?

– C'est ce que je suis venue te dire.

– ???

– J'ai soif de torrent, Élie.

– Non...

– Oui, Élie. Écoute-moi.

– Non...

– Tu habites devant le lac. Tu as dû remarquer que, le matin très tôt, c'est souvent brouillard sur l'eau.

– Non...

– Quand le soleil se lève, le brouillard devient si lumineux qu'il nous brûle les yeux.

– ...

– Le vent le déplace doucement. Lentement.

– ...

– Tu as vu ? On dirait...

– Des anges...

– Oui. Des anges. Voilà.

– Non, Chloé...

– Ne t'en fais pas pour moi, Élie. Quelqu'un de sacré, que je ne connais pas encore, me prépare en secret, au milieu des vagues et des frissons gris, un habit de lumière pour quand je serai arrivée...

– ... parmi les morts.

– Trois jours. Et l'éternité nous appartient. »

9 *avril*

Samedi saint. Rien.

Le temps est suspendu à la croix et la résurrection se fait attendre.

10 *avril, Pâques*

Avant l'aube, Manu a appelé pour me dire d'aller chercher Richard et de venir chez lui. J'ai téléphoné d'une main à Richard en m'habillant de l'autre.

« Richard ! Manu nous demande de monter en vitesse. Qu'est-ce qui se passe ? Sais-tu ? »

Il a bâillé.

« Hein ? J'sais pas…

– Ça a l'air d'une urgence.

– Câliss…

– Envoye ! Arrive !

– Ben ouais. »

J'ai raccroché.

« Attendez-moi ! »

Amorosa était à la maison avec tout son secours
et pour tout le monde. Le temps d'enfiler ce qui s'enfile et nous étions rendues.

« Qu'est-ce qui se passe, Manu ?

– Aidez-moi à transporter le piano dans le torrent.

– Le piano dans le torrent ?! Tu veux le jeter dans
la chute ?!

– Non. Je veux l'*installer* dans le torrent, là où
l'eau tourne devant le chalet. Sur les galets plats où
s'agitent les limons.

– Quoi ? T'es fou ? L'eau va détruire ton piano,
Manu ! »

Il m'a toisée comme si je n'étais qu'une matéria-
liste de la musique, une capitaliste des sentiments, une
vulgarité de trois sous dans un dépanneur de banlieue.
Parfois on sent qu'on mérite d'être rangé dans le pla-
card du quelconque, du banal, de l'insignifiant et du
médiocre. Parfois, c'est comme ça et on ne sait même
pas pourquoi.

Devant autant d'opacité, Richard est arrivé. Amorosa l'a éclairé.

« Faut mener le piano dans le torrent. C'est pressé pour la débâcle.

– Quoi ? ! ? »

Il nous observait tous en cherchant, mais Amorosa seule semblait savoir. Elle avait ramassé une banane sur le comptoir et lui a expliqué, la bouche pleine.

« Mettre le piano dans l'eau de Pâques. »

Manu l'a regardée avec respect.

« Dis-nous au moins pourquoi tu fais ça, Manu !

– Est-ce que je t'ai demandé pourquoi tu gardais des lettres inconnues dans ta maison ? »

J'ai détourné les yeux. Et soudain, par la fenêtre, je les ai vus. Des nénufars en bourgeons dans le torrent. Chloé !

« Manu ! Ce n'est pas en emmenant ton piano dans la rivière que tu vas rejoindre Chloé !

– Qu'est-ce que tu en sais, Élie ?

– …

– Qu'est-ce que tu en sais tant, toi qui es éternellement à cheval entre deux chapitres ? Moi, j'en ai assez ! Je n'ai plus droit à la forêt des anciens et n'aurai jamais assez de terre pour planter mes semis. Je n'ai que la frontière aliénante des eaux, là où l'esprit d'une femme m'attend. Je veux planer avec elle sur les vagues du matin.

– Tu ne peux pas faire ça, Manu !

– Tu voulais croire en une histoire, n'est-ce pas ? C'est pour ça que tu es venue me voir. On en est tous là, Élie, à se chercher une parabole, un sens, une descendance. On en est tous là. À vouloir se peupler, à vouloir briser le cercle du silence et l'aliénation de nos frontières infranchissables.

– ...

– Je suis homme-médecine, Élie. Pourtant, je serai de fertilité impossible tant que je n'aurai pas accepté de vivre mon aliénation. Je vais entrer dans ce torrent et en crever les eaux. Avec Chloé, je ne serai plus jamais seul ; à nous deux, nous formons déjà une légende.

– T'as raison, câliss...

– Toi aussi, Richard ?

– Ouais. Toi, ma belle Élie, tu tournes en rond en te cherchant des réponses, en mettant Dieu aux vidanges pis en te plaignant d'être toute seule devant l'infini. Moi, je connais pas la religion amérindienne, mais si Manu a trouvé sa réponse pis qu'il veut sacrer son piano dans le torrent, on va le faire. Il veut jouer de la musique pour Chloé ? Ben tant mieux ! Tu parles d'une belle histoire d'amour qui finit bien !

– Est-ce que Chloé, je veux dire, elle est morte ?

– Non, Amorosa : elle s'est transformée en ange pis on va aider Manu à la faire danser si Élie se déniaise...

– Wow... »

Je me suis déniaisée.

On a poussé le piano, puis on l'a soulevé, puis incliné, puis redressé, puis porté, puis puis puis, et on en a fait ce que Manu voulait, jusqu'au torrent. Il le regardait avec des larmes d'émotion et nous a tous remerciés sans dire un mot. Il m'a tendu une feuille froissée sur laquelle était écrit le nom d'André et j'ai vu ses yeux qui me disaient que. J'ai accepté le papier. Ça et le reste.

Il est allé chercher une grande bûche. Il a déchaussé ses mocassins dans l'aube pour aller se bleuir les pieds dans l'eau du torrent. Et là, il s'est mis à jouer.

C'est parti comme une semaille et ça s'est mis à devenir une source. Et de source en aiguille, ça s'est répandu tendre comme des mots d'intimité pour les jours de demande et la fiançaille secrète.

Alors nous sommes descendus à la file indienne jusque chez moi, gênés par l'indiscrétion et les amours fluviales qui débordent et se retrouvent.

Depuis le chalet, nous entendons toujours le piano.

Des notes toutes petites, longues et suppliantes se mettent à genoux dans les limons. Des notes à faire oublier le fracas du torrent et voilà que tout à coup, c'est là, en entier, l'accueil des ruisseaux où chantent les sirènes aux promesses d'argent. Et soudain, ça court jusqu'à toi et c'est ça et enfin je te retrouve dans le lit de mes rivières, dans la débâcle de mes forêts, et je tourne avec toi dans mes bras et pour bondir et c'est ton rire tout entier retrouvé dans le torrent. Et ton rire s'élève et je l'entends encore et je sais que et je suis avec toi mon amour, mon limon, ma source. Et c'est ton rire. Ton rire. Ton rire mais. Ton rire mais moi. Et je te perds à nouveau et tu fuis. Et je te perds. Et je te perds. Et je te perds à nouveau.

Nous n'avons pas déjeuné. Même Amorosa avait les yeux pleins d'eaux.

Parfois le silence est sans mot. C'était le cas.

Je me suis réveillée en même temps que l'aube parce qu'il se passait quelque chose. Amorosa aussi s'est levée tôt. Nous sommes sorties voir et les couleurs nous ont éblouies.

Les dizaines de sylphides multicouleurs qui suivaient Chloé jadis et qu'elle avait si durement rejetées, ce fameux lundi soir au bar, étaient alignées le long du torrent, depuis l'amont jusqu'au lac. Immobiles, elles attendaient quelque chose. Amorosa et moi les avons observées, interloquées.

Le soleil arrive lentement, illuminant cette scène fantastique. Dès qu'il éclaire la première des sylphides, en haut du torrent, celle-ci y laisse tomber quelque chose et commence à jouer de la flûte. Doucement et c'est beau et doux et plein d'une merveilleuse sérénité dans le piano de Manu.

Le soleil atteint la seconde sylphide et celle-ci jette à l'eau ce qu'elle tient dans sa main droite, empoigne sa flûte, et entre dans la musique.

Le soleil caresse la troisième et.

La quatrième.

Amorosa et moi, émerveillées, nous avons la même idée. Nous partons en courant et nous approchons d'elles. Le soleil effleure la douzième qui ouvre la main à son tour. Des éclats de bois. Nous nous regardons sans comprendre et nous postons près de la suivante. Les flûtes jouent de plus en plus fort.

Le soleil monte. Elle ouvre la main et je comprends. Elle ouvre la main et disperse délicatement des copeaux de bois rouge. Des restes de flûtes de

Chloé dans le torrent. Puis elle prend sa propre flûte et.

Amorosa aussi a compris et nous contemplons, estomaquées, émues, sciées, cet étrange hommage à la reine des eaux qui se perpétue jusqu'au bas de la chute.

Le soleil s'immobilise enfin en haut du ciel et elles jouent toutes, dizaines de femmes qui couvrent le torrent, et Manu, complètement fou, se déchaîne maintenant sur son piano.

Et soudain, tout s'apaise. Tout s'apaise et nous cherchons, Amorosa et moi, à deviner. C'est elle qui trouve la première.

« Chloé. Tu entends ? Je veux dire… »

Et je l'entends. Enfin. J'entends sa flûte qui s'élève dans le torrent et des centaines de nénufars qui fleurissent et le bonheur complet du moment.

Une à une, elles baissent leur flûte, sans ordre précis, chacune dans son temps. Puis, plusieurs entrent dans l'eau. Lentement, jusqu'à la taille. Elles mettent leurs mains en coupole, recueillent le torrent et boivent la rivière. Quand elles se retournent pour regagner la route, je vois qu'elles sont enceintes d'une promesse généalogique, porteuses d'une légende, baptisées d'une foi nouvelle.

13 avril

Richard, qui s'en va en tournée, est passé me voir pour reprendre sa guitare et planifier ses retours.

« Sais-tu, en revenant, je vais me débarrasser de tout ça.

– De tout quoi?

– Des boîtes pleines de lettres qui traînent chez moi.

– Toutes?

– Sauf.

– Évidemment.

– Je fais le grand saut!

– Je pensais que, dans ton univers bien ordonné, entre les colonnades d'enveloppes et la télévision du soir, il n'y avait pas de place pour les revirements émotifs?

– …

– Je pensais qu'il y avait tout ça qu'on jetait trop et qu'on regrettait?

– Ben oui. Mais il y a tout ça, aussi, que je garde trop… Des murailles d'orgueil qui me justifient. Qui me font croire que je suis plus qu'un bon à rien. Quand on a des milliers de lettres d'amour, on peut penser qu'on est aimé. Mais.

– Mais?»

Il y a eu un silence si long qu'il a dépassé la gêne, l'intimité et le creux de vague.

«Je vais vider tout ça. C'était peut-être ce que j'attendais: des petites enveloppes vertes avec "Catherine F." écrit dessus. Rien de plus.

– Un espoir, un germe?

– Des fois, tu passes une semaine, deux semaines, un mois sans rien voir; juste le jour sombre pis les visages fatigués des quotidiens sans but, pis tu te demandes vers quoi tu t'en vas, si c'est ça que tu cherches, si c'est vers ça qu'on marche. Pis de fil en déprime, les jours épaississent jusqu'à temps qu'on se demande comment les traverser. Et tout à coup, par hasard, on croise un sourire de femme et ses yeux, je lui dis "je t'aime" en silence et elle me regarde pour vrai, moi, dans le soleil. Pis ce regard-là justifie tout le reste.

– L'amour ?

– L'humanité. Savoir que l'humanité est là, pour vrai, pis qu'il y a des endroits qui sont des écoumènes pour des amoureux comme nous autres et qu'il y a quelqu'un qui fabrique un écoumène pour moi pis c'est exactement ce que mon avidité attendait.

– Un visage construisant ton écoumène ?

– Un visage dominant ma foule. »

18 avril

Il est arrivé comme ça. Vers seize heures, sous une pluie battante, ça a cogné à la porte avec un bruit de tous les diables. C'était un conteur avec des sourcils de charbon. Le soir sera sans lune et un conteur frappe à ma porte comme une promesse, une embûche ou un juste retour des choses. Il n'a rien dit. Il m'a présenté un papier plié en deux. Un mot de Manu.

Élie
Tes livres. Le dieu dans le papier bible. Et même les lettres.
Des mots secs. De bois mort.
Il faut tout brûler.
Tout brûler.
Mâcher la cendre, concasser le silence, cracher des paraboles réincarnées.

Les paraboles parlent dans la lignée de nos bou-
ches.

Il était une foi, Élie.

Manu

La porte mi-ouverte sur mon indécision, il attendait sans bouger. Une vague de piano, et le torrent
s'est déversé dans ma maison.

Le soir sans lune. L'homme qui concasse. Le baptême de la foi.

Je l'ai regardé. Ses sourcils de charbon. Ses yeux
noirs.

Ses yeux.

D'un regard, soudain. D'un regard, il a traversé le
chapitre de mes pupilles, a parcouru mon chemin de
croix, s'est enfoncé dans mes stigmates. M'a clouée à
lui.

Son visage a dominé ma foule et j'ai eu si peur
que je lui ai ouvert la porte.

C'est là qu'Amorosa est arrivée au pas de course.
Elle n'en revenait pas. Quelqu'un sur son territoire de
moi, tout d'un coup, et ça l'a mise sur la défensive. Sa
douceur et son accueil rieur ont fait place à une bouderie frondeuse que je lui connais mal et je l'ai regardée,
amusée, moi qui suis toujours en découverte d'elle.

« C'est qui, ça, Élie ?

– C'est Manu qui l'envoie.

– Il est sale. »

Il a en effet débarqué comme une débandade ; un
vieux chandail noir sous un vieux manteau de cuir
noir, avec un vieux jean noir et des vieilles bottines
noires. Ses cheveux mêlés à la nuit. Sale.

« Éliiiie !!! c'est pas juste : moi, je suis obligée de me laver... »

J'ai souri à ma petite et lui ai donné raison. Sous les yeux d'une Amorosa qui trouvait que c'était bien fait pour l'avenir, j'ai forcé le conteur à se déshabiller sur la terrasse. Il l'a fait en me regardant noir dans les yeux. Il a dévêtu son corps couvert de cendre. Il est entré tout en suie dans la maison, jusque dans la douche où il a usé trois barres de savon avant que je l'autorise à sortir, rougi, esquinté et humide, mais propre et fleurant bon le sapinage printanier. Tous ses vêtements ont pris le bord de la laveuse et il n'a rien porté d'autre qu'une vieille robe de chambre noire jusqu'à tard. Il a mangé avec tout son appétit qui lui sortait du creux du ventre jusqu'au bout des lèvres.

Alors que je laissais couler la soirée, Amorosa avec sa tête rebelle jouait de l'humeur des adolescentes précoces prêtes à monter à l'assaut.

« Moi, c'est Amorosa. Toi ? »

Pas de réponse.

« Je te parle, monsieur ! Lève la tête, regarde-moi poliment parce qu'ici, je veux dire, tu es chez moi ! »

Les sourcils se sont levés et le regard noir d'une nuit de ruelle s'est posé sur le visage scrutateur de celle qui commence. Pas un mot. Il lui avait fait sa politesse et se sentait dispensé du reste.

« Ton nom ?

– Amorosa, tu es indiscrète. Les secrets des autres, on n'en veut pas ici. On est déjà assez encombrées des nôtres, tu ne trouves pas ? »

Elle n'a pas insisté, mais je la sentais fébrile. Elle n'a pas fini de faire des histoires, ça, je peux en être sûre. Lui n'a rien dit. Il n'avait rien dit quand je lui avais ordonné de se déshabiller, rien dit quand je lui avais tendu la troisième barre de savon sous la douche, rien dit sous l'assaut de la petite. Il a le vocabulaire difficilement concassable. La voilà repartant sur le sentier des arquebuses et, j'avoue, je m'amusais un peu de la voir attaquer ainsi et de n'être, ce soir, qu'une spectatrice hors champ.

« Tu viens d'où ? Tu penses-tu rester longtemps ? Tu vas t'installer où ? Je veux dire : il n'y a pas beaucoup de place ici. La maison n'est pas grande et c'est plus confortable chez Richard à côté. Élie a déjà les bras pleins de moi. Et je ne suis pas très drôle. Ici, c'est devenu chez moi. Et si tu comptes rester quelques jours, il faudra aider, parce que, sans homme dans la maison, personne ne repeint les murs et la marche branle encore en avant et la douche coule tout le temps et il faudra aussi penser à planter les fleurs devant et le potager en arrière et, pour les fleurs, il faut pas mêler les couleurs : d'un côté on met les rouges, de l'autre les jaunes parce que c'est comme ça qu'on les a prévues, je veux dire, et c'est comme ça qu'il faut les planter, comme une chanson, parce que, ici, on a appris à regarder les fleurs comme des chansons et que c'est important parce que c'est...

– Amorosa, respire sinon tu vas perdre connaissance. »

Il a souri lentement.

« Je n'ai pas fini : je ne sais pas pourquoi Manu t'a dit de venir ici, mais ne crois pas que c'est une bonne idée parce que tu vois la mandonine, là-bas...

– Ça suffit, maintenant ! Plus un mot ! Va te brosser les dents et file au lit !

– Je n'ai pas fini, Élie !

– Mademoiselle, c'est toi qui lui donnes des ordres, mais c'est cependant à moi que tu obéis et quiconque n'obéit pas immédiatement aux ordres de son supérieur, dans cette maison, dort dehors, avec les loups et la nuit noire, est-ce clair ? »

Elle est partie, moitié devant, moitié derrière ; moitié traînant, moitié flânant ; moitié chialant, moitié rouspétant, s'enfermer avec sa brosse à dents.

J'ai transporté dans mon lit ces petites choses pelucheuses qui ont une personnalité grâce aux enfants. Elle est sortie de la salle de bain comme une princesse outrée et s'est dirigée vers sa chambre le nez si haut qu'elle ne s'est aperçue du déménagement qu'à la dernière seconde, en constatant que la reine des poupées avait disparu. Des regards scandalisés ont fait le tour de la chambre avant d'atterrir sur une moi décidée mais lasse de la bataille.

« Quoi ? L'étranger sans nom va dormir dans ma chambre ? Et moi ? Je vais dormir où, je veux dire ? Je vais devoir lui prêter mon lit, alors que l'étranger qui dit rien…

– Amorosa ! Tu adores dormir avec moi ; nous serons bien toutes les deux dans mon grand lit. Sinon quoi ? Je le fais dormir par terre dans le salon ?

– Dans ta chambre à toi ! Il n'est pas question que… »

Elle n'a pas eu le temps de terminer qu'il s'est levé de table comme le tonnerre et que, avec ses sourcils, il s'est approché d'elle. Je pense qu'elle a eu vraiment peur et il ne l'a pas ménagée ; il l'a prise dans ses bras ou plutôt sous son bras, comme un fardeau dont il faut se débarrasser et est entré avec elle dans ma chambre, sans un mot. Il a refermé la porte derrière eux, délicatement. Je n'ai pas perdu confiance et j'ai fait la vaisselle en sachant que. J'entendais le murmure indistinct de sa voix qui était chaude et lisse et coulante et brûlante. Le chuchotement creux et dangereux de sa gorge. Et l'oiseau dans ma cage d'os. La flûte de Chloé dans la nuit noire. Le torrent.

Il lui a sûrement raconté une histoire parce que c'est la première chose qu'elle me dira quand je la rejoindrai.

« Il est conteur. »

Avec des yeux émerveillés.

« C'est tout ? »

Rien à ajouter.

20 avril

Amorosa a décidé qu'elle l'installait. Pendant que j'étais dehors, elle et lui ont rangé en piles ordonnées les livres patiemment échoués dans le désordre de l'escalier et se sont frayé un sentier, une échelle de Jacob pour monter là-haut. Ils ont ouvert la trappe aux poussières et fait le ménage.

Quand je suis rentrée, Amorosa montait et descendait en courant et riait, excitée.

« Élie ! Viens voir ! »

Mes livres déplacés.

Ma maison soudain trop ouverte. Dévastée de soleil.

Mais la joie d'Amorosa.

« Non, ma belle, je. Non. La chambre d'un invité, c'est sacré pour moi. Je n'irai pas. Je vais lui laisser son intimité. »

22 *avril*

« Allô, Richard ?

– Depuis quand tu m'appelles en tournée ?

– ...

– Élie ? Il se passe quelque chose de grave ?

– Ben. Non. Je.

– Câliss, Élie !...

– Je... Ben. J'héberge un homme depuis quelques jours.

– Quoi ? Tu m'appelles pour me dire que tu te payes des escortes ? ! Pas à dire : on peut pu se fier sur personne...

– Richard ! De grâce ! Force-toi un peu pour être moins niaiseux pendant cinq minutes ! »

Il rit dans mon oreille et c'est bon son rire gros gras grand.

« O.K. Raconte-moi toute. J'ai toujours du temps pour un courrier du cœur.

– Il est arrivé avec un mot signé de Manu. Ça disait qu'il m'aiderait à venir à bout de mon silence.

– Pis ?

– Ben. Rien.

— Comment, rien ? Élie, si t'as envie d'être pas claire, là, ça marche !

— Rien ! Ça fait des jours que je l'héberge et il ne m'a rien dit. Tous les soirs, il s'enferme avec Amorosa et lui conte des histoires. Elle dit qu'il est conteur. Mais à moi, rien !

— Qu'est-ce qu'il fait, le reste du temps ?

— Il fait du ménage, il lit, il répare des petits trucs...

— Un vagabond qui se paye du bon temps...

— Tu penses ?

— Non. Si Manu te l'a envoyé, il doit y avoir une raison, Élie. Si tu le gardes, il doit aussi y avoir une raison.

— ...

— Il dort où ?

— Il s'est installé au deuxième.

— Au deuxième ? Tu veux dire qu'il a franchi la montagne de tes livres pour aller s'installer en haut ?

— Oui.

— Hé ben ! Pis toi ? T'es pas montée voir quelle vue on avait quand on s'élevait au-dessus de ton petit ménage angoissé ? Non, hein ?!

— Non...

— Laisse-moi deviner...

— ...

— Trop embourbée dans les pages illisibles de son histoire impardonnable, madame n'est pas digne de franchir ces degrés allégoriques de son purgatoire littéraire ?

— Va au diable, Richard !

— O.K. Mais mets-le pas dehors. Pas tout de suite. »

23 avril

« Élie ! Élie ! Viens voir ! Le conteur ! Il joue de la musique ! Viiiiite ! »

J'arrivais du village avec les courses.

« De la musique ?
– Ooouuuiiiiiii !!!
– De la musique à bouche ?
– Noooooooonnnnn… »

Elle était tellement excitée que j'aurais dû me douter de quelque chose. Pourtant, c'est uniquement sur le perron que je l'ai entendue. Mon corps s'est détrempé de sueurs instantanées.

J'ai laissé tomber les sacs et suis entrée en furie.

« Pose cette mandoline !!! »

Mais je la lui ai arrachée des mains. Ta mandoline dans mes mains, je l'ai regardé jusqu'au fond des yeux.

« Écoute-moi bien, le conteur aphasique : depuis que tu es ici, tu joues les grands dieux de la parole cachée et tu vires ma maison à l'envers ! Tu déplaces mes livres, tu t'installes au grenier et tu. Je t'ai fait confiance à cause de Manu, mais là ! Mais là, tu vas prendre tes vêtements, tes sacs, tes sourcils noirs pis tu vas me faire le plaisir de sacrer ton camp ! Allez !!! Sors de ma maison !!! Tout de suite !!! Est-ce que c'est clair ???

– NON !!! »

Amorosa.

« Non ?
– Je veux pas qu'il parte !
– Écoute, Amorosa…
– NON !!! »

Elle s'est lancée sur moi et m'a frappée et refrappée. Mais j'avais juste de la colère et elle entrait dans mon champ de vision. Je l'ai attrapée par le poignet.

« Ça suffit, Amorosa ! J'en ai assez enduré ! Depuis qu'il est ici, tu fais comme si tout ce qu'il y avait de sacré pour moi, pour nous deux, n'avait plus de sens !!! Tu lui donnes toutes les permissions sans savoir ce que ça signifie ! De quel droit est-ce je vous laisserais faire vos caprices et détruire mon intimité ? ! »

Elle pleurait.

« Mais on en a un, mandoliniste !

– Pas lui. C'est pas lui, Amorosa ! »

Ses poings d'enfant fermés.

« Ça me dérange pas ! Je veux le garder !

– Non.

– Je veux pu être ta fille ! »

Mon ventre a encaissé et le souffle coupé.

« Amorosa…

– Je veux pu te parler ! Jamais !!! »

Elle s'est jetée dans les bras du conteur qui l'a reçue contre lui pendant qu'elle s'effondrait. Il l'a prise dans ses bras, soulevée de terre et caressée doucement pour consoler ses larmes pendant qu'elle s'accrochait à son cou en bafouillant des sanglots.

Il m'a offert un regard sans ombre, juste malheureux, indécis et attendant. Il m'a ouvert un de ces regards de condamné qui accepte la sentence et attend le coup de feu – un de ces regards dans lesquels on se dévoile soumis.

« Reste. »

Je me suis enfermée dans la salle de bain pour vomir seule.

« Allô ?

– Pis ? T'es-tu décidée à monter au grenier ?

– Depuis hier, même Amorosa ne me parle plus !

– Toi qui parlais d'un infini de silence qui répond pas, ben t'es servie !

– …

– O.K. Raconte.

– J'ai essayé de le mettre à la porte, mais Amorosa n'a pas voulu.

– Pourquoi tu voulais le mettre dehors ? Il a essayé de mettre sa main dans ta sacro-sainte petite culotte ?

– Il jouait de la mandoline.

– Quoi ?

– T'as entendu.

– Wow ! Manu, c'est vraiment le plus grand sorcier que je connaisse !

– Pardon ?

– Il t'a envoyé exactement l'homme qu'il te faut !

– Quoi ???

– Écoute-moi bien, Élie : t'en veux des réponses à ton infini de silence angoissant ? Ben tu commences à en avoir ! Manu t'a envoyé un homme qui est en train de transgresser tous tes petits tabous de sainte martyre. Il joue dans tes livres, s'installe au grenier, gratte la mandoline : il est en train de te virer ton petit quotidien plate à l'envers, ma chère ! Il était temps que quelqu'un y voie, si tu veux mon avis !

– T'es ben vache avec moi, Richard !

– Non, Élie. Je pense sérieusement que tu devrais aller voir ce gars-là. Lui parler. Lui dire ce qui t'achale depuis tellement longtemps. Faire le ménage pis t'installer au grenier avec lui. Dans son lit.

   – …

   – L'euphorie d'exister, Élie. Il serait temps. »

27 *avril*

   Hier soir.
   Elle dormait.
   Je l'ai attrapé en bas de l'escalier.
   « Très bien, conteur. On va régler nos comptes. Tu attends que je prenne les devants et te parle ? Très bien.

   – …

   – Ça fait des mois que je vis avec mon silence assassin et condamné. Que je porte en moi le secret lourd du passé et les fautes jamais pardonnées. Des mois.

   – …

   – Dix jours que je t'héberge. Conteur et pas un mot ! Manu t'a envoyé ici en m'écrivant que tu saurais concasser ce silence et donner voix à. Que tu tracerais la lignée du concret.

   – …

   – Tu as classé tous mes livres, mais. Mais tu m'as rien donné !

   – …

   – J'ai beau lire et écrire tant que je peux et chercher un nouveau chapitre comme une damnée du stylo, il me manque toujours des mots ! Parle-moi. Baptise-moi d'une histoire nouvelle…

   – …

– M'entends-tu, conteur ? J'ai besoin de mots vivants ! D'un chapitre nouveau. Toi, tu sais parler. Dis-moi donc le mystère de la parole !

– …

– Dis quelque chose ! Mâche un conte, une parabole, n'importe quoi !

– …

– PARLE !!!

– … »

Je l'ai frappé. Je l'ai frappé à poings fermés pour ouvrir l'antre de sa poitrine muette ; de toutes mes forces, j'ai tiré sur sa chemise jusqu'à déchirer le tissu. Frappé et refrappé, entêtée. Il m'a attrapée par la taille et serrée contre lui. Ses yeux noirs. Ses yeux. Son regard qui domine ma foule.

Et soudain.

Soudain, j'ai avancé une main, à travers l'écume et la vague, jusqu'à ses cheveux, comme ça, debout face à lui, avec ses sourcils de charbon qui me frôlaient le visage en mettant de la suie partout. Je lui ai caressé les cheveux comme ça, avec son corps de loup prêt à bondir et brûlant, si brûlant que c'était maintenant le réservoir liquéfié de mon ventre qui me tempêtait.

Nous sommes restés là tandis que s'égrenaient les hurlements des forêts, à peine un centimètre entre nos lèvres. Puis, il a cessé de respirer et, d'un coup, il a ouvert un regard. Un regard pire que tout ce que j'avais vu jusqu'à présent. Et il s'est enfui.

Il a passé la nuit dehors et, au moment clair de l'aube, je l'ai vu couché sur le quai, nu avec corps ; ses vêtements lui avaient brûlé sur le dos et la brise traînait cette cendre jusque sur le lac.

Moi, j'avais dormi au pied de l'escalier, le ventre dans la poussière, les cheveux dans les toiles d'araignées. Tôt ce matin, je me suis enfermée dans la salle de bain pour me retrouver un peu. J'ai pris une serviette propre, l'ai passée sur mon visage. Dans le miroir, mon reflet est devenu charbonneux. Il m'a fallu une douche interminable pour effacer toute la suie qui me coulait sur le corps.

29 *avril*

Il monte au grenier et s'enfonce en moi.

Nous avons veillé dehors, près du feu, et la petite a couru dans la pelouse, valsé dans ses propres bras et chanté des chansons à faire tomber les mouches. Elle s'est endormie sur moi et j'ai dû la porter dans son lit. Le conteur m'a accompagnée et nous nous sommes retrouvés, l'espace d'un instant, tous les trois dans le même lit : elle, couchée au centre, et nous deux, chacun de notre côté, penchés sur ce petit visage que nous avons embrassé en même temps en nous frôlant la joue.

J'ai cru que l'éternité était là, entre les deux êtres les plus mystérieux de ma vie, entre l'enfance et le conte, entre le chaperon et le loup. J'ai eu intensément l'impression d'être à la maison et que ça y était cette fois et qu'on pouvait arrêter de se conter des histoires d'ailleurs parce qu'on était ici. Le conteur aussi était tout à l'envers.

Il me regardait tellement et si près de mon visage qu'un instant j'ai pensé que c'était peut-être un homme.

Quand Amorosa est partie pour l'école, je lui ai laissé un mot.

Conteur. Tantôt, quand le soleil se lèvera, ou demain, ou la semaine prochaine, nous apprendrons à parler.

Et j'ai filé dehors.

J'ai brusquement remarqué que Richard avait monté une tente. Malgré le conteur et tout le reste, je suis évidemment partie au pas de course de tous mes régiments d'amitié pour voir ce qui se tramait au front. J'ai ouvert la tente et une tête de Richard pas rasée, pas peignée et bien fripée, est sortie d'un tas de couvertures.

« Qu'est-ce que tu fais là ? Qu'est-ce qui se passe encore ? Ça va ? Pourquoi t'as dormi dehors ? T'es plus capable de rentrer chez toi ? Allez ! Dis quelque chose ! »

Il s'est mis à rire doucement et j'ai vu qu'il était heureux. De mon amitié au rendez-vous, mais sûrement aussi d'autre chose.

« Tu as rencontré la Catherine aux enveloppes vertes ? C'est ça ? Et là, tu n'as plus envie de rentrer là-dedans ? !! C'est ça ? Arrête de bâiller et dis-moi quelque chose ! »

Il m'a agrippée par le bras, m'a attirée vers lui et m'a serrée très fort contre l'amas de courtepointes.

« Pis, le conteur ?... »

J'ai embrassé sa grosse joue qui pique.

« Il ne se passe rien avec le conteur…

– Continue à mentir comme ça, si tu veux, mais je t'avertis : le Giuseppe-conteur trouvera pas ça ben beau une Pinocchiotte avec un grand nez !

– Arrête tes niaiseries ! »

Il me donnait envie de rire et de m'amuser et je me sentais bien dans son matin de courtepointes.

« Dis-moi ce qui se passe pour que tu décides comme ça de coucher sous la tente !?

– Tu devrais voir le bordel, ma chère ! Juste avant de partir, j'avais fait des belles boîtes. J'ai été parti quoi ? Deux semaines ? Ben, en deux semaines, les enveloppes ont rappliqué !

– Rappliqué ?

– Ouais, ma chère ! On dirait que j'ai été cambriolé ! Viens voir ça ! »

Il a réussi à se sortir des couvertures et à se rhabiller pendant que je l'attendais sous le soleil du printemps. J'ai cherché le conteur des yeux, mais il n'était pas dehors.

« Tu cherches qui comme ça ?

– Très drôle !

– Regarde plutôt chez moi si tu veux savoir ce qui se passe ! »

J'ai tourné le regard de ce côté et je n'en ai pas cru mes yeux.

« Mais qu'est-ce qui est arrivé ? »

Le chalet était littéralement barricadé. Par les fenêtres, on ne voyait que des enveloppes. Partout.

« Elles ont fait éclater les boîtes. »

Je me suis approchée. Les enveloppes avaient pris des teintes sauvages : bleu colérique, jaune agressant, écarlate sanguinaire. Elles étaient gonflées, prêtes à exploser. Des lambeaux de boîtes démembrées gisaient partout. Les murs du chalet étaient dilatés et semblaient sur le point de fendre.

« Et dans la chambre, comment elle s'en tire ?

– Viens voir. »

Par la fenêtre, j'ai aperçu les murs courbés de la chambre. Pliées sous l'assaut des missives oppressantes qui tentaient d'enfoncer le repère de l'Élue, les parois résistaient péniblement et paraissaient prêtes à s'effondrer.

Catherine-la-Verte semblait étrangère à tout ce remue-ménage et, sûre d'elle-même, bombait orgueilleusement sa poitrine timbrée. Elle s'étalait, offerte, et attendait Richard pour fleurir.

« Elle se défend bien, tu trouves pas ?

– Ça doit être l'amour ! Mais qu'est-ce que tu vas faire avec le reste ?

– Je vide.

– Tu vas les flanquer aux vidanges ?

– J'y ai longuement réfléchi depuis deux semaines. Je ne peux évidemment pas répondre à tout ça ni les retourner aux expéditrices…

– Mets-les dans des bouteilles et pousse-les à l'eau !

– Non : je vais les brûler !

– Les brûler ?

– Oui. C'est Manu qui m'a donné cette idée-là. Autrefois, les peuples de la terre communiquaient par signaux de feux et de fumées. Ça fait que j'ai pensé que ça serait une façon universelle de répondre. Pis, elles ont beau être enragées, ce sont quand même des lettres amoureuses et ce sera toujours un peu d'amour de répandu dans l'atmosphère, tu trouves pas?

– T'as des drôles d'idées.

– Ça fait que je me mets à l'ouvrage aujourd'hui : je construis le bûcher et je commence le sacrifice.

– Tu veux un coup de main?

– Je voudrais pas déranger ton idylle...

– Sale pourri puant! Si tu veux tout faire tout seul, continue comme ça! »

Il riait et la journée s'annonçait ensoleillée.

« Veux-tu prendre un café chez moi avant de commencer?

– Non. On prendra le café ici quand on aura trouvé la cuisine! »

Nous avons commencé par allumer le bûcher.

Puis, nous avons entrepris l'entrée en force du chalet. Nous avons dû utiliser des haches parce que les racines inutiles s'étaient multipliées. Des racines accrochées à rien, à l'air; des racines molles et pendouillantes qui cherchaient vainement l'humus amoureux. Nous avons pénétré la jungle inquiétante du tohu-bohu hargneux. Les enveloppes se déchiraient entre elles. Des élans haineux dans lesquels sombraient les passions voraces inassouvies.

Richard semblait plus solide que jamais et décidé à en finir. Une fois dans le vestibule, il a ri.

« Les as-tu vues? Gonflées d'orgueil et de jalousie : des vraies femmes!

– T'es-tu vu? Fier comme un paon et indécis comme une balance : un vrai homme! »

Les travaux commençaient du bon pied.

Richard a entrepris le massacre en attirant une première brassée d'enveloppes dans ses bras. Immédiatement, elles sont devenues dociles et caressantes, lumineuses et tendres. Autant de soumission et d'attente faisait peine à voir.

J'ai pris à mon tour des enveloppes, mais sans succès : le mépris épistolaire était trop lourd et les lettres tentaient de me mordre. J'ai vite compris que ce n'était pas mon travail à moi. Les mains vides, j'ai suivi Richard dehors pour assister à la scène du premier sacrifice.

Il avance vers le feu, portant des dizaines d'enveloppes multicolores qui illuminent le matin. Des racines aériennes pendent autour de lui, lui caressent les reins et les cuisses. Il se penche au-dessus du brasier et ouvre les bras. Alors, dans un dernier élan d'ivresse, dans un ultime moment de délire fervent, les enveloppes se descellent brusquement et font jaillir des lettres qui se déplient, se déploient et exposent, dans une impudeur gênante, leur contenu lascif. Les sirènes ulyssiennes. Les Salomés pernicieuses. La concupiscence incandescente des enjôleuses dévastatrices.

Enflammées, les lettres se consument. Tournoient alors dans l'air les spirales colorées de la langue balbutiée des amants découverts. Des volutes moites et salées. Un chant. Des mots hiéroglyphiques enchevêtrés. Le magma des suppliques sybarites. Et.

Devant moi, soudain.

C'est toi. C'est toi et les chants montent et les lettres fuient et je cours à toi, l'aimé, l'attendu, l'espéré. Je cours à toi, de chutes en envols, et les silences trouvent enfin les mots salvateurs qui emportent le pardon et te ramènent à la parole. C'est vers toi tout entière que je suis tournée, je le jure, vers toi de mes amours vivantes encore dans l'hiver oublié et rieuses dans le printemps. C'est toi dans le torrent de Chloé, dans le piano entêtant de Manu, dans la course ensoleillée d'Amorosa, dans l'enveloppe verte de Richard et.

Les mots concassés par le feu.

Les caresses brûlées de nos mains construisant des cathédrales.

Les bras du conteur me prennent, me soulèvent de terre et m'emmènent, me traversent le torrent et m'allongent sur le lit d'épines du sous-bois. La terre plie sous mon dos.

La musique, le torrent, le feu. La cendre du conteur dans ma bouche et le loup y est et c'est toi je le jure, mais lui tu le sais et pardonne-moi de et que ce soit enfin. Mes rivières se creusent et ses sourcils de charbon et ses mains d'arbres en racines acrobates qui noircissent mon corps et concassent ma chair et pardonne-moi, pardonne-moi, mon amour, de ne pleurer qu'aujourd'hui.

2 mai

Amorosa n'a pas posé de questions.

Richard continue de brûler seul ses lettres. Devant son feu à lui, mon inertie à moi.

Au sortir de la forêt, le conteur et moi n'avons rien dit. Sur ma table, aucun papier n'a été déplacé et mes feuilles sont intactes. Seulement. Il y a cette odeur de suie dans la pièce. Je pense qu'il a lu le récit de mes jours et qu'il sait très bien où je ne m'en vais pas et si lentement que j'en ai honte.

Il est parti dans le matin. Toutes ses affaires sont restées ici.

Dehors, la musique continue et le chant du torrent.

La pleine lune est devenue obsédante.

Dans ma bouche, un goût de terre retournée, de cendre tiède et d'écorce d'arbre.

3 mai

Richard a évidemment remarqué que le conteur ne rôdait plus autour du chalet depuis quelques jours. Aussi en a-t-il profité, après ses trois heures de bûcher quotidien, pour venir semer ses ironies dans mon chalet.

« Pis ? Le prince charmant a fini par quitter le bal et ma princesse attend le retour de sa pantoufle de vair ? »

J'étais dos à la porte quand son sarcasme est entré et il m'a frappé directement entre les omoplates. Il n'avait pas vu la petite assise par terre dans le salon, qui confectionnait des bracelets de chance pour tous. Elle a levé la tête et relevé l'attaque la première.

« Tu parles du conteur ? »

Richard n'a pas osé continuer ses moqueries devant elle.

« Parce que si c'est de lui dont tu parles...

– *Que* tu parles, Amorosa ! »

– … que tu parles, il va revenir. Il n'est pas parti pour vrai. Hein, Élie ? »

Je savais qu'il n'avait pas remballé ses sacs et j'avais laissé l'escalier ouvert pour les retours possibles.

« Sûrement pas, ma belle.

– Qu'est-ce qui vous fait dire ça, les p'tites filles ?

– Je veux dire : il a laissé plein d'affaires dans sa chambre, en haut : des livres, des vêtements, même son grand livre de contes !

– Comment ça se fait, chère Amorosa, que tu sais tout ça ?

– …

– Amorosa ? J'attends une réponse, ma belle…

– Je suis allée voir. Mais rien qu'une fois, je veux dire, pour voir et c'est tout et pas plus, parce que je le sais très bien qu'une chambre, c'est sacré et qu'on n'a pas le droit de lire dans le livre du conteur ou de regarder les affaires des autres non plus parce qu'à cause de l'intimité… pour le secret aussi…

– J'veux pas me mêler de ce qui me regarde pas, Élie, mais il me semble, à moi, que j'ai vu pas mal souvent une petite tête rouge faire semblant d'être discrète dans la fenêtre du grenier… »

Amorosa lui a lancé, dans une œillade qui méritait une médaille, tout ce que la maison aurait pu contenir de vaisselle.

« Je dis ça pour le secret et le sacré, je veux dire… »

De toute évidence, Richard se moquait pour dérober la petite à ma colère. En voyant la tête d'Amorosa, je n'aurais pas pu, de toute façon, me fâcher. Le conteur lui manquait, à elle aussi, et il était difficile de lui en vouloir d'avoir succombé à l'appel du grenier.

« Qu'avez-vous à dire pour votre défense, mademoiselle ?

– Élie...

– Mademoiselle ?

– Ça arrive, des fois. Surtout chez les enfants de huit ans, tu sais.

– Elle a raison, Élie : la curiosité est un phénomène naturel, comme les cataclysmes...

– Et le conteur m'a conté un conte qui était vrai : c'est une petite fille de huit ans qui a sauvé sa mère à cause du feu. Et qu'il faut aller dans le grenier, des fois. C'est peut-être pour aider, des fois, qu'on fait ce qui est interdit, je veux dire... Et parce qu'on est curieux, on apprend.

– C'est pas pire comme défense, tu trouves pas, Élie ? Le feu qui est une petite fille fouineuse dans un grenier qui sauve sa mère ! »

Amorosa a fait comme s'il n'avait jamais existé.

« Tu t'en tires de justesse, Mademoiselle Curiosité ! Mais maintenant qu'on sait tous les trois que le feu n'est pas dans le grenier, nous allons respecter l'intégrité du secret et du sacré en refermant l'entrée de cette chambre qui attise tant de convoitise, pour que n'y sévissent plus les petites filles salvatrices de huit ans. »

Sur ce, je suis allée remettre en place la planche du grenier, en haut du mince escalier, fermant ainsi l'accès à la chambre du conteur.

« Tu penses pas qu'il va être choqué, le prince charmant, quand il va revenir et qu'il va voir que t'as barricadé sa chambre ?

– Au contraire : il va être ravi de voir le respect que nous lui témoignons en veillant religieusement sur ses secrets et ses contes !

– Ça, évidemment, c'est *si* il revient... »

Amorosa l'a tellement regardé avec tant d'amertume qu'il a compris que les blagues ne sont pas toutes drôles quand elles attaquent nos rêves. Nous avons changé de sujet.

4 mai

L'intervenante a téléphoné, au milieu de l'après-midi, pour dire qu'Amorosa s'était absentée de l'école sur l'heure du dîner et qu'elle était revenue l'air bouleversé et silencieuse. Je suis allée la chercher et l'ai ramenée à la maison.

« Tu es allée où, Amorosa ?

– Chez André.

– André ?

– Oui.

– Pourquoi ?

– Je veux dire : parce que lui aussi, il a perdu sa famille.

– ...

– ...

– Mais toi, c'est différent : tu es en train d'en trouver une...

– ...

– Amorosa ? Qu'est-ce qu'il y a ?

– André, il dit que tout le monde est des orphelins. Il a dit que moi aussi, même si j'essaye, je serai

orpheline toujours parce que la famille, ça ne s'invente pas.

– Quoi??? André t'a dit ça?

– Il m'a demandé des cheveux et il les a mis dans
un archet, avec les crins des chevals, tu sais. Mes cheveux faisaient du rouge dans l'archet... »

J'étais enragée noir.

« Écoute-moi bien, Amorosa : André, il est trou-
blé, il est mêlé ces temps-ci parce qu'il ne croit plus en
rien et il pense qu'il n'a plus de famille parce qu'il a
perdu son espoir. Nous deux, ma belle, nous sommes
en train de nous construire un avenir, de nous bâtir
une maison et nous semons ensemble des jardins qui
ont plein de possibles. Est-ce que tu m'entends? Il a
mis tes cheveux avec les crins des chevaux? ! Eh bien,
moi, je vais te dire que le seul cheval que je connais,
c'est François! C'est François mon frère. André ne t'a
pas fait entrer dans un archet orphelin; il a réuni tes
cheveux à la crinière de ma famille.

– ...

– Tu me crois? »

De la tête, elle a fait oui. Et lentement, elle est venue s'appuyer dans mon épaule.

5 mai

Je suis descendue au village et j'ai frappé à sa
porte. Sans réponse. J'ai fait le tour de la maison. Je
me suis avancée vers la fenêtre et c'était si plein que je
me suis demandé ce qu'il s'y passait. Je suis entrée.
J'en avais long à lui dire et des vertes et des bien

mûres. Mais quand je l'ai vu, écrasé de serres, d'étaux, de crins de chevaux, de copeaux de bois et de tiges de fer ; quand j'ai vu André, comme un restant de lui-même, me regarder avec des yeux de pas perdus, j'ai eu plus de pitié que de rage.

« Qu'est-ce que tu fabriques ? »

Il a souri de condescendance devant la stupidité de ma question et avec raison : il y avait, entassés partout, des centaines d'archets sur les tables, le frigo, les chaises, les cadrages de fenêtres...

« Pourquoi ?

– ...

– Pour qui, bon sang ? Ressaisis-toi ! Où tu es rendu ? Tu es si maigre que c'en est famélique. Viens, je t'emmène dîner.

– Non, je ne sortirai pas d'ici.

– Non ? Et pourquoi ? À quoi tu joues ?

– Je n'ai plus de famille. Je n'ai plus de femme. Je n'ai plus rien de rien. Et je n'aurai jamais d'enfant. Je fabrique du silence pour toujours.

– Ça suffit, André ! La famille, ce n'est pas uniquement celle qui vient avec un patronyme ; c'est aussi celle que l'on se choisit ! Avec ton violon, tu as tout un pays pour famille ! Tu te souviens de ce que tu disais de la mémoire et des anciens, André ?

– C'est fini tout ça...

– Est-ce que tu te souviens de ce que tu m'as joué, ce soir-là où je tournais comme une panthère autour d'un désespoir acharné ? C'était tout un peuple ! Tu m'as joué toutes les saisons de mon pays et le retour de l'espoir !

– Oublie ça...

– Engendrer l'espoir, André!

– Oublie ça!!!

– Non, je n'oublierai pas! Jamais je ne t'oublierai! Ton violon, André, c'est le violon des givres, de l'engrangement du blé, des neiges qui tourbillonnent – le violon des cadeaux sous l'arbre de Noël, de la veillée du jour de l'An pis de la partance au chantier. Les hivers froids à bûcher du bois, dans la grosse neige, en raquettes pis des mitaines pas d'pouces en hiver. Et c'est aussi le printemps, à cause de la débâcle. Les billots qui vont prendre le bord de la rivière pour descendre à la scierie. Les crues, les débordements, les inondations; toute la course des eaux jusqu'au sucre de l'érable. C'est le vert chlorophylle des feuilles en bourgeons. Le jour qui al longe jusqu'à la tombée de la nuit. L'été des terres retournées, trempées de pluies. L'été des odeurs – celles des hommes au travail, des femmes aux enfants. L'été des moiteurs, des sexes retrouvés. Le potager qui plie sous le repas du soir. La rivière qui chante pour le bain des enfants. Et l'automne. La saison des récoltes, les lainages chaleureux qui nous prennent dans leurs bras. La danse des feuilles. Le tapis des mousses qui protège la terre de mes ancêtres… Tu penses que tu n'as plus de famille; moi, je te dis que tu as mémoire du Québec, que c'est tout un pays dans ton archet!

– Tu me parles d'un pays sans histoire. Un pays qui ment, de père en femme.

– Chloé n'a pas voulu te mentir. Elle était incapable de le dire.

– Qu'est-ce que tu en sais tant que ça, toi?

– J'en sais tellement lourd que je n'arrive pas à me franchir.

– ???

– Tiens : une lettre de Manu pour toi. »

Je lui ai tendu la feuille froissée que m'avait donnée Manu. Il l'a ouverte et j'ai vu que c'était un poème
de Miron, arraché au livre que je lui avais offert en
décembre. André murmurait le poème et j'en saisissais
des bribes.

> *je suis né ton fils par en haut là-bas*
> *dans les vieilles montagnes râpées du Nord*
> *[...]*
> *nous n'avons pas su lier nos racines de souffrance*
> *à la douleur universelle dans chaque homme*
> *ravalé*
> *[...]*
> *nous te ferons, Terre de Québec*
> *lit des résurrections*
> *[...]*
> *les hommes entendront battre ton pouls dans*
> *l'histoire*

Il m'a regardée et c'était à travers moi.

« Qu'est-ce que ça veut dire, Élie ?

– Je… Je n'ai jamais été bonne pour décoder les
paraboles. »

Il rampe, plus à terre que jamais, dans les sciures
de bois, les écorces de bouleau et la boue des jours.

« Redresse-toi, André. Tu as charge d'âme et c'est
une responsabilité. La foi, ça s'enracine dans la terre
et toi, tu es semeur de descendance. Relayeur de mémoire. Ta généalogie éclatée est devenue un peuple. »

Parce qu'il faut parfois des réponses, elle est passée à l'attaque.

« Élie ? Est-ce que ça te ferait de la peine si jamais le conteur, je veux dire, si je l'aimais peut-être beaucoup et peut-être plus, ce serait correct ?

— Qu'est-ce que tu veux dire par *aimer plus* ?

— Peut-être... disons... plus que... plus que le mandoliniste... par exemple.

— Non, Amorosa, ça ne me ferait pas de peine. Pourquoi ? Tu te sens mal avec quelque chose ?

— C'est parce que le mandoliniste, ça fait longtemps qu'on l'attend, tandis que le conteur, lui, il est là... Je veux dire : tu sais, le conteur, il conte. Et quand il conte, on a envie de l'aimer...

— Écoute, Amorosa, si tu veux aimer le conteur, il n'y a aucun problème avec moi, ma belle : tu as le droit d'aimer qui tu veux, comme tu veux.

— Penses-tu que ça va faire de la peine au mandoliniste ? Quand il va revenir... je veux dire : si jamais il revient à l'automne...

— Non, ma belle.

— Et si le conteur revient et que le mandoliniste ne revient jamais, est-ce que tu l'aimerais assez, le conteur, pour... Je veux dire : pour peut-être qu'on fasse une famille ?

— C'est ce que tu voudrais, que nous ayons quelqu'un d'autre avec qui former une famille ?

— Pas n'importe qui ! Mais, peut-être que pour l'adoption ce serait mieux si on formait une famille ? »

Malgré l'absence du conteur qui se fait longue, je m'accroche. Amorosa et moi n'avons pas encore reçu de nouvelles de l'adoption et j'ai hâte de sentir que quelque chose se pose enfin. Parfois, on dirait que j'ai peur que tout m'échappe. Amorosa est brave aussi, elle qui vit dans l'instabilité et l'attente. Depuis cinq jours, elle s'est tenue tranquille, mais aujourd'hui elle s'ennuie trop pour se taire.

« Élie ? Il est parti où, le conteur ?

– Je ne sais pas.

– Est-ce qu'il va revenir ?

– Je crois que oui. »

Cette fois, je pense qu'un retour est possible. Pour vrai.

« Élie ?

– Oui ?

– Est-ce que vous vous êtes disputés ?

– Non.

– Alors pourquoi il est parti ?

– Je ne sais pas.

– Est-ce qu'il te manque à toi aussi ?

– Oui, il me manque à moi aussi.

– ...

– ...

– Élie ?

– Oui ?

– Est-ce qu'il est parti à cause du mandoliniste ?

– ...

– ? ? ?

– Je ne sais pas.

– Élie ?

– Oui ?

– Est-ce que le mandoliniste existe ? Je veux dire : pour vrai ? »

Je savais que ça viendrait.

« Oui, Amorosa.

– Il est où ?

– Il est parti faire de la musique loin, très loin. Je te l'ai déjà dit.

– Et là où il est, il y a des téléphones ? Du courrier ?

– ...

– Pourquoi il n'a pas téléphoné ? Pourquoi il n'a pas écrit ? Juste un mot, pour Noël, par exemple...

– ...

– Il est comme ma mère ?

– ...

– Élie ?

– Quand il est parti, nous avons eu un malentendu.

– Et tu l'as attendu ?

– Oui.

– Alors pourquoi il ne donne pas de nouvelles ?

– Au début, il en donnait.

– Et maintenant ?

– ...

– Qu'est-ce qui s'est passé ?

– Il m'a écrit. Beaucoup. Longtemps. Et un jour, il n'a plus écrit.

– Tu l'attends encore.

– Oui.

– Tu penses qu'il va revenir ?

– Ceux qui partent en voyage reviennent toujours, non ? Même les oiseaux reviennent avec le printemps.

– ...

– ...

– Élie ?

– Oui ?

– Si le conteur voulait revenir ici pour toujours,
est-ce que tu dirais oui ? Je veux dire : si tu avais à
choisir entre le mandoliniste et le conteur, tu choisi-
rais qui ? »

10 mai

Elle m'agresse presque et je n'ai plus de réponses.

« Tu penses-tu, Élie, que, parce que le mandoliniste existe quelque part, on ne pourra jamais faire
une famille avec le conteur ? Je veux dire : si le mandoliniste ne revient jamais, est-ce qu'on pourrait partir
vers le conteur ?

– Pourquoi tu me demandes ça, Amorosa ?

– Ben... Richard dit que ce qui s'est passé dans le
passé, c'est passé. Pis si ça s'est passé dans le passé et
que c'est passé, est-ce qu'on pourrait pas passer à autre chose ?

– Amorosa, les choix qu'on a faits dans le passé,
ils restent présents. Les gens qu'on a connus dans le
passé, on les connaît toujours.

– Ça veut dire que je vais traîner toute ma vie ma
mère avec moi ?

– ...

« – Est-ce que ça veut dire que, plus tard, elle pourrait m'empêcher de faire, je ne le sais pas moi… une famille ? »

15 mai

J'ai emmené Amorosa à l'école, puis j'ai poursuivi seule ma route jusque chez André. J'ai frappé à sa porte.

J'attendais dehors en regardant les fleurs se bercer dans le soleil. J'attendais. J'attends, mais ça ne vient pas. Je recommence le petit martèlement et, prise d'un quelconque quelque chose, je tourne la poignée et la porte s'ouvre comme si j'étais attendue.

L'intérieur est impeccable. Disparus les tournevis, les étaux, les copeaux de bois ; disparus les crins inutiles, les rouleaux de fil de fer, les bouts d'archets démontés ; disparus les vestiges de fabrication musicale et disparus les archets eux-mêmes.

Sur le piano, une longue boîte étroite et un papier sans enveloppe, plié en deux, qui affiche mon prénom. Je suis attendue.

Dans la boîte, un archet. Un archet parsemé de cheveux roux. Le papier, une lettre. Pour moi.

Élie,
Je n'ai plus de famille, mais j'ai de la musique pour tout un pays. Je pars offrir mes archets orphelins aux violoneux d'ici. Une route de violons, un relais de mémoire. Bientôt, je jouerai de nouveau. Promis. Je laisse cet archet à Amorosa. Pour elle qui rêve d'une

famille, dis-lui que le possible est en germe. Que, chez nous, c'est lit de résurrections – terre de levains où lève le futur.

André

J'ai donné l'archet à Amorosa. Elle n'a rien dit.

16 mai

Richard passe ici presque tous les jours. Il ne pose plus de questions sur le conteur, même quand Amorosa n'y est pas.

Il faut dire qu'il a la tête ailleurs.

Ses bûchers quotidiens se poursuivent. Tous les jours, il fait brûler des lettres d'amour trois heures durant.

« Tu penses finir ça quand ?

– D'ici un mois, ça devrait y être. Parce que j'en reçois encore !

– Beaucoup ?

– Moins. Ça s'est mis à diminuer progressivement. En ce moment, j'en reçois pas plus d'une centaine par jour. J'te dis que la greluche du bureau de poste est contente pour vrai : les enveloppes rentrent toutes dans mon casier !

– Et Catherine-la-Verte ?

– Aaaah, elle...

– ???

– Toujours aussi fantastique ! Je reçois de plus en plus de lettres d'elle. J'en ai reçu trois la semaine passée ! Ses enveloppes brillent tellement que je les étends un peu partout dans ma chambre pour illuminer, tu comprends... J'essaie de les mettre surtout du côté du soleil... »

Je le regardais avec ses yeux dans la brume et j'entendais derrière le piano de Manu qui baladait les flûtes de Chloé dans le torrent, sous le ciel lumineux de l'été naissant.

« Tu devrais les arroser, tant qu'à y être ! »

18 mai

« Tu penses-tu, Élie, que, si tu m'adoptes et que ma mère veut me ravoir, elle va pouvoir me ravoir un jour ?

– Non, Amorosa. Ne t'inquiète surtout pas pour ça !

– Si jamais elle vient pour me visiter et qu'elle veut que je parte avec elle, je veux dire, est-ce que je vais être obligée de partir avec elle ? Pis peut-être pour ne plus revenir ?

– Non. Amorosa, tu es ici pour toujours.

– Si elle veut me visiter pis que moi je ne veux pas, est-ce que je vais être obligée ?

– Je ne crois pas, Amorosa, mais nous le demanderons à l'intervenante.

– Et si le conteur revient et qu'on forme une famille, est-ce que je vais être obligée d'aller la voir quand même ?

– Je ne sais pas, ma belle. Nous rencontrerons l'intervenante cette semaine pour le lui demander, veux-tu ?

– Et si le conteur voulait qu'on aille le rejoindre, est-ce qu'on pourrait y aller, je veux dire, même si ma mère voulait pas ?

– Bien sûr qu'on pourrait.

– Mais si on voulait partir en voyage loin, très loin et longtemps, est-ce qu'elle pourrait me suivre partout ? On ne pourra peut-être jamais s'en débarrasser.

– Amorosa. Si ça se passe comme nous le voulons, ma belle, je ferai tout, je te le jure, pour qu'elle n'empêche rien, surtout pas ton bonheur.

– Et si ça nous empêchait ? Je veux dire : si elle nous empêchait de faire une vraie famille ? Qu'est-ce qu'on pourrait faire pour l'arrêter ? »

19 mai

« Viens voir ça, Élie ! »

Richard est arrivé tout excité à la première heure du jour – de son jour à lui : vers dix heures.

« Qu'est-ce qui se passe encore ?

– Tu te souviens que j'avais mis les enveloppes vertes à la lumière du soleil ? J'ai suivi ton conseil et chaque jour je ramasse un peu d'eau dans le torrent pour les arroser.

– Bravo !

– Elles se sont mises à gonfler !

– Elles s'imbibent. C'est pas sorcier.

– Je me demandais ce qui allait sortir de là...

– De l'humidité ?

– Viens voir ça ! »

Chez Richard, la maison a changé d'aspect: la cuisine est entièrement dégagée, propre, souriante; elle sent le café moulu et le pain chaud. Son salon, impeccable aussi, a retrouvé le confort de jadis. Plusieurs boîtes sont encore alignées le long du mur près de la porte.

« Elles ne fendent plus sous la pression ?

– Non. Les émeutières perdent de leur intensité et de leur courage quand le nombre de leurs effectifs diminue. C'est l'heure de l'acceptation.

– La résignation des condamnées. »

Et tout à coup, j'ai vu ça. J'ai vu ça qui était une absence et j'en suis restée presque pétrifiée de surprise.

« Où est passée la télévision ???

– Bah…

– Bah quoi ???

– Ça me rendait inactif, passif. Et pis l'été, on n'en a pas vraiment besoin… Je l'ai rangée. J'ai recommencé à écrire des chansons par les soirs pis je travaille sur la guitare.

– T'écris des poèmes d'amour et tu joues la sérénade ? Si c'est pas beau ! Je suis fière de toi ! Je me disais: tout ce culte larmoyant pour un bon à rien ! Il fallait que ça change…

– Tu viens-tu voir la chambre ou pas ?

– Un coup rendue… Mais je pense que j'ai vu le plus beau !

– Viens. »

Il a ouvert la porte.

Sur les meubles, contre les fenêtres, sur les tables de chevet, partout il y avait des petites enveloppes couchées les unes à côté des autres. Des enveloppes vertes qui, comme de raison, avaient germé en silence. De toutes ces enveloppes sortaient des tiges. Des tiges minuscules, vertes, d'une dizaine de centimètres.

« Qu'est-ce que c'est ?

– Je le sais pas. Qu'est-ce que t'en penses ?

– Du lierre ? Ah ! ah ! demain, je vais te trouver complètement ficelé à ton lit ! »

Il a souri stupidement.

« Attends quelques jours : ça va finir par fleurir et on verra bien. »

22 h 30

C'est sans lune ce soir et je ne comprends pas l'absence du conteur.

20 *mai*

Ce matin, le conteur était assis dans un coin de la cour quand je me suis réveillée. Amorosa, pour qui la ponctualité est toujours un défi, est partie comme une panique en retard pour l'école et ne l'a pas vu. Il a pris un violon, son violon, l'a appuyé sur son épaule et. Et l'archet d'André qu'il a ramassé sur la fenêtre. Je ne savais pas qu'il jouait du violon. Il était dos à moi et je me suis avancée. Il jouait très doux. Il s'est arrêté.

« Il ne viendra pas.

– ... »

Il s'est retourné et m'a regardée.

« Je le sais qui tu attends, mais il ne reviendra pas.

– …

– C'est fini, Élie.

– …

– C'est fini. »

Il a parlé d'une tournée au bord de la mer. Il a parlé de la musique des vagues. Il a parlé d'un matin rose sur une falaise. Il a concassé le roc de la falaise et craché les secrets de la mer. Tout ce temps parti, il était allé enquêter. Et il est revenu enfoncer les clous du passé dans mes chairs stigmatisées, me forçant à regarder une part du calvaire en face.

« Élie ? »

Pourquoi lui et pourquoi là, quand le printemps était justement en train de m'offrir le subterfuge d'une résurrection et que j'osais y croire ?

« Élie… Raconte-moi. Pourquoi c'est arrivé. »

Il ne savait pas tout. Et je n'allais pas le laisser déchirer les rideaux de tous mes temples. Je n'allais pas. Je l'ai regardé presque avec haine. Et je l'ai vu se décomposer devant moi.

« Ton silence m'extermine. Tu me génocides, Élie !

– …

– Je parlerai pour toi, Élie. Je parlerai pour deux. Je te ferai parler. Dis-moi que tu le veux. Dis-moi que tu. Dis-moi. Je resterai. »

Il voulait que je le retienne, mais je n'ai pas pu et j'ai senti le silence descendre sur nous comme un abîme. Et je l'y ai poussé.

« … »

Tellement fouetté que brusquement.

« O.K. Garde tout ça. Je m'en vais. Je pars au-delà de toi, au-delà de ces épitaphes que tu écris pour orner le cimetière de ton sacerdoce stérile ! Quand tu seras capable de passer à une autre histoire, tu m'écriras. »

Du fond de ma gorge scellée de toi, il est inutile d'attendre un mot d'amour.

Nuit du 20 au 21 mai

Il est parti.

Il est parti pendant la nuit parce que c'est le moment où partent les loups-garous. Il est parti avec son sac, ses contes, ses sourcils et l'archet. L'archet qu'Amorosa lui avait donné.

La petite dormait, mais moi, j'étais de vigie sur le perron. Il ne savait pas que je l'attendais et il a sursauté, pris en flagrant délit de désertion. Le désarroi m'ouvrait le ventre à grands coups de couteau.

« Conteur...

– ...

– Dis-moi ton nom. »

Il me l'a dit. Son prénom avec un nom de famille. Tout ce qu'il me fallait était là. Mais.

Il m'a regardée comme ça, avec ses sourcils qui me brûlent, et est parti, vêtu d'étoiles, dans l'obscurité. Il a pris la clé des bois et tout est devenu si vide et si silence que je me suis mise à hurler comme hurlent les loups quand le piège se referme.

Une traînée d'ombre du côté du sentier et, tout à coup, le monde est trop grand pour moi.

J'ai escaladé l'escalier et refermé l'entrée du grenier.

En me réveillant, j'ai senti qu'une tornade se préparait. Le piano de Manu violentait l'air si fort que nous avions l'impression d'entendre rouler des rochers au pied de la chute. On entendait à peine Chloé dans la tourmente. Le torrent grondait et je m'attendais au pire.

Amorosa est venue directement vers moi avec ses cauchemars. Ses cheveux rouges en armure, elle flamboie dans l'aube.

« Le conteur est parti.

– Oui.

– C'est ta faute ! »

Sans prévenir. Avant le premier regard, directement comme ça, elle mitraille et ses yeux foudroient et vas-y, essaie d'endiguer ma tempête si tu peux ! Hier soir, avant qu'elle ne s'endorme, le conteur a longuement parlé avec Amorosa. Je n'ai pas été invitée à partager ces moments d'intimité dont j'étais toujours exclue, mais je sais qu'il lui a offert un livre, qu'il lui a annoncé son départ, qu'il a consolé ses larmes.

« Qu'est-ce qu'il t'a dit, hier ?

– Je le sais que c'est ta faute !

– Qu'est-ce qu'il t'a dit, Amorosa ?

– C'est pas grave, ce qu'il a dit : moi, je le sais qu'il mentait ! Je le sais !

– Comment peux-tu savoir que c'est de ma faute s'il s'en va ? Qu'est-ce que tu crois, dis-moi donc ?

– Il est parti parce que tu n'as pas voulu faire une famille avec lui, parce que tu veux me garder pour toi toute seule, parce que...

– Continue.

– Parce que tu lui as pas laissé une chance !

– Une chance pour quoi ?

– Une chance pour t'aimer !

– Je ne comprends pas.

– Oui : tu continues à attendre le mandoliniste qui va venir au printemps ou à l'automne et qui vient jamais et qui viendra jamais ! C'est des mensonges tout ça ! Je le sais ! Je veux dire : si t'avais pas continué d'attendre le mandoliniste, t'aurais pu aimer le conteur et on aurait pu faire une famille. Mais là, il est parti parce que tu lui as pas fait de place, parce que tu veux pas que je sois dans une vraie famille, parce que le mandoliniste, je veux dire, il existe même pas !!!

– Ça suffit. Tu t'habilles, tu déjeunes et tu files jouer dehors ! Je ne veux plus entendre un mot ce matin ! Compris ? »

Cette fois, c'était vraiment et trop. Les enfants sont parfois si perspicaces qu'ils savent exactement comment devenir injustes. Lutter est impossible et l'effondrement est si proche que l'autorité est la seule sortie acceptable. Ou, en tout cas, efficace dans ces moments où la crise nous dépasse.

Elle s'est enfermée dans sa chambre en claquant la porte, dans la salle de bain en claquant la porte ; elle a mangé, obligée, une rôtie en claquant des dents et a filé dehors en claquant la porte.

Mais juste avant. Juste avant de sortir, elle a craché le fiel des enfants ignorants.

« Je voudrais que le mandoliniste, il soit mort ! »

22 mai

C'est chez Richard qu'Amorosa est rentrée hier. Il a téléphoné pour me demander quoi faire avec ma petite rouquine en bataille et je lui ai demandé de la garder quelques jours, pendant l'orage. Il n'a rien dit.

Il est passé cet avant-midi parce qu'il avait appris de source sûre que le conteur était définitivement parti.

« Amorosa dit que le conteur a repris son chemin.

– ...

– Il fallait quand même s'y attendre un peu, tu penses pas, Élie ?

– ...

– C'est juste un vagabond, ce gars-là, fais-toi pas de peine avec ça.

– ... »

23 mai

Encore un lundi.

Richard s'entête à revenir respirer ici l'odeur de ma putréfaction.

« Élie ! Câliss ! Qu'est-ce qui t'arrive ? Sors de ton lit !

– ...

– Réveille ! Lève-toi ! Il faut que tu te lèves un peu, que tu regardes dehors, que tu sortes...

– Sortir ? Pourquoi ? Pour rencontrer des sales crottés comme toi qui vont venir m'écœurer dans ma cour parce que l'autre a sacré le camp ? !

– Ah! C'est ça : tu t'enfermes comme une honte parce que t'es gênée que le conteur t'ait plantée là, comme une p'tite fleur la tête à l'envers ?!

– Va écœurer le printemps de quelqu'un d'autre! »

Racoler ma bouteille d'eau bénite à 40 %. Trois verres. Pas plus. C'est juste assez pour me noyer dans la fuite.

« Pourquoi tu fais ça, Élie? Il t'aime, c'est sûr! Qu'est-ce qui te retient? Envoye! Déniaise et fonce!

– C'est ça. Ben oui. Merci pour le conseil! Maintenant, fais de l'air!

– C'est quoi, ta bataille? Contre quoi tu te bats en fou? Qu'est-ce que tu veux donc prouver et à qui à tout prix? Voyons donc, Élie, ça suffit, Don Quichotte! Tu souffres? Ben arrête de faire ton orgueilleuse de fond de forêt pis va le rejoindre!

– Pis toi ??? T'es qui tant que ça pour me dire ça? Toi qui as pris des mois avant de te décider à répondre par le feu à des lettres que t'avais jamais osé ouvrir? Toi qui as fini par brûler tout ça par amour pour une p'tite enveloppe verte, pis qui auras pas assez de cœur pour bouger, pour aller voir? Toi qui es pas capable d'affronter un mot d'amour, pour qui tu te prends de venir me dire de courir après un inconnu aux sourcils pis de lui dire : Je suis prête, envoye! On va faire une famille !?

– Mêle pas les cartes! Moi, c'est pas la même chose!

– Ah non? Ben dis-moi donc pourquoi! Dis-moi donc en quoi, toi, t'es plus courageux que moi dans tes amours! Jusqu'à présent, ton grand courage, ça a pas été ben ben plus convaincant que le mien! Ta belle grande morale supposément chrétienne ne dit pas comment traverser le silence! Elle ne dit pas de laisser attendre ceux qui veulent une réponse pendant des mois sans rien dire! Ta morale judéo-chrétienne, elle ne parle pas du silence qui n'en finit plus! Du silence de ton Dieu qui ne répond pas! De toi qui ne réponds pas! De… De…

– Du mandoliniste qui répond pas?

– Mêle-toi de tes affaires!

– Élie? C'est pas le mandoliniste, toujours?

– …

– Élie! Il existe pas, ce gars-là!

– …

– Élie? Est-ce qu'il existe?

– …

– Élie, câliss! Dis quelque chose!»

J'ai tellement éclaté en sanglots qu'il n'y avait plus de place pour ses consolations.

«Qu'est-ce que je dois dire, Élie?

– Ne me dis surtout pas ce que je veux entendre! Dis-moi tout le reste qui est toi, dis-moi comme tu l'as toujours fait, O.K.?

– T'es pas parfaite, ma vieille, mais c'est pas grave. Arrête de t'en vouloir d'être inapte au concours de Miss Monde, d'avoir des faiblesses pis d'être toi-même.

– Tout est tellement de ma faute!

– Qu'est-ce qui est de ta faute, dis-moi? Que le conteur soit parti? C'est des histoires d'Amorosa, ça. Tu le sais que c'est pas vrai…»

Je pleurais tellement que je suffoquais de silence et, en même temps, je voulais tout lui dire, parler pour une fois et vider ce qui est trop plein et qui hurle si fort que.

« Tellement de silence !

— Depuis que t'es arrivée ici, Élie, t'as parlé juste du silence et de l'infini. C'est quoi cette câliss d'histoire là ?

— Le silence, Richard, c'est moi…

— Qu'est-ce que tu racontes ? Tu parles du mandoliniste ? Si ce gars-là existe, il t'a jamais ni écrit ni appelée ! Jamais ! Le silence, si c'est quelqu'un, c'est lui ! Pis toi, tu restes là à l'attendre !

— Tu comprends pas, Richard !

— Ben explique ! »

Je le sais que c'est là et le temps d'y arriver et de dire enfin à quelqu'un. Je sais que c'est le temps de me boire jusqu'à ma lie. De m'affronter jusqu'au calvaire.

Les étapes une à une.

Reprendre mon souffle. Chercher par où.

Il ne dit rien, il attend. Mon pire ennemi. Il me force à porter ma croix devant lui.

Mais je sais qu'il ne me laissera pas la porter seule.

« Il y a Chloé et André qui sont de genèse impossible, tu sais, et Manu dont le peuple avorté…

— C'est de toi qu'on parle, Élie !

— Et François, mon frère, qui aime les enfants comme une seconde terre, mais sa femme était si encombrée que…

— Et toi, Élie ?

— C'est de moi que je te parle, Richard !

— Et le mandoliniste ? »

Le fruit de vos entrailles est béni.

« C'est lui qui conduisait le soir de l'accident !… Il partait en tournée, le lendemain, pour plusieurs semaines… Il m'avait invitée au resto, la veille de son départ, pour fêter… deux mois de grossesse. »

Et l'accident.

« Je suis restée à l'hôpital, juste par mesure de précaution. Juste pour. Il pouvait partir sans crainte. »

Mais je le savais déjà. Un grain de sénevé. Le levain à peine. Le fruit de vos entrailles…

« Je me suis… »

… est béni.

« … fait avorter. »

En silence. Même si le grain de sénevé. Même s'il rêvait le levain dans ma robe.

« Je lui ai écrit un télégramme pour lui dire que. Mais je ne lui ai pas dit que c'était mon choix. Je ne lui ai pas dit pourquoi ni que je n'en voulais pas d'enfant. Rien. Juste avortée et le silence. Il a pensé que c'était lui, je veux dire : de sa faute à cause de l'accident d'auto. Il m'a écrit une longue lettre pour savoir. Et deux. Et trois. Et quatre. Et. Tous les jours pendant des semaines. Tous les jours. »

Je pleure encore, mon amour, je nous pleure tellement.

« Pis t'as pas répondu. »

Et tous les matins de brouillards bus et rebus et. Jusqu'au bout pour une fois.

« Non. J'étais minéralisée en moi-même. »

Pendant tout ce temps-là, le silence de ceux qui crucifient et s'en lavent les mains.

« Qu'est-ce qu'il a fait ? Il est revenu ?

— Il m'a envoyé sa mandoline. Et un télégramme.

— Un télégramme ? »

Je lui ai donné ce télégramme dont je ne me suis jamais séparée et me suis retournée sur moi-même. Il l'a lu et nous sommes restés longtemps là, face à face, sans un mot.

J'entendais très loin le piano cinglant de Manu qui explosait dans le torrent. Et Chloé toute petite.

« Laisse-moi seule, Richard. S'il te plaît. »

Quand il a refermé la porte doucement derrière lui, je n'avais plus rien à dire et même mes larmes avaient cessé.

25 mai

Amorosa est revenue de chez Richard.

Quand je l'ai vue marcher vers moi avec ses yeux inquiets et ses cheveux tristes, je me suis élancée pour lui faire tous les câlins du monde. Je l'ai serrée si fort dans mes bras, si fort que. Et j'ai su que je l'aimais assez pour.

« Je m'excuse, Élie. Richard a dit que tu étais malade et c'est peut-être à cause de moi...

– Non, Amorosa. Je n'étais pas malade. Au contraire : j'essayais de guérir ! Et toi, tu ne fais que m'aider à.

– Guérir de quoi si tu n'es pas malade ?

– Du passé qui fait si mal que, parfois, on dirait que notre vie n'avance plus. On trébuche, on tombe et on reste par terre.

– Tu es sûre que ce n'est pas ma faute ?...

– Tu veux que je te raconte ce qui s'est passé dans le passé ?

– Oui. »

Je lui ai parlé du mandoliniste qui ne reviendra pas parce que nos amours ont trop avorté. Je lui ai parlé de ces rêves que l'on bâtit sur l'espoir et qui nous échappent. Je lui ai parlé de ce qui est impossible pour vrai. Du mystère de la parole. Et du télégramme.

« C'est pas vrai, Élie, que je voulais que le mandoliniste soit…

– Je le sais.

– Élie ? Le conteur, est-ce qu'il la sait, je veux dire, l'histoire du mandoliniste ?

– Oui, il la sait.

– Alors, ça ne peut pas être à cause de lui, s'il est parti.

– …

– Élie ? Le conteur, est-ce qu'il est parti à cause de moi ?

– De toi ? ? ?

– Parce qu'il ne voulait pas d'enfant, je veux dire ?

– Non ! Il t'adore ! Il a passé toutes ses soirées avec toi !

– Pourquoi il est parti ? »

Je n'arrive pas à formuler le malaise des adultes qui ont des frontières invisibles et profondes qui les détournent de.

« Il est parti parce que je n'arrivais pas à lui faire une place dans ma vie. Tu avais raison de dire qu'il était parti à cause de moi : c'est parce que je n'ai pas su lui parler.

– Et s'il était parti à cause de ma mère ?

– Hein ? Il ne la connaît même pas !

– Je lui ai dit, déjà, je veux dire quand on parlait, que ma mère pouvait m'empêcher d'avoir une famille. Je lui ai dit qu'elle voudrait peut-être m'avoir pour les visites des fois, et que peut-être on pourrait pas aller partout dans le monde et peut-être qu'elle aurait son mot à dire et qu'on ne serait pas libres, pas complètement.

– Non, Amorosa. Ta mère n'aura plus son mot à dire. Nous serons libres. Ne t'en fais pas et crois-moi : le conteur est parti à cause de moi.

– Est-ce que tu crois, Élie, qu'on va recevoir les papiers pour la vraie adoption, que ma mère n'aura pas le droit de venir me voir et qu'on va peut-être retrouver le conteur un jour ? Je veux dire : est-ce que tu crois que tout ça, c'est possible ? »

Dehors, c'est la musique toujours et Richard poursuit son bûcher quotidien et achève ses immolations amoureuses.

« Les rêves sont en terre, Amorosa. Ils vont germer bientôt. Crois-moi. »

28 mai

Richard est passé, comme malgré lui, mais je n'avais plus rien. Assise au milieu de l'escalier, je plaçais et déplaçais mes livres, hésitant entre l'ordre chronologique et alphabétique, faisant glisser les piles de gauche à droite, à l'aventure. Encore échouée dans la poussière accumulée des mois sans rédemption, je lis, sur la tranche des marches, ces patronymes qui ont jonché inutilement mon chemin de croix. J'ai cherché un destin dans la poésie de mon pays. Rien trouvé. Que le vide et le vain.

« Élie ?

– ...

– Ça va ?

– ...

– J'y ai pensé, pis peut-être que ça veut rien dire, que t'avais raison pour les lettres : il faut répondre. Depuis que j'ai mis le feu à tout ça, je me sens soulagé du poids encombrant de l'amour des autres ! Pis là, je reçois de moins en moins de lettres et, au fur et à mesure que je les brûle, c'est comme si je faisais la paix avec moi-même.

– Qu'est-ce que je dois brûler, Richard ? Tous ces livres-là dans lesquels j'ai fouillé pour me trouver une histoire ?

– Tu sais, Élie, on se cache de toutes les façons possibles et pas possibles pour éviter de s'affronter. On saute dans son auto pis on se trouve un chalet isolé avec un passé tout fait pis une petite fille qui invente l'avenir. Pis on fait semblant. On lit des histoires dans lesquelles on cherche à s'éloigner de soi. Mais la courbe parabolique de nos fuites finit toujours par nous ramener à nous-même, à notre humanité en désarroi.

– La fuite. Tout ce que je voulais, c'était changer de chapitre. Mais pour traverser le silence, personne ne m'a donné les vrais mots ! J'ai la tête chargée d'allégories inutiles. La littérature n'est pas la vraie vie et je rêve d'échanger tous ces livres contre un seul geste concret – toutes ces paraboles de l'existence contre la banalité d'un quotidien ordinaire mais réel.

– Tu devrais régler ça une fois pour toutes. Pour devenir l'héroïne d'un nouveau chapitre, il faut commencer par terminer le précédent. Pis. Ben. Avoir le courage du pardon.

– Je voudrais bien brûler tout ça, Richard, mais j'ai peur que les mots se mettent à me manquer…

– Arrête de me parler de tes maudits livres, câliss! C'est pas à travers les histoires des autres que tu dois passer, Élie; c'est à travers la tienne. »

Nuit du 29 au 30 mai

La nuit n'est plus que silence. Las de veiller, ils dorment tous dans le jardin des Oliviers. Me voilà seule, si seule. Je voudrais, ce soir, je voudrais vraiment entrer dans une église et prier. Vraiment. Mais dans l'obscurité toutes les portes sont fermées. Et Dieu me regarde sans rien révéler. Me voilà seule en Gethsémani avec ma coupe de toi aux lèvres. Seule devant tout ce qui me condamne. À l'opacité de la nuit qui s'en lave les mains.

Je suis sortie sous les étoiles et j'ai bu à gorge desséchée tout ce que j'ai pu d'alcool. J'ai débordé les trois verres, la bouteille par le cou et jusqu'au bout. Mes brouillards à 40 %. Ivre. Boire le jour en face.

Je suis debout devant le feu. Devant le feu de Richard qui a dit : « Il faut répondre, Élie. » J'ai allumé le bûcher.

Je n'ai pas su pour le levain ni pour la suite du monde. Judas à la table des douze, je t'embrasse dans la nuit. Des jardins décomposés. Je te couronne d'épines. Des germes aphasiques. Je prends ta croix et la porte jusqu'au calvaire. Au bord de mes lèvres. Je dresse le crucifix de nous deux. Je te bois, coupe du salut. De l'océan au fleuve et du fleuve au lac, du lac au torrent. Gorgée de toi.

Je géhenne de toi.

J'ai ranimé le feu. Le bûcher chez Richard. Debout dans la cendre qui virevolte autour de moi, je me regarde boire, attendant l'heure de brûler le refrain obsédant de mon passé.

5 h 30

L'heure arrive.

Le bûcher et « Il faut répondre, Élie ». Le bûcher. Pour brûler quoi ?

5 h 30. Le lever rose du soleil sur la falaise. Les brouillards dansants de la mer. Tu enlèves tes souliers et roules le bord de tes jeans. Pieds nus dans l'herbe, tu prends sur tes épaules le fardeau de l'enfant que nous n'aurons plus, le fardeau accablant de mon silence menteur, le fardeau noir de ton humanité. Pieds nus contre le sol, tu regardes les ballerines du brouillard. Tu roules le bas de tes jeans dans l'aube. Les ballerines roses du brouillard. Tu te charges du poids silencieux de nous deux et.

Ton télégramme.

Élie. 5 h 30. Soleil sur l'océan. Falaises roses. Un promontoire pour franchir le silence. Pieds nus dans l'aube. Je danserai demain. Une ultime chorégraphie. Parmi les anges qui chantent.

Une grande inspiration. Et tu t'élances. À la course. Tu t'élances.

Le bûcher.
Brûler le poids encombrant de l'amour des autres, disait Richard. Je n'ai rien de toi. Sinon un passé avorté. Et ta mandoline dans ma main. Le bûcher. Il faut répondre, Élie. Le bûcher.
Le vernis fond. Les cordes se tordent dans les flammes. Ta mandoline. Le cœur m'arrache. Bois, Élie, bois jusqu'à t'évanouir. Ta mandoline, mon amour, pour que tu puisses jouer de la musique. Pour faire danser les anges. Ta mandoline, mon amour.

5 h 30
Le brouillard à 40 %.
J'avale des nuages de poussière à petites gorgées dans la coupe translucide des oublis. Des retours mémoriels. La fragile transparence du bonheur. Le torrent. Un torrent qui ne fracasse rien. Et le matin se lève dans la cendre. 5 h 30. L'heure où les anges. Le brouillard. L'aube. Et les ballerines. Des ballerines de suie valsent dans mes yeux. Un air inaudible, une complainte désaccordée. Des cordes calcinées.
Le silence chorégraphique de l'infini.

1er juin

« Élie ?
– Oui, Amorosa ?
– Est-ce que Chloé, je veux dire, est morte ?

– Je ne dirai jamais que Chloé est morte, Amorosa. Je pense qu'elle a choisi de se franchir autrement. Qu'elle a traversé la frontière des eaux, a glissé vers la mer, comme ta bottine voulait le faire, jadis, et qu'elle danse maintenant au milieu des vagues. De fleuve en océan, elle a pris le goût salé de l'eau. Elle est devenue le sel de la mer.

– ...

– ...

– Richard, pourquoi il brûle ses lettres ?

– Pour libérer des gens qui attendent inutilement. Une façon de leur dire que c'est fini.

– C'est comme s'il avait abandonné les lettres ? Non. Elles ne demandaient qu'à brûler.

– ...

– ...

– Je veux dire... Pourquoi tu as brûlé la mandoline ? »

J'ignorais qu'elle savait. J'avais été incapable de le lui dire parce que j'ai encore la gorge nouée de tout ça. Mon face à face ne m'a ramenée qu'à ma culpabilité. Et les fuites sont désormais interdites.

« Moi aussi, je voudrais terminer quelque chose. Essayer de tourner la page du passé.

– Ça marche ?

– ...

– ? ? ?

– Bientôt, nous serons libres toutes les deux. Promis. »

Elle me regarde fixement sans répondre.

3 juin

Sur la carte postale, des volcans qui se déversent dans la mer.

Ma petite sœur,
Je chante et elle danse. Désencombrés de nous-mêmes.
Tu es ma sœur de sang mais, si tu ne l'avais pas été, je t'aurais choisie.
Ton petit ange est une chance pour toi. Je l'ai lu dans sa main.
La famille est une histoire qu'on écrit.
Les registres sont genèses de nations, Élie.
Chapitres de l'humanité.
Maman dirait : « Construis-toi donc une résurrection ! »

François

P.-S. Dis à Amorosa que, dès mon retour, nous défierons les derniers dragons !

6 juin

La fuite et le vagabondage n'ont rien à voir avec le chemin qu'il faut faire quand tout nous arrive. Pour reprendre pied et arrêter la fuite, je suis entrée dans l'église. Mais je ne sais plus comment prier. C'est vain dans ma tête et vide autour de moi. Le *Pater Noster*, l'*Ave Maria* et le *Sanctus*, c'est tout ce que j'ai de mémoire pour me sentir bénie du baiser de ma mère qui me bordait jadis dans la paix du Christ.

Assise sur le banc d'en avant, je tourne dans mes mains ton télégramme. Le réalisme ensanglanté du Sacré-Cœur de Jésus m'effraie. La lampe du sanctuaire est allumée depuis Pâques. La flamme vacille à travers le verre teint du lampion et éclate en fragments rosés. Dans l'air opaque qui traverse les fenêtres salies, rien ne s'agite.

Ton télégramme dans ma main, j'arrive du voyage abracadabrant de nous deux. Comment faire, mon amour, pour te demander pardon ? Pardon pour les choses cachées. Pardon pour la fondation avortée du monde. Pardon pour le silence.

Ton télégramme dans ma main et les prières absentes.

« Je peux vous aider, ma p'tite dame ? »

J'ai sursauté. Un homme habillé en semaine s'était approché de moi. Le prêtre.

« J'ai téléphoné au presbytère. Ils ont dit que je pouvais venir.

– Mais oui, bien sûr. L'église est ouverte à tout le monde.

– C'est gentil. Merci.

– Pas de quoi. Si jamais vous avez besoin de quelque chose, vous me faites signe… »

Il a eu un bon sourire et tout à coup j'ai pensé à la confession. Peut-être. Tenter la confession, pourquoi pas, pour me donner une absolution, une fois, une église à moi qui serait enfin.

« Mon Père, je voudrais vous demander…

– Ah, non ! Je suis pas prêtre, ma p'tite dame ; je suis marguillier !

– Ah… »

Un heureux sexagénaire au meilleur de sa forme. Un du genre qui veut vraiment. Qui reste là.

« Le curé va arriver tantôt.

– Ah…

– Moi, je suis juste venu faire du ménage. Ça vous dérange pas si je pars la balayeuse ?

– La balayeuse ?

– Ouais. Ça fait quarante ans que je travaille bénévolement pour l'église. Je fais le ménage, et je participe aux rénovations. J'étais là, il y a trente ans, quand ils ont entrepris les gros travaux. On avait engagé des maçons pour la façade pis des peintres spécialisés pour les murs, mais moi, j'ai travaillé sur le plancher. On a tout refait : l'électricité, la plomberie…

– Tout refait ? Je pensais que l'église avait deux cents ans…

– Ben oui, ma p'tite dame ! C'est la plus vieille du coin !

– Mais tout a été refait… »

Il m'a regardée, un peu offusqué, comme si je n'avais rien compris.

« Pas tout, ma p'tite dame. Il y a plein de choses qu'on pourra jamais refaire.

– …

– Les fondations, par exemple. L'église est bâtie sur des piliers de roches cimentées et montée sur des troncs d'arbres pas même écorchés – des cèdres géants qui soutiennent la nef de bord en bord. Vous voulez voir ?

– Non, merci. Ça va aller.

– Entre les piliers, il y a des cercueils, madame. Partout sous l'église, des notables se sont fait enterrer.

– Pardon ?

– Vous avez bien compris. Nous prions à genoux sur les bâtisseurs. »

J'étais complètement abasourdie et sans réponse.

« Venez. J'ai quelque chose à vous montrer. »

Ton télégramme dans ma main, j'ai marché derrière lui, comme un mouton idiot. Nous sommes montés dans le jubé et il a pris une échelle de bois qu'il a installée en faisant jouer une trappe au plafond. Il est monté le premier et je l'ai suivi dans un entre-toit, puis dans un petit escalier qui nous a menés directement sous la toiture.

« Je vais vous allumer une lumière. Allez-y... »

J'ai avancé lentement, effrayée, sur les planches légèrement disjointes en observant ces poutres gigantesques équarries à la hache qui s'entrecroisent, se soutiennent par des chevilles de bois, structurent le toit et montent vers le clocher.

« Vous me demandez, ma p'tite dame, ce qui a deux cents ans ici ? La fondation. La structure. Tout ce qui est solide. Ici, c'était rien. Juste quelques Canadiens français colons, trappeurs, boutiquiers, des lignées d'hommes des bois sculptées dans la forêt boréale qui sont parties d'une pauvreté de petite misère et ont construit un village à la hache. Ils ont tout bâti. Nous, on fait juste rénover. On fait juste continuer.

– ...

– Nous avions apporté d'outre-mer nos prières et nos chansons : elles sont toujours les mêmes, ma p'tite dame : le *Pater Noster*, l'*Ave Maria*, le *Sanctus*... Nous avions apporté dans nos poitrines le cœur des hommes de notre pays, vaillant et vif, le cœur le plus humain de tous les cœurs humains : il n'a pas changé. Toute la fondation, toute la structure, tout ça, c'est un témoignage. Nous sommes un témoignage, ma p'tite dame. Une suite des choses. Un enracinement. Ce qui a deux cents ans, dans cette église, c'est la foi.

– ...

– Vous comprenez ?

– Oui. Je n'avais rien compris. Vous avez raison. Je suis désolée. »

Il m'a regardée dans les yeux.

« Y a pas de faute, ma p'tite dame. Y a pas de faute. »

Comme ça. Et l'histoire me traverse.

« Venez. On va redescendre. »

L'escalier étroit. L'échelle. Le jubé. Nous avons parcouru la nef en silence puis le chemin couvert. Les odeurs de bois, de vernis décapés par les bottes d'hiver et les mitaines d'enfants, d'encens, de fleurs fanées des funérailles, de chandelles éteintes, de pleurs silencieux, d'agenouillements et de bénédictions. Huit générations dans l'opacité des lieux.

Il m'a ouvert la porte de derrière : une porte grise, massive et basse dont la clenche centenaire, recourbée et pointue, n'en pouvait plus à force de cliqueter sous toutes sortes de mains, une humble porte de tous les jours. Il est sorti avec moi dans le soleil du midi.

« Voulez-vous toujours attendre le curé ?

– Non. Je vous remercie.

– Ben je vais retourner à mon ménage, si ça vous dérange pas. Je veux donner le coup de balayeuse avant que la chorale arrive.

– Bien sûr. »

Il fouillait dans sa poche de chemise en parlant.

« Je vous offre une peppermint ?

– …

– Une p'tite verte ?

– Volontiers. »

J'ai tendu la main pour prendre le bonbon et je me suis aperçue que je tenais toujours le télégramme fripé dans ma paume.

« Voulez-vous que je vous débarrasse de votre papier, ma p'tite dame ? Il faut que je vide les poubelles, tantôt… »

Le soleil. La beauté de l'église érigée en témoignage et la foi devant moi. On fait juste continuer.

« Oui. S'il vous plaît.

– Venez. Donnez-moi ça. »

Je lui ai abandonné le papier.

« Ben, une bonne journée, ma p'tite dame ! Vous repasserez !

– Bonne journée, monsieur. Bonne journée. »

Pas encore midi et le soleil éblouissant donnait au paysage des couleurs neuves.

7 juin

22 h

Amorosa a disparu.

Nous l'avons cherchée toute la soirée.

2 h 30

Écrire.

Écrire pour. Pour tenter de.

...

Je n'arrive pas à dormir.

Je viens tout juste de faire la paix avec moi-même que.

Que.

...

Nous l'avons cherchée toute la soirée.

...

Écrire.

Pour m'accrocher à quelque chose.

...

Vers minuit, nous sommes rentrés bredouilles et démolis. Richard voulait appeler la police, mais j'ai eu peur que ça compromette l'adoption. Il est sorti dehors et s'est éloigné vers le lac, comme s'il avait senti un malaise. Rendu près de l'eau, il est devenu attentif à la nuit, à la nuit plus loin. Il a regardé longtemps vers le fond du domaine et s'est figé tout d'un coup. J'ai senti du plomb descendre en moi, depuis ma gorge jusque dans mes jambes et j'ai compris qu'il se passait quelque chose d'horrible, là, en ce moment. Quelque chose. Et que nos passés n'étaient rien comparés à.

Il s'est tourné vers moi et. Je ne sais pas qui a crié.

Je ne sais pas comment j'ai su parce qu'il n'a rien dit, mais je suis sortie dehors en courant, étouffée et désespérée et.

Des lueurs rouges léchaient les limites de la nuit.

Nous avons eu beau courir, il était déjà trop tard.

Le feu mangeait toute la maison.

Devant ce brasier gigantesque, j'ai compris que. Que je n'avais pas été à la hauteur, que mon désarroi avait pris toute la place et que, pendant que j'étais dépassée, je n'avais plus vu Amorosa. Sa détresse immense qui criait et se consumait et. Et qui rencontrait mon silence obsessif. Je me suis brisée, décomposée, incinérée en moi-même.

Anéantie.

Amorosa.

C'est Richard qui a appelé les pompiers.

Ils ont sorti le feu de la maison pendant toute la nuit. Ils ont sorti le corps de sa mère trop jeune et déjà détruite et je n'ai pas voulu rester pour les voir sortir un petit paquet d'elle dans l'aube, alors que la brume dansait sur la montagne.

Je suis noire de suie. Noir éclaté dans ma tête.

J'entre dans sa chambre comme dans un sanctuaire, mon enfant d'avenir. Mon enfant tant aimée, et je m'affale en prières sur son lit. Mon rêve avorté.

Amorosa.

Le sel de ma terre, le rire de mes soleils levants, la lune de mes hivers si blancs. Les semis dans le printemps. Amorosa, sans ses voyelles chantantes qui dansent dans l'été, le monde se fane. Amorosa, elle seule donnait des montagnes de bottines à la mer, des dragons à mon frère, des débâcles à Manu, des gestes au conteur, des couleurs à l'automne, des bonbons à l'Halloween, une barbe au père Noël.

Amorosa.

Mon ange qui chante.

20 juin

J'arrête.

C'est terminé.

Richard est arrivé ici très tôt, vers 5 h 30, dans le matin du 9.

J'étais affalée dans la chambre d'Amorosa.

« Élie ?

– …

– Élie !

– Quoi ? »

Il s'approche de moi. Il a les yeux rouges et noircis.

« Il n'y avait pas de corps d'enfant dans les décombres.

– Quoi ?

– Ils n'ont sorti que le corps de l'autre. »

On s'est regardés, éperdus d'incompréhension.

Et.

Tout à coup.

Une idée sortie de Dieu sait où et nous avons su en même temps, mais c'est moi qui suis montée, comme une furie, basculant la trappe et les toiles d'araignées. Et je me suis élancée dans le lit du conteur pour prendre dans mes bras ce petit paquet d'enfant endormi.

Et j'ai su, là, juste là, que c'était une chance, un espoir, une réponse à tout ça. Enfin. Et que là, c'est permis. C'est tellement permis.

L'enquête a prouvé que le feu chez la mère d'Agnès avait été causé par une chandelle malencontreusement restée allumée alors qu'elle dormait dans l'alcool. Moi, je ne dirai rien de plus. Ce n'est pas à moi de décider si oui ou non Amorosa est entrée dans cette maison pour immoler définitivement son passé malsain et tourner la page, elle aussi, de son roman malheureux. Elle a peut-être mis fin à sa mère et pour des raisons qui ne regardent jamais que l'Autre, Celui qui écoute la nuit et qui connaît le mystère de la parole.

Chez Richard, les petites enveloppes vertes bien cachetées ont fini par germer. Un haricot magique dont les racines ont défoncé le sol. Se sont enracinées en lui. Il y va. Au pays des géants. Ce matin, au retour du bureau de poste, il avait une carte postale en main, un mot d'elle sans enveloppe. Un mot de sa main nue. Une adresse, c'est tout. Il s'en va la chercher.

En misant sur nulle part, je ne pouvais que me tromper. Je me suis levée tôt, hier matin, et j'ai regardé l'heure avec mes deux yeux désormais ouverts sur l'infini. L'horizon dégagé du jour et le soleil qui se lève enfin. Resplendissant. Amorosa est venue me rejoindre sur le quai. Installée dans mes bras, elle pensait déjà l'avenir.

« C'est quand, je veux dire, le jour pour planter nos semis dans le jardin ? »

J'ai souri. Nos semis semblables à du levain qu'une femme a enfoui dans trois mesures de farine. Jusqu'à ce que tout ait levé.

« Aujourd'hui, ma belle Amorosa. Maintenant, ça va fleurir de partout ! »

Nous avons changé le calendrier périmé sur le mur et je lui ai promis d'écrire au conteur. Un mot.

Conteur,
J'ai composté mon cœur décomposé dans l'ali-
gnement des mots. De fuites en aiguille, j'ai fini par
trouver. Ici. C'est ici que l'histoire s'écrit, depuis
l'écorce des arbres jusqu'aux pages de notre nouveau
chapitre. Ici que j'entre dans la poésie de mon pays et
que j'ancre le futur. J'ai déménagé dans la chambre du
haut, dans ton lit, et je t'attends. Conteur. Je t'attends
pour prendre le relais de la genèse, pour inscrire nos
noms dans la suite.

Élie

Amorosa a accompagné Richard jusqu'au village pour poster ma missive. Au retour, elle portait une lettre. Une seule. Je nageais dans le lac et elle est entrée dans l'eau en courant. Le piano faisait des hymnes à la joie dans le soleil éclaboussé. À genoux dans le limon, nous l'avons regardée en riant. Une enveloppe avec une fenêtre plastifiée officiellement ouverte sur notre nom de famille. Officielle et pour nous et ça y est.

Je suis mère.

DOSSIER

Bibliographie

Whisky et Paraboles, roman, Montréal, VLB éditeur, 2005.
La gifle, roman, Montréal, Éditions Coups de tête, 2007.

Réception critique

« On n'a pas fini d'entendre parler de Roxanne Bouchard, qui, avec *Whisky et Paraboles*, s'est vu décer-
ner le prix Robert-Cliche attribué à un premier roman,
afin d'encourager la relève. Elle a réussi sa rentrée, car
pour un coup d'envoi, *Whisky et Paraboles* en est tout
un ! D'abord, la jeune professeure de littérature au
Cégep de Joliette possède déjà une écriture qui la dis-
tingue, imagée, juste, sentie, poétique. Elle sait aussi
organiser d'une main de maître, d'une main expéri-
mentée, une histoire et la rendre intéressante, voire
captivante, même si, parfois, elle semble accorder trop
de place aux mots, aux sentiments, à la poésie, ou-
bliant son intrigue, qu'elle a décidé coûte que coûte de
raconter. »

AURÉLIEN BOIVIN
Québec français

« Dans *Whisky et Paraboles*, Roxanne Bouchard
"aspire à grand goulot" (*sic*) de nombreux écrivains
d'ici, fait flotter sur le roman l'esprit du conte qui
ravive les imaginaires et les mémoires collectives. Elle
explore, expérimente la langue française, jongle avec

les mots, les fait virevolter, crépiter. Parfois elle force un peu la note poétique et se perd dans des passages verbeux et diffus. Il lui faudra apprendre à tempérer cet amour fou des mots.

« Travailler sur la langue, c'est travailler sur l'émotion. *Whisky et Paraboles* en est plein. À lire pour la tendresse, l'amitié, pour "tous les rêves que l'on bâtit sur l'espoir".

« Bref, les rêves restent allumés longtemps. Bref, les rêves restent allumés. Bref, les rêves restent. Bref, les rêves. Bref. »

Suzanne Giguère
Le Devoir

« Empruntant au folklore, à la chanson populaire, au cinéma et à la littérature d'ici, la prose poétique de Roxanne Bouchard est résolument québécoise, mais aussi exploratoire. Dans la lignée des Anne Hébert et Réjean Ducharme, Romain Gary et Gabriel García Márquez, la jeune écrivaine veut décloisonner le langage […].

« C'est grâce à l'amour d'Agnès, l'agneau sacrifié qui porte sur ses épaules les péchés de ses parents, qu'Élie trouvera finalement le chemin de la résurrection. Cette morale très chrétienne, *seul l'amour sauve*, pourrait décevoir certains. Mais quelle morale n'a pas un air simpliste lorsqu'elle est exprimée en peu de mots ? Pour en évaluer la profondeur, il faut la voir mise en œuvre. Or la démonstration de Bouchard est convaincante et nuancée : sans apporter de réponses claires, elle pose des questions justes. »

Mira Cliche
Le libraire

« Professeure au Cégep de Joliette depuis douze ans, [l'auteure] en a soupé des jeunes "débuzzés de tout" et du discours nihiliste ambiant. Son roman raconte d'ailleurs la remontée vers la lumière de petits laissés-pour-compte dont les destins se croisent dans un bled perdu du Québec. [...]

« Plus l'histoire avance, plus la prose se libère du réalisme et s'imprègne d'une poésie fantaisiste, un brin animiste. Au bord du désespoir, Chloé promet de se "changer en fée des eaux ! Comme disait mon grand-père, ma jupe bleue va couvrir l'onde pis enfanter des milliers de petits poissons".

« Pour l'auteure, c'est dans cette mise à distance du réel que surgit la beauté, que se rompt le silence, que chacun se franchit soi-même – ses personnages, mais aussi elle, comme être humain. [...]

« Contrairement à ce qui domine la nouvelle litté-rature, [l'auteure] ne tire pas sa force d'une prise de parole au *je*, ni d'un récit fracassant ou impudique, modernité oblige, mais d'un enracinement solide dans son héritage, tant littéraire que folklorique, historique et géographique. »

FRÉDÉRIQUE DOYON
Le Devoir

« Écrit sous la forme d'un journal, *Whisky et Paraboles* présente des personnages à l'humour suave qui sont presque tous des marginaux, un peu fêlés, un peu poètes, un peu obsessifs mais résolument modernes. »

CAROLE PAYER
Le Journal de Québec

« D'aucuns taxeront ce livre d'être réactionnaire. D'autres y verront un salutaire travail de réappropriation de notre passé, après des années de décentrement, d'individualisme exacerbé, de quête du seul ailleurs et d'irresponsabilité. C'est que *Whisky et Paraboles* tranche avec le genre d'ouvrages en vogue actuellement, et dont Victor-Lévy Beaulieu, dans un texte qui a fait grand bruit, se faisait le pourfendeur. [...]

« Repossession de soi, oui, car au terme de l'histoire c'est elle qui l'emporte, malgré toutes les déchirures, les errances, toute "rapaillée" et artificieuse qu'elle soit. Le livre lui-même paraît une œuvre de réappropriation – de la littérature québécoise : nous reconnaissons çà et là les clins d'œil à Ducharme, Tremblay, Miron, Nelligan ou encore Félix Leclerc. Il s'agit en dernière analyse de recommuniquer avec un ici dont on s'était longtemps coupé, avec une chaîne d'hommes et de femmes vieille de plusieurs siècles et destinée à être prolongée. [...]

« Un livre qu'il faut lire, qui va à l'encontre des idées reçues, qui par son conservatisme s'avère subversif, et qui nous fait espérer qu'après l'horrible double avortement du pays, les renaissances sont encore possibles... »

JEAN-FRANÇOIS CLOUTIER
L'Action nationale

« Grâce à la force de ses dialogues, à son art de mettre en relief la force tranquille de son attachante héroïne et de cerner les préoccupations d'un siècle sclérosé, l'auteure, Roxanne Bouchard, vient de remporter le prix Robert-Cliche du premier roman. Une lecture qui mène à voyager à l'intérieur de soi. »

CLAUDIA LAROCHELLE
Le Journal de Montréal

Table

Aquin, Hubert
  Blocs erratiques (E)
Archambault, Gilles
  Le voyageur distrait (R)
Asselin, Olivar
  Liberté de pensée (E)
Baillie, Robert
  La couvade (R)
  Des filles de beauté (R)
Barcelo, François
  *Agénor, Agénor, Agénor
    et Agénor* (R)
Basile, Jean
  Le grand khãn (R)
  La jument des Mongols (R)
  Les voyages d'Irkoutsk (R)
Beaulieu, Victor-Lévy
  *Don Quichotte
    de la démanche* (R)
  Les grands-pères (R)
  Jack Kérouac (R)
  Jos Connaissant (R)
  Race de monde (R)
Benoit, Jacques
  Gisèle et le serpent (R)
  Les princes (R)
Bergeron, Léandre
  *Dictionnaire de la langue
    québécoise* (D)
Bersianik, Louky
  Le pique-nique sur l'Acropole (R)
Bonenfant, Réjean
  Un amour de papier (R)
Bonenfant, Réjean et Jacob, Louis
  Les trains d'exils (R)
Borduas, Paul-Émile
  Refus global et autres écrits (E)
Bouchard, Louise
  Les images (R)

Boucher, Denise
  Les fées ont soif (T)
Boucher, Denise
et Gagnon, Madeleine
  Retailles. Essai-fiction (E)
Bourassa, André-G.
  *Surréalisme et littérature
    québécoise* (E)
Brossard, Nicole
  *L'amèr ou le chapitre effrité.
    Théorie-fiction* (E)
  *Daïsir vertige. Prose et poésie
    gaies et lesbiennes au
    Québec* (A)
  Picture Theory. Théorie-fiction (E)
Brouillet, Chrystine
  Chère voisine (R)
Brunet, Berthelot
  Les hypocrites (R)
  Le mariage blanc d'Armandine (C)
Caron, Pierre
  La vraie vie de Tina Louise (R)
Chamberland, Paul
  En nouvelle barbarie (E)
  Terre Québec suivi de *L'afficheur
    hurle*, de *L'inavouable*
    et d'autres poèmes (P)
Champlain, Samuel de
  Des Sauvages (E)
Choquette, Gilbert
  La mort au verger (R)
Collectif
  La nef des sorcières (T)
  Nouvelles de Montréal (N)
Conan, Laure
  Angéline de Montbrun (R)
Désautels, Michel
  Smiley (R)

Patry, André
  Le Québec dans le monde
    (1960-1980) (E)
Perrault, Pierre
  Au cœur de la rose (T)
Pilon, Jean-Guy
  Comme eau retenue (P)
Rioux, Marcel
  La question du Québec (E)
Roy, André
  L'accélérateur d'intensité (P)
Saint-Martin, Fernande
  La littérature et le non-verbal (E)
Soucy, Jean-Yves
  L'étranger au ballon rouge (C)
  Un dieu chasseur (R)
Théoret, France
  Bloody Mary (P)
Thérien, Gilles (dir.)
  Figures de l'Indien (E)
Thoreau, Henry David
  La désobéissance civile (E)
Tocqueville, Alexis de
  Regards sur le Bas-Canada (E)

Tremblay, Jean-Alain
  La nuit des Perséides (R)
Trudel, Sylvain
  Le Souffle de l'harmattan (R)
  Terre du roi Christian (R)
Union des écrivains québécois
  Montréal des écrivains (N)
Vadeboncoeur, Pierre
  Les deux royaumes (E)
  Gouverner ou disparaître (E)
Vallières, Pierre
  Nègres blancs d'Amérique (E)
Viau, Roger
  Au milieu, la montagne (R)
Villemaire, Yolande
  La constellation du Cygne (R)
  Meurtres à blanc (R)
  La vie en prose (R)
Warren, Louise
  Bleu de Delft.
    Archives de solitude (E)
  Une collection de lumières (P)

(A) : anthologie ; (C) : contes ; (D) : dictionnaire ; (E) : essai ; (N) : nouvelles ;
(P) : poésie ; (R) : roman ; (T) : théâtre

Cet ouvrage composé en Sabon corps 10 a été achevé d'imprimer au Québec
le trente et un janvier deux mille huit sur papier Quebecor Enviro 100 % recyclé sur les
presses de Quebecor World à Saint-Romuald pour le compte des Éditions Typo.